简·奥斯丁文集

诺桑觉寺

[英] 简·奥斯丁 著

孙致礼 译

译林出版社

图书在版编目(CIP)数据

诺桑觉寺 /（英）简·奥斯丁（Jane Austen）著；孙致礼译. —南京：译林出版社，2023.8
（简·奥斯丁文集）
ISBN 978-7-5447-9816-7

Ⅰ.①诺… Ⅱ.①简… ②孙… Ⅲ.①长篇小说-英国-近代 Ⅳ.①I561.44

中国国家版本馆CIP数据核字（2023）第099159号

诺桑觉寺 ［英］简·奥斯丁／著 孙致礼／译

责任编辑	鲍迎迎
装帧设计	所以设计馆
校 对	戴小娥
责任印制	颜 亮

原文出版	The Oxford University Press, 1988
出版发行	译林出版社
地 址	南京市湖南路1号A楼
邮 箱	yilin@yilin.com
网 址	www.yilin.com
市场热线	025-86633278
排 版	南京展望文化发展有限公司
印 刷	中华商务联合印刷（广东）有限公司
开 本	1150毫米×840毫米 1/32
印 张	8.375
插 页	6
版 次	2023年8月第1版
印 次	2023年8月第1次印刷
书 号	ISBN 978-7-5447-9816-7
定 价	56.00元

版权所有 · 侵权必究

译林版图书若有印装错误可向出版社调换。质量热线：025-83658316

目录

译序　　i

第一卷　　1

第二卷　　129

译 序

《诺桑觉寺》是在简·奥斯丁去世后,于1818年与《劝导》结集出版的。

据研究者考证,奥斯丁于1798年开始写作《诺桑觉寺》的初稿,1799年完成后,便搁置了几年。1803年,作者又对之做了修订,并取名为《苏珊》,于当年春天以10英镑的价格,将版权卖给了伦敦出版人克劳斯比。克劳斯比曾发过出书广告:"《苏珊》:一部两卷小说",但不知道什么原因,该书一直没有出版。1809年,克劳斯比表示愿意将书稿退给作者,如果作者能将10英镑退还给他。奥斯丁虽然手头十分拮据,却没有接受克劳斯比的建议。1816年,亨利·奥斯丁买回了《苏珊》旧稿,让作者重新修订。

1817年12月19、20日,《记事晨报》接连两天宣告"传奇故事《诺桑觉寺》和小说《劝导》"出版。12月底,《诺桑觉寺》与《劝导》合集出版,封面注明:"《傲慢与偏见》《曼斯菲尔德庄园》作者奥斯丁小姐著/附有作者生平传略/合计四卷/1818年。"定价24先令。

《诺桑觉寺》作为一部爱情小说，除了爱情纠纷之外，对哥特小说的嘲讽也贯穿始终。因此，这可谓是一部"双主题"小说。

小说女主角凯瑟琳·莫兰是个牧师的女儿，随乡绅艾伦夫妇来到矿泉疗养地巴思，在舞会上遇见并爱上了青年牧师亨利·蒂尔尼。同时，她还碰到了另一位青年约翰·索普。索普误以为凯瑟琳要做艾伦先生的财产继承人，便起了觊觎之心，"打定主意要娶凯瑟琳为妻"。索普生性喜欢吹牛撒谎，他为了抬高自己的身价，便向亨利的父亲蒂尔尼将军谎报了莫兰家的财产，蒂尔尼将军信以为真，竭力怂恿儿子去追求凯瑟琳。当他们一家离开巴思时，他还邀请凯瑟琳去诺桑觉寺他们家做客，把她视为自家人。后来，索普追求凯瑟琳的奢望破灭，便恼羞成怒，连忙把以前吹捧莫兰家的话全盘推翻，进而贬损莫兰家，说她家如何贫穷。蒂尔尼将军再次听信谗言，以为莫兰家一贫如洗，气急败坏地把凯瑟琳赶出了家门，并勒令儿子把她忘掉。但是两位青年恋人并没有屈服，经过一番周折，他们终于结为伉俪。显而易见，作者如此描写索普和蒂尔尼将军，是对金钱和门第观念的无情针砭。

凯瑟琳在巴思期间，正热衷于阅读拉德克利夫夫人的哥特小说《尤道尔弗的奥秘》。后来听说将军邀请她到诺桑觉寺做客，她不禁欣喜若狂，心想她终于能到古刹中去，"历历风险"，"尝尝心惊肉跳的滋味"。其实，诺桑觉寺只是一座舒适方便的现代化住宅，仅仅保留着旧日古色古香的名称而已。可是凯瑟琳住进来以后，却凭着哥特小说在她头脑中唤起的种种恐怖幻影，在寺里展开了一场荒唐的"冒险"活动。她第一次走进自己的卧房，见到壁炉旁边有只大木箱，便疑心箱里有什么奥秘，胆战心惊地好不容易把箱子打开，不想里面只放着一条白床单！夜里上床前，她猛然发现屋里还有一只大立柜，战战兢兢地搜索了半天，终于在橱柜里找到一卷纸，她如获至宝，以为发现了什么珍贵的手稿，不料熬到天亮一看，竟是一沓洗衣账单！凯瑟琳碰了两次壁，虽然羞愧满面，却没有从中吸取教训。相反，她那传奇的梦幻还在进一步升级。她参观寺院时，突然"臆测到一种不可言状的恐怖"，时而怀疑蒂尔尼将军杀害了自己的妻子，时而怀疑他把妻子监禁在哪间密室里，于是又在寺院里搞起了"侦破"活动。后来，因为让亨利撞见了，听他说明了事实真相，被批评疑神疑鬼，她才从哥特传奇的梦幻中省悟过来，当即下定决心："以后无论判断什么或是做什么，全都要十分理智。"在这里，简·奥斯丁给她的女主角打了一针清醒剂，也着实挖苦了哥特恐怖小说。

顺便应该指出，简·奥斯丁无论对哥特小说还是对感伤小说，都不是全盘否定的。在她看来，这两类小说虽然具有矫揉造作、脱离现实等消极因素，却一反当时文坛过于严肃的气氛，对于打破古典主义教条的束缚起到了一定的积极作用。因此，作者在小说第五章离开故事的发展线索，向传统的小说观提出了挑战，使用饱含激情的语言赞扬了新小说：

> 总而言之，只是这样一些作品，在这些作品中，智慧的伟力得到了最充分的施展，因而，对人性的最透彻的理解，对其千姿百态的恰如其分的描述，四处洋溢的机智幽默，所有这一切都用最精湛的语言展现出来。

用"最精湛的语言",展现"对人性的最透彻的理解",四处洋溢着"机智幽默",这既是作者对小说的精辟见解,也是对她本人作品的恰如其分的概括。作者这段义正词严的文字,被后人视为小说家的"独立宣言"。

同作者的其他几部小说一样,《诺桑觉寺》也是一部充满幽默情趣的喜剧作品,其幽默情趣不仅见诸对情节的喜剧性处理,而且见诸某些人物的喜剧性格。凯瑟琳是个幼稚无知的姑娘,艾伦太太作为其保护人,本应处处给以指点才是,可她全然无视长者的责任,除了自己的穿戴以外,对别的事情概无兴趣。她同索普太太碰到一起时,一个炫耀自己的衣服,一个夸赞自己的女儿,"两张嘴巴一起动,谁都想说不想听"。索普太太的长女伊莎贝拉是个漂亮的姑娘,但是禀性虚伪,好使心计。她嘴里说"讨厌钱",心里就想嫁个阔丈夫。她同凯瑟琳的哥哥詹姆斯订婚时,激动得一夜夜地睡不着觉,说什么她"即使掌管着几百万镑,主宰着全世界",詹姆斯也是她"唯一的选择"。后来,当更有钱的蒂尔尼上尉向她献殷勤时,她又得意忘形,抛弃了詹姆斯。最后,蒂尔尼上尉遗弃了她,她居然有脸写信恳求凯瑟琳,企图与詹姆斯重温旧情。以上这几位女性,加上前面提到的索普和蒂尔尼将军,构成了小说中的滑稽群。比起女主角凯瑟琳来,这些人物尽管着墨不多,但一个个无不写得有血有肉,活灵活现,为小说增添了无限的乐趣。

简·奥斯丁写小说,如果说她的最大乐趣是塑造人物,她的拿手好戏则是写对话。她的对话鲜明生动,富有个性,读来如闻其声,如见其人,难怪评论家常拿她和莎士比亚相提并论。比如伊莎贝拉总是爱唱崇尚友谊和忠贞爱情的高调，但是话音未落，总要露出心中的隐情。一次，她对凯瑟琳说："我的要求很低，哪怕是最微薄的收入也够我用的了。人们要是真心相爱，贫穷本身就是财富。我讨厌豪华的生活。我无论如何也不要住到伦敦。能在偏僻的村镇上有座乡舍，这就够迷人的了。"天花乱坠地表白了一番之后，她紧接着又加了个话尾："里士满附近有几座小巧可人的别墅。"从乡舍溜到别墅，一语道破了她那爱慕荣华富贵的真情实感。类似这样的绝妙对话在小说里俯拾皆是，可以毫不夸张地说，读简·奥斯丁的小说，确能使读者根据说话看出人物来的。

简·奥斯丁的小说大都取材于一个"三四户人家的乡村"，讲的多是女大当嫁之类的事情，有人认为生活面狭窄了些，题材琐碎了些。可是，喜欢"二寸牙雕"的人，又有谁会嫌它小呢？简·奥斯丁写小说，恰恰是以创造"二寸牙雕"的精神来精雕细琢的。我们读她的作品，也要像欣赏"二寸牙雕"那样仔细玩味，这样，我们就会发现一个森罗万象、意味无穷的艺术天地。

第 一 卷

第一章

凡是在凯瑟琳·莫兰的幼年时代见过她的人，谁都想不到她天生会成为女主角。她的处境，父母的身份，她自己的品貌气质，统统对她不利。她父亲是个牧师，既不受人冷落，也没陷入贫穷，为人十分体面，不过他起了个"理查德"的俗名——长得从来不算英俊。他除了两份优厚的牧师俸禄之外，还有一笔相当可观的独立资产。而且，他一点也不喜欢把女儿关在家里。她母亲是个朴实能干的女人，性情平和，而更为了不起的是，她身体健壮。她在凯瑟琳出世之前生过三个儿子。在生凯瑟琳时，人们都担心她活不成了，不料她还是活了下来——接连又生了六个孩子——并且眼看着他们在她身边长大成人，而她自己也一直很健康。一家人家要是养了十个孩子，个个有头有脑，四肢齐全，总被人们称作美好的家庭。不过，莫兰家除此之外，没有别的好称道的，因为这些孩子大都长得很平常，而凯瑟琳多年来一直像其他孩子一样难看。她细瘦个儿，形态笨拙，皮肤灰里透黄，不见血色；头发又黑又直，五官粗糙。她的相貌不过如此，她的心性似乎同样不适宜做女主角。她对男孩子玩的游戏样样都喜爱。她非但不喜欢布娃娃,就连那些比较适合女主角身份的幼儿时期的爱好,诸如养个睡鼠,喂只金丝雀,浇浇玫瑰花,她都觉得远远没有打板球来得有趣。确实,她不喜欢花园,偶尔采几朵花,那多半是出于淘气——至少别人是这么推测的,因为她专采那些不准采的花。这就是她的习性,她的资质也同样很特别。无论什么东西,不教就学不会,弄不懂,有时即使教过了,她也学不会,因为她往往心不在焉,时而还笨头笨脑的。她母亲花了三个月工夫,才教她背会了一首诗《乞丐请愿歌》[1],结果还是她的大妹妹比她背得好。凯瑟琳并非总是很笨,绝非如此。《兔子和朋友》这个寓言[2],她比英格兰哪个姑娘学得都快。她母亲希望她学音乐,凯瑟琳也认准自己会喜欢音乐,因为她很爱拨弄那架无人问津的旧琴,于是她从八岁起便开始学习音乐。她才学了一年,便吃不消了。莫兰太太对女儿们力不从心或是不感兴趣的事情从不勉强,因此她让凯瑟琳半途而废了。辞退音乐教师那天,是凯瑟琳一生最快活的日子。她并不特别喜爱绘画,不过,每逢能从母亲那儿要来一只信封,或是随便抓到一张什么稀奇古怪的纸头,她就信笔画起来,什么房子啦,树啦,母鸡和雏鸡啦,画来画去全是一个模样。她父亲教她写字和算术,母亲教她法文。但是她哪一门都学不好,一有机会便逃避上课。这真是个不可思议的怪人!十岁的年纪就表现得如此放纵不羁,可她既没坏心眼,也没坏

---

[1] 英国托马斯·莫斯神父所著《应景诗抄》中的第一首诗。
[2] 英国诗人约翰·盖伊(1685—1732)的一首寓言诗。

脾气，很少固执己见，难得与人争吵，对弟弟妹妹十分宽和，很少欺侮他们。此外，她喜欢吵闹和撒野，不愿关在家里，不爱清洁，天下的事情她最爱做的，便是躺在屋后的绿茵坡上往下打滚。

凯瑟琳·莫兰十岁的时候就是这副样子。到了十五岁，她渐渐有了姿色，卷起了头发，对舞会也产生了渴望。她的肤色变得好看了，脸蛋也变得丰满红润起来，五官显得十分柔和，眼睛更有神气，身段更加惹人注目。她再也不像以前那样喜欢脏里脏气了，而是讲究起穿戴来，人越长得漂亮，就越干净利落。如今，她有时能听到父母夸她出落得像个人样了。"凯瑟琳这丫头越长越好看，今天几乎漂亮起来了。"她耳朵里不时听到这样的赞语，心里说不出有多高兴！一个女孩子十五年来一向相貌平平，乍一听说自己几乎漂亮起来了，那比一个生来就很美丽的少女听到这话要高兴得多。

莫兰太太是个十分贤惠的女人，很希望自己的孩子个个都有出息。可惜她的时间全让分娩和抚养幼小的孩子占去了，自然顾不上几个大女儿，只能让她们自己照管自己，因此，也就难怪凯瑟琳这么个毫无女主角气质的人，在十四岁上居然宁可玩板球、棒球，骑马或四下乱跑，却不喜欢看书，至少不喜欢看那些知识性的书。假如有这么一些书，里面不包含任何有益的知识，全是些故事情节，读起来用不着动脑筋，这样的书她倒也从不反对看。然而，从十五岁到十七岁，她在培养自己做女主角了。但凡做女主角的，有些书是势必要读的，记住内中的锦言，借以应付瞬息多变的人生，或者用来聊以自慰，而凯瑟琳也把这些书统统读过了。

凯瑟琳这丫头越长越好看

她从蒲柏那里学会指责这样的人,他们

　　到处装出一副假悲伤的样子。[1]

从格雷那里学到

　　多少花儿盛开而无人看见,
　　它们的芳香白白浪费在荒原。[2]

从汤姆生那里,学到的是

　　启迪青年人的思想,
　　这是桩赏心乐事。[3]

还从莎士比亚那里学到大量知识,其中有

　　像空气一样轻的小事,
　　对于一个嫉妒的人,
　　也会变成天书一样有力的证据。[4]

---

1 英国诗人亚历山大·蒲柏(1688—1744)《怀念一位不幸的女人》中的诗句。
2 英国诗人格雷(1716—1771)《墓畔哀歌》中的诗句。
3 苏格兰诗人汤姆生(1700—1748)《春天》中的诗句。
4 莎士比亚《奥赛罗》第三幕第三场中的诗句。

还有

> 被我们践踏的一只可怜的甲虫,
> 它肉体上承受的疼痛,
> 和一个巨人临死时感到的并无异样。[1]

一个坠入情网的少女,看上去总

> 像是墓碑上刻着的"忍耐"的化身,
> 在对着悲哀微笑。[2]

　　她在这方面已经有了长足的进步——在其他方面也获得了巨大的进展。她虽然不会写十四行诗,却下定决心要多念念。她虽然看上去无法当众演奏一支自编的钢琴序曲,让全场的人为之欣喜若狂,但她却能不知疲倦地倾听别人演奏。她最大的缺欠是在画笔上——她不懂得绘画——甚至不想给自己的情人画个侧面像,也好泄露一下心机。她在这方面实在可怜,还达不到一个真正女主角的高度。眼下,她还认识不到自己的缺欠,因为她没有情人可画。她已经长到十七岁,还不曾见到一个足以使她动情的可爱青年,也不曾使别人为她倾倒过,除了一些很有限度和瞬息即逝的羡慕之外,还不曾使人对她萌发过任何倾慕之心。这着实

---

[1] 莎士比亚《一报还一报》第三幕第一场中的诗句。
[2] 莎士比亚《第十二夜》第二幕第四场中的诗句。

奇怪！但是，如果找准了原因，事情再怪也总能说个分明。原来，这附近一带没有一个勋爵，甚至连个准男爵都没有。他们相识的人家中，没有哪一家抚养过一个偶然在家门口捡到的弃婴，也没有一个出身不明的青年[1]。凯瑟琳的父亲没有被保护人，教区里的乡绅又无儿无女。

但是，当一位年轻小姐命中注定要做女主角的时候，即使方圆左近有四十户人家从中作梗，也拦她不住。事情的发展，定会给她送来一位男主角。

莫兰一家住在威尔特郡的富勒顿村，村镇一带的产业大部分归一位艾伦先生所有。艾伦先生听了医生的嘱咐，准备去巴思[2]疗养痛风病。他的太太是个和悦的女人，很喜爱莫兰小姐。她八成知道：如果一位年轻小姐在本村遇不到什么奇缘，那她应该到外地去寻求。于是便约凯瑟琳同去巴思。莫兰夫妇欣然同意，凯瑟琳也满心喜悦。

---

[1] 弃婴和出身不明的青年系指贵族私生子之类的人，这种人因有贵族血统，而被认为较平民高贵。
[2] 英格兰西南部市镇，著名的矿泉疗养胜地。

第二章

我们已经介绍了凯瑟琳·莫兰的姿容和资质,在行将开始的巴思六周之行中,她的姿容和资质就要经受种种艰难险阻的考验;为了让读者对她有个比较明确的认识,免得看到后来还搞不清她究竟是怎样一个人,也许还要说明:凯瑟琳心肠热切、性情愉悦直爽,没有丝毫的自负与造作——她的言谈举止刚刚消除了少女的忸怩与腼腆;她很讨人喜欢,气色好的时候还挺妩媚——和一般的十七岁姑娘一样,她的头脑也是那么蒙昧无知。

动身的时刻临近了。莫兰太太是做母亲的,当然应该满腹焦虑才是。亲爱的凯瑟琳就要离家远行,这实在有些可怕,做母亲的唯恐她遭遇不幸,应该忧念丛生,哀伤不已,临别前一两天应该哭得泪人似的。在她房里话别时,她应该凭着自己的老于世故,向女儿提出许多极其紧要、极其实用的忠告。有的贵族和准男爵专爱把年轻小姐拉到偏僻的乡舍里,倘若莫兰太太此刻能告诫女儿提防这些人行凶作恶,她那满腹的忧虑必定会松快一点。谁说不是呢?可惜莫兰太太并不了解贵族和准男爵,对他们的恶作剧一无所知,因而丝毫也不疑心女儿会遭到他们的暗算。她的叮咛仅限于以下几点:"我求你,凯瑟琳,晚上从舞厅出来的时候,可要把脖子裹暖和了。我希望你用钱时能记个账,我特意把这个小账簿送给你。"

萨利,最好叫萨拉(因为普通绅士家的年轻小姐到了十六岁,有哪个不尽可能改改名字呢?),由于处境的缘故,此时一准是她姐姐的挚友和知己。可是,值得注意的是,她既没坚持让凯瑟琳每趟邮班给她写一封信,也没硬要她答应把每一位新朋友的人品来信描述描述,或者把巴思可能出现的所有趣谈详细报道一番。莫兰一家人冷静而适度地处理了与这次重要旅行有关的一切事项。这种态度倒是十分符合日常生活中的一般情感,但是并不符合那种优雅的多愁善感,不符合一位女主角初次离家远行时,照理总应激起的那种缠绵柔情。她父亲不但没给她开一张随行支取的银行汇票,甚至也没把一张一百镑的钞票塞进她手里,他只给了她十个几尼[1],答应她不够时再给。

就在这般惨淡的光景中,凯瑟琳辞别家人,踏上旅程。一路上一帆风顺,平安无事。既没碰上强盗,又没遇上风暴,也没有因为翻车而幸会男主角。只有一次,艾伦太太担心把木屐落在旅店里,后来幸而发现这只是一场虚惊,除此之外,再也没有发生令人惊恐的事情。

他们来到了巴思。凯瑟琳心里不觉急煎煎、乐滋滋的。车子驶近景致优美、引人入胜的城郊,以及后来驶过通往旅馆的几条

---

[1] 英国旧时金币或货币单位,价值21先令,现值1.05英镑。

街道时,只见她左顾右盼,东张西望。她来这里是想玩个痛快,她已经感到很痛快了。

他们很快便在普尔蒂尼街的一幢舒适房子里住了下来。

现在应该来介绍一下艾伦太太,以便让读者能够判断,她的行为今后将会如何促成本书中的种种烦恼,可能如何使可怜的凯瑟琳陷入狼狈不堪的境地——究竟是出自她的轻率、粗俗或是嫉妒——还是因为她偷拆了凯瑟琳的信件,诋毁了她的声誉,甚至把她撵出门去。[1]

世上有许多这样的女人,你在同她们的交往中只会感到奇怪:天下居然会有男人喜爱她们,甚至还和她们结为夫妻;艾伦太太便是这样一位女人。她既不美貌,又无才无艺,还缺乏风度。像艾伦先生这样一个洞达世故、通晓情理的人之所以挑中她,全是因为她有上流社会的淑女气派,性情娴静温厚,还喜欢开开玩笑。她和年轻小姐一样,喜欢四处奔走,无所不看,就这点来说,她倒是极其适宜做年轻小姐的社交引介人。她爱好衣着,有个完全不足为害的癖好:总喜欢打扮得漂漂亮亮的。她先费了三四天工夫,打听到穿什么衣服最时兴,并且还买到一身顶时髦的衣服,然后才领着我们的女主角踏进社交界。凯瑟琳自己也买了些东西,等这些事情筹措停当,那个事关重大的夜晚来临了,她就要被引进上舞厅啦。最好的理发师给她修剪了头发,她再仔仔细细地穿好衣服,艾伦太太和她的使女看了都说,她打扮得很好看。受到

---

[1] 其实,艾伦太太与凯瑟琳后来的遭遇毫无关系,作者之所以这样说,旨在讽刺哥特传奇小说,因为在哥特传奇小说中,女主角的不幸都是由姑母等人的嫉妒造成的。

这番鼓励，凯瑟琳便希望自己打人群中穿过时，起码可以不遭到批评。至于说赞赏，真有人赞赏当然可喜，但是她并不抱这个奢望。

艾伦太太磨磨蹭蹭地打扮了半天，致使两人很晚才步入舞厅。眼下正赶上旺季，舞厅里拥挤不堪，两位女士用力挤了进去。却说艾伦先生，他径直奔牌室去了，让两位女士在乱哄哄的人丛中去自寻乐趣。艾伦太太光顾得当心自己的新衣服，也不管她的被保护人是否受得了，打门前的人堆里穿过时，小心翼翼地走得飞快。幸亏凯瑟琳紧贴在她身边，使劲挽住她的胳膊，才没被那推推搡搡的人群冲散。但是，使她大为惊奇的是，打大厅里穿过绝不是摆脱重围的办法，她们越走人群似乎变得越挤。她本来设想，只要一进门，就能很容易地找到座位，舒舒服服地坐下来看人跳舞。谁想事实完全不是这样。她们虽说经过不懈努力挤到了大厅尽头，但是境况却依然没有改变，全然看不到跳舞人的身影，只能望见一些女人头上高耸的羽毛。两人继续往前走，看见了一个比较好的地方。她们凭借力气和灵巧，经过进一步努力，终于来到最高一排长凳后面的过道上。这里的人比下面少些，因此莫兰小姐可以通观一下下面的人群，也可以通观一下刚才闯进来时所冒的种种危险。这真是个壮观的场面，莫兰小姐当晚第一次感到：自己是在舞会上。她很想跳舞，但是这里没有一个她认识的人。在这种情况下，艾伦太太只能安慰她几句，时常温声细语地说："好孩子，你要是能跳跳舞就好了。但愿你能找到个舞伴。"起先，她的年轻朋友还很感激她的好意，谁知她这话说得太多了，而且全然不见效果，凯瑟琳终于听腻了，也就不再谢她了。

她们好不容易挤到这里,领受一下高处的宁静,可是好景不长。转眼间,大家都动身去喝茶,她俩只得跟着一道挤出去。凯瑟琳开始觉得有点失望了——她讨厌让人挤来挤去的,而这些人的面孔大多也没有什么让人感兴趣的地方,再说她同这些人素不相识,因而无法同哪位难友交谈一两句,来减轻困境的烦恼。最后终于来到了茶室,她越发感到找不着伙伴、见不着熟人、没有男人相助的苦恼。艾伦先生连影儿也见不到。两位女士向四下看了看,找不到更合适的地方,无可奈何地只好在一张桌子的一端坐下来。桌前早已坐好一大帮人,两人在那儿无事可做,除了彼此说说话,也找不到别人交谈。

两人刚一坐定,艾伦太太便庆幸自己没把长裙挤坏。"要是给扯破了,那就糟糕了,"她说,"你说是吧?这纱料子可细啦。老实跟你说吧,我在这大厅里还没见到叫我这么喜欢的料子呢。"

"这儿一个熟人也没有,"凯瑟琳低声说道,"多不自在啊!"

"是呀,好孩子,"艾伦太太泰然自若地答道,"真不自在。"

"我们怎么办呢?同桌的先生女士们似乎在奇怪我们来这儿干什么——好像我们硬是夹进来似的。"

"是的,像这么回事。真令人难堪。这儿能有一大帮熟人就好了。"

"哪怕认识个把人也好啊。那样总有个人好凑凑热闹。"

"一点不错,好孩子。我们要是认识什么人,马上就去找他们。斯金纳一家子去年来过——他们要是现在在这儿就好了。"

"既然如此,我们是不是索性走了好?你瞧,这儿连我们的茶具都没有。"

"的确是没有。真气人!不过,我看我们最好还是坐着别动,人这么多,非挤得你晕头转向不可!好孩子,我的头发怎么样?有人推了我一下,我怕头发给碰乱了。"

"没有,的确没有,看上去很整齐。不过,亲爱的艾伦太太,你在这么多人里当真连一个也不认识?我想你一定认识个什么人吧。"

"说实话,我谁也不认识——我但愿认识什么人。我真心希望这儿有我一大帮子熟人,那样一来,我就能给你找个舞伴。我真想让你跳跳舞。你瞧,那儿来了个怪模怪样的女人!她穿了一件多古怪的长裙啊!真是件老古董!瞧那后身。"

过了一阵,邻座里有个人请她们喝茶,两人很感激地接受了,顺便还和那位先生寒暄了几句。整个晚上,这是旁人同她们唯一的一次搭话。直到舞会结束,艾伦先生才过来找她们。

"怎么样,莫兰小姐,"他立即说道,"舞会开得很愉快吧?"

"的确很愉快。"莫兰小姐答道,尽管想憋住,但还是打了个大呵欠。

"可惜她没有跳成舞,"艾伦太太说道,"我们要是能给她找个舞伴就好了,我刚才还在说,假使斯金纳一家子不是去年冬天来的,而是今年冬天来的,那该有多好啊。或者,假使帕里一家子果真像他们说的那样来到这里,那莫兰小姐就可以同乔治·帕里跳舞啦。真遗憾,她一直没有舞伴!"

"我希望下次来的时候会好一些。"艾伦先生安慰说。

舞会结束了,人们开始散场——地方一宽敞,余下的人走动起来也舒畅了。我们的女主角在舞会上还没大显身手,现在可轮到大家注意她，赞美她了。每过五分钟，随着人数的进一步减少，都要给她增加几分显现魅力的机会。许多原来不在她近前的年轻人，现在看见她了。不过，大家看归看，谁也没有为之惊喜若狂，大厅里听不到喊喊喳喳的询问声，也听不到有人称她是仙女下凡。然而，凯瑟琳着实迷人，那些人要是见过她三年前的样子，现在准会觉得她俊俏极了。

不过，确实有人在瞧她，而且是带着几分艳羡之情，因为她亲耳听到两个男子说她是个漂亮姑娘。这些赞语产生了应有的效果：莫兰小姐立刻觉得，这个晚上比她先前感觉的更令人愉快——她那点卑微的虚荣心得到了满足——她十分感激那两个青年对她发出这简短的赞语，甚至连一个名符其实的女主角听说别人写了十五首歌颂她美貌的十四行诗时，也不会像她那样感激不尽。她去乘轿子的时候，对每个人都很和颜悦色，她对自己受到的那点公众的注目，已经感到十分满足了。

第三章

现在,每天上午都有些常规的事情要做:逛逛商店,游览游览城内的一些新鲜地方,到矿泉厅[1]转悠个把钟头,看看这个人望望那个人,可是跟谁也搭不上话。艾伦太太仍然热切希望她在巴思能有许多熟人,但当每天上午都证明她压根儿不认识任何人时,她便要重新絮叨一遍这个希望。

她们来到了下舞厅。在这里,我们的女主角还比较幸运。典礼官给她介绍了一位很有绅士派头的年轻人做舞伴。他姓蒂尔尼,二十四五岁的样子,身材高大,面孔和悦,两只眼睛炯炯有神,即便说还不十分英俊,那也差不多了。他谈吐优雅,凯瑟琳觉得自己非常走运。他们跳舞的时候,顾不上说话。但是坐下喝茶的时候,凯瑟琳发现蒂尔尼先生就像她料想的那样,非常和蔼可亲。他口齿伶俐,说起话来生动有趣——谈吐中带有几分调皮与诙谐,

---

[1] 巴思历史悠久的餐馆,1789年开建,1799年建成,除了全天销售天然矿泉水之外,还在上午供应咖啡,中午供应午餐,下午供应茶点。有人将之音译为"帮浦室"。

凯瑟琳虽然难以领会，却很感兴趣。周围的事物自然成为他们的话题，谈了一阵之后，蒂尔尼先生突然对她说道："小姐，我这个舞伴实在有些失礼，还没有请教你来巴思多久了，以前来过这儿没有，是否去过上舞厅、剧院和音乐厅，是不是很喜欢这个地方。我太疏忽了——不过，不知道你现在是否有闲暇来回答这些问题？你若是有空，我马上就开始请教。"

"先生，你不必给自己添麻烦了。"

"不麻烦，小姐，你尽管放心。"接着，他做出一副笑脸，装作柔声细气地问道，"你在巴思待了很久了吧，小姐？"

"大约一个星期，先生。"凯瑟琳答道，尽量忍住笑。

"真的呀！"蒂尔尼先生假装大吃一惊。

"你为什么惊讶，先生？"

"为什么惊讶！"蒂尔尼用自然的口气说道，"你的回答似乎总要激起某种情感，而惊讶最容易做出来，也最合乎情理。好啦，我们接着往下说吧。你以前来过这里吗，小姐？"

"从来没有，先生。"

"真的呀！光临过上舞厅吗？"

"去过，先生。上个星期一去过。"

"上过戏院吗？"

"上过，先生。星期二看过戏。"

"听过音乐会吗？"

"听过，先生。在星期三。"

"很喜欢巴思吗？"

"是的，很喜欢。"

"说到这儿,我得傻笑一声,然后我们再恢复理智。"

凯瑟琳别过头去,不知道是否可以贸然一笑。

"我知道你是怎么看我的,"蒂尔尼一本正经地说道,"明天,我在你的日记里要露出一副可怜相了。"

"我的日记!"

"是的。我确切地知道你要说什么:'星期五,去下舞厅。身着带枝叶花纹的、镶蓝边的纱裙——脚穿素黑鞋——显得非常漂亮,不过奇怪得很,被一个傻里傻气的怪家伙缠扰了半天,硬要我陪他跳舞,听他胡说八道。'"

"我才不会这样说呢。"

"要我告诉你该怎么说吗?"

"请讲。"

"经金先生[1]介绍,与一位十分可爱的小伙子跳舞。同他说了很多话。仿佛是个非凡的天才,希望进一步了解他。小姐,这就是我希望你要说的话。"

"不过,兴许我不写日记呢。"

"兴许你不坐在这屋里,兴许我不坐在你身边。这两点也同样可以引起怀疑吧。不写日记!那你别处的表姊妹如何了解你在巴思的生活情况?每天有那么多的寒暄问候,要是晚上不记到日记里,怎么能如实地向人讲述呢?要是不经常参看日记,你怎么能记住你那些各式各样的衣服,怎么能向人描绘你那独特的肤色特

---

[1] 历史上确有其人。曾随英国军队在美洲服过役,1785年被任命为下舞厅典礼官,1805年又被任命为上舞厅典礼官。

征,独特的鬈发样式?亲爱的小姐,我对年轻小姐的特点,并不像你想象的那样一无所知。女人一般都以文笔流畅著称,这在很大程度上归功于记日记的良好习惯。众所公认,能写出令人赏心悦目的书信,这是女人特有的才具。天性固然起一定的作用,但是我敢断定,主要还是受益于多写日记。"

"我有时在想,"凯瑟琳怀疑地说,"女人写信是否真比男人写得好。也就是说,我并不认为我们总比男人高明。"

"就我见过的来说,女人的写信风格除了三点以外,通常都是完美无缺的。"

"哪三点?"

"普遍空洞无物,完全忽视标点,经常不懂文法。"

"天啊!其实我刚才不必担心拒绝了你的恭维。照这么看,你并非把我们看得很高明。"

"我不能一概而论地认为女人写信比男人写得好,就像不能一概认为女人唱二重唱比男人唱得好,画风景画比男人画得好一样。在以情趣为基础的各项能力上,男女双方是同样杰出的。"

两人正说着,不想让艾伦太太给打断了。"亲爱的凯瑟琳,"她说,"快把我袖子上的别针给摘下来。恐怕把袖子戳了个洞吧。要是真戳了个洞,那就太可惜了,因为这是我最喜爱的一件长裙,尽管一码布只花九先令。"

"我估计的也正是这个价钱,太太。"蒂尔尼先生边说,边瞧着那细纱布。

"你也懂得细纱布吗,先生?"

"在行极了。我总是亲自买自己的领带,谁都承认我是个杰出的行家。我妹妹还经常托我替她选购长裙呢。几天前，我替她买了一条，女士们见了个个都说便宜极了。一码才花五先令，而且是货真价实的印度细洋纱。"

艾伦太太十分惊羡他的天赋。"男人一般很少留心这类事情，"她说，"我从来都无法让艾伦先生把我的一条长裙同另一条区分开。你一定使你妹妹很满意吧，先生。"

"但愿如此，太太。"

"请问，先生，你觉得莫兰小姐的长裙怎么样？"

"倒是很漂亮，太太，"他说，一边郑重其事地审视着，"不过，我看这料子不经洗。恐怕容易破。"

"你怎么能这么——"凯瑟琳笑着说道，差一点没说出"怪诞"两个字。

"我完全赞成你的意见，先生，"艾伦太太应道，"莫兰小姐买的时候，我就对她这么说过。"

"不过你知道，太太，细纱布总可以改派别的用场。莫兰小姐完全可以用它来做一块手帕、一顶软帽或是一件斗篷。细纱布可以说从来不会浪费。我妹妹每当大手大脚地把布买多了，或者漫不经心地把布剪坏了，就要念叨细纱布浪费了，我已经听见几十次了。"

"先生，巴思可真是个迷人的地方，有那么多好商店。我们不幸住在乡下。索尔兹伯里虽说也有几个很好的商店，但是路太远了，八英里是够远的了。艾伦先生说是九英里，标准的九英里。可是我敢肯定，不会超过八英里。跑一趟真苦啊——我回来的时候都给累趴了。再看这儿，你一走出门，五分钟就能买到东西。"

蒂尔尼先生倒比较客气，似乎对她说的话还挺感兴趣的。艾伦太太抓住细纱布这个话题，同他谈个不停，直到跳舞重新开始。凯瑟琳听着他们的谈话，心里不禁有些担忧，觉得蒂尔尼先生有点过于喜欢讥诮别人的缺点。"你在聚精会神地寻思什么？"他们走回舞厅时，蒂尔尼先生问道，"我想不是在想你的舞伴吧，因为从你的摇头可以看出，你沉思的事情不尽令你满意。"

凯瑟琳脸上一红，说道："我什么也没想。"

"你回答得很委婉很深奥啊。不过，我倒宁可听你直截了当地说，你不愿意告诉我。"

"那好吧，我不愿意。"

"谢谢你。我们马上就要成为好朋友了，因为以后一见面，我都有权利拿这件事来和你开玩笑，开玩笑最容易促进友谊。"

他们又跳起舞来。舞会结束后，双方分手了。就女方来说，她至少是很愿意与他继续交往的。她喝着温热的掺水葡萄酒，准备上床的时候，是否还一个劲地想着他，以至于入睡后还梦见他，这就不得而知了。不过我希望，她只不过是昏昏欲睡中梦见他，或者充其量只是在早晨打盹时梦见他。有位名作家认为，男的没有向女的表露衷情之前，女人不应当爱上男的。[1]假如确实如此，那么一个年轻小姐在尚不知道男方是否先梦见她之前，居然就先梦起男的来，那当然是很不得体的事。但是，蒂尔尼先生作为一个梦中人或情人究竟如何得体，艾伦先生也

---

[1] 参见理查森先生的来信，《漫谈报》第二卷第九十七号。——作者原注

许还没考虑过。不过,他经过打听,并不反对蒂尔尼同他的年轻保护人交个普通朋友,因为当天傍晚他就费心调查了凯瑟琳舞伴的情况,结果了解到:蒂尔尼先生是个牧师,出生于格洛斯特郡的一户体面人家。

第四章

第二天,凯瑟琳怀着异常殷切的心情,赶到矿泉厅,心想准能在午前见到蒂尔尼先生,准备对他笑脸相迎。哪知她根本用不着赔笑脸——蒂尔尼先生没露面。到了热闹的时候,巴思的人除他以外,都陆陆续续来到了矿泉厅。每时每刻,都有一群群的人走进走出,在台阶上走上走下。这是些谁也不介意、谁也不想见的人。唯独他没来。"巴思真是个适意的地方。"艾伦太太说道。这时,两位女士在大厅里逛累了,便挨近大钟坐了下来。"我们要是这儿有个熟人,那该有多快活。"

对此艾伦太太不知道叹息过多少回了,总是白搭,所以她没有特殊理由认为,这次会交上好运。但是常言道,"凡事不要灰心","孜孜不倦便能达到目的"。艾伦太太每天孜孜不倦地抱着这个希望,最后总会如愿以偿的。且说她坐下不到十分钟,只见旁边坐着一位与她年纪相仿的女人,已经专心致志地盯着她瞧了好一阵,随即便彬彬有礼地同她搭话:"我想,太太,我不会看错人吧。我很久以前荣幸地见过你,你不是艾伦太太吗?"艾伦太太连忙称是，那位生客说她姓索普。艾伦太太一瞧那面孔，马上认出她是自己过去的同窗挚友，各自出嫁后仅仅见过一面，而且还是多年前的事情。这次重逢，真把两人高兴坏了。不过这也难怪，因为她们已有十五年互无音讯了。两人先是恭维了一番彼此的容貌，接着便说起上次分别后时间过得真快，万万没想到会在巴思相遇，旧友重逢有多高兴呀。随后又谈起了家人、姐妹和表姐妹的情况，简直是问的问，答的答，两张嘴巴一起动，谁都想说不想听，结果谁也没听见对方说些什么话。不过，索普太太家里有一大帮孩子，说起话来比艾伦太太占便宜。她大讲特讲她儿子们的才干，女儿们的美貌，叙说着各自的职业和志向，约翰在牛津，爱德华在麦钱特泰勒斯公学[1]，威廉从事航海，兄弟三个在各自的岗位上备受爱戴和尊敬，很少有人能比得上他们。艾伦太太没有类似的内容可说，没有类似得意的事情向她的朋友炫耀，因此她的朋友也不用勉勉强强、将信将疑地来听她的。艾伦太太迫不得已，只好坐在那里，仿佛一字不漏地静聆她那做母亲的絮聒。不过，使她足可聊以自慰的是，她那敏锐的眼睛很快发现，索普太太那件长裙上的花边还赶不上自己的一半漂亮。

"瞧，我的几个宝贝女儿来了，"索普太太大声嚷道，一边用手指着三个模样俊俏的姑娘，她们臂挽着臂，正朝索普太太走来，"亲爱的艾伦太太，我正渴望着介绍她们，她们会十分高兴见到你的。个子最高的是伊莎贝拉，我的大女儿。难道不是个漂亮姑娘吗？另外两个也很受人羡慕，不过，我认为还是伊莎贝拉最

---

[1] 伦敦著名的贵族子女学校。

漂亮。"

三位索普小姐介绍过后,暂时被抛在一边的莫兰小姐也给做了介绍。索普母女听到莫兰这个姓,似乎都愣住了。那位大小姐彬彬有礼地同她谈了几句之后,便高声对其他人说道:"莫兰小姐多像她哥哥啊!"

"简直跟她哥哥长得一模一样!"索普太太嚷道——母女几个一而再再而三地重复道:"莫兰小姐无论在哪儿,我都能认出是他妹妹!"一时间,凯瑟琳感到很惊异。但是,索普太太和她女儿刚开始叙说她们同詹姆斯·莫兰先生的认识经过,她便猛然记起,她大哥最近和一个姓索普的同学来往很密切,他这次圣诞节放假,最后一周就是在伦敦附近他们家里度过的。

整个事情解释清楚以后,三位索普小姐说了不少热情的话,希望同莫兰小姐加深交往,希望由于双方兄长间的友谊,彼此能一见如故,等等。凯瑟琳听了十分高兴,搬出了脑子里所有的动听言语来回答。作为交好的初次表示,索普大小姐马上邀请莫兰小姐挽着她的臂,在矿泉厅里兜了一圈。凯瑟琳在巴思又多了几个相识,不觉有些得意,同索普小姐攀谈时,险些忘了蒂尔尼先生。友谊无疑是对情场失意的最好安慰。

她们谈论的是这样一些话题,在这些话题上畅所欲言,一般能促使两位年轻小姐骤然形成的友谊日臻完善——什么衣着啊,舞会啊,调情啊,嬉戏啊,不一而足。索普小姐比莫兰小姐大四岁,起码比她多四年的见识,因而谈论起这些话题来,明显占了上风。她可以把巴思的舞会同坦布里奇的舞会相比较;把巴思的风尚同伦敦的风尚相比较;可以纠正她这位新朋友对许多时髦服装的看法；可以从任何一对男女的相互一笑中发现儿女私情；可以透过水泄不通的人群指出谁在嬉闹。这些本领对凯瑟琳来说完全是陌生的，自然使她很钦佩。这股油然而生的钦佩之情，险些使凯瑟琳感觉有些敬而远之，幸亏索普小姐性情快活，谈吐大方，一再表示结识她很高兴，因而使她消除了一切敬畏之感，剩下的只是一片深情厚意。两人越来越投契，在矿泉厅转悠了五六圈之后，仍然依依不舍，索普小姐索性把莫兰小姐送到艾伦先生的寓所门口。当她们得知晚上还要在剧院里见面，第二天早晨还要到同一座教堂做礼拜时，相互才感到欣慰，亲昵地握了半天手才告别。随即，凯瑟琳直奔楼上，从客厅窗口望着索普小姐沿街而去，对她那优雅的步履、袅娜的体态和入时的装束，艳羡不已。有机会结识这样一位朋友，她理所当然感到庆幸。

索普太太是个寡妇，家境不很富裕。她性情和悦，心地善良，对子女十分溺爱。她的大女儿长得很美，两个小女儿装作与姐姐一样漂亮，学着她的神态，做着同样的装扮，倒也颇有姿色。

我们对这家子人做个简要的介绍，为的是不必让索普太太自己啰啰唆唆地说个没完没了。她过去的那些经历和遭遇，细说起来要占据三四章的篇幅，那样一来，势必要详尽叙说那些王公贵族及代理人的卑劣行径，详尽复述二十年前的一些谈话内容。

第五章

当天晚上,凯瑟琳坐在剧院里,见索普小姐频频向她点头、微笑,当然要花很多工夫进行回敬。但她没有顾此失彼,没有忘记左顾右盼,往她目力所及的每个包厢里寻觅蒂尔尼先生。可惜她始终也没找到。蒂尔尼先生看戏的兴趣,并不比去矿泉厅的兴趣大。莫兰小姐希望第二天能走运一些。当她祈求天公作美的愿望得到应验,次日早晨果见天晴气朗时,她简直不怀疑自己要交好运了,因为在巴思,星期天天气一好,家家户户都要出来玩耍。这时候,仿佛全镇的人都在到处散步,见了熟人便说:今天天气多好。

一做完礼拜,索普一家和艾伦夫妇便急忙跑到了一起。大家先到矿泉厅玩了一会儿,发现里面的人让人无法忍受,见不到一副优雅的面孔(在这个季节,每逢星期天,大家都有这个感觉),便又匆匆赶到新月街,去呼吸一下上流社会的新鲜空气。在这里,凯瑟琳和伊莎贝拉臂挽着臂,无拘无束地畅谈着,再次尝到了友谊的欢乐。她们谈了很多,而且谈得也很带劲,但是凯瑟琳重见她的舞伴的希望又落空了。蒂尔尼先生哪儿也碰不见。早晨的散步也好，晚上的舞会也罢，总是找不到他。无论在上舞厅还是下舞厅，无论在化装舞会上还是便装舞会上，哪儿都见不到他；在早晨散步、骑马或赶车的人们中间，也找不见他。矿泉厅的来宾簿上没有他的名字，再怎么打听也无济于事。他一定离开巴思了，然而他并没说过只待这么几天呀！男主角总是行踪神秘，在凯瑟琳的想象中，这种神秘感给蒂尔尼的容貌和举止增添了一种新的魅力，使她更迫切地要进一步了解他。她从索普家那儿探听不到什么情况，因为她们遇见艾伦太太之前，来到巴思仅仅两天。不过，这是她和她的漂亮朋友经常议论的话题，她的朋友极力鼓励她，要她不要忘掉蒂尔尼先生。因此，蒂尔尼先生给她留下的印象一直没有淡漠。伊莎贝拉确信，蒂尔尼先生一定是个很迷人的青年。她还确信，他一定很喜欢亲爱的凯瑟琳，因此很快就会回来的。她还因为他是个牧师，而越发喜爱他，因为"说老实话，我自己就很喜欢这个职业"。伊莎贝拉说这话时，不由自主地像是叹了口气。也许凯瑟琳不该不问问她为何轻声叹息，但她对爱情的花招和友谊的职责毕竟不够老练，不知道什么时候需要插科打诨，什么时候应该迫使对方吐露隐衷。

艾伦太太现在十分快活——对巴思十分满意。她终于找到了熟人，还非常幸运地发现，她们原来是她的一位极其可敬的老朋友的一家人。而且，使她感到无比庆幸的是，这些朋友的穿戴绝没有她自己的来得华贵。她每天的口头禅不再是"我们要是在巴思有几位朋友就好了"，而是变成："我真高兴，能遇见索普太太！"她就像她年轻的被保护人和伊莎贝拉一样，迫不及待地要增进两家人的交往。一天下来，除非大部分时间是守在索普太太身边，否则她绝不会感到满意。她们在一起，照她们的说法是聊聊天，谁知她们几乎从不交换意见，也很少谈论相似的话题，因为索普太太主要谈自己的孩子，艾伦太太主要谈自己的长裙。

凯瑟琳与伊莎贝拉之间的友谊，一开始就很热烈，因而进展得也很迅速。两人一步步地越来越亲密，没过多久，无论她们的朋友还是她们自己，再也见不到什么进一步发展的余地了。她们相互以教名相称，同行时总是臂挽着臂，跳舞时相互帮着别好长裙，就是在舞列里也不肯分离，非要挨在一起不可。如果逢上早晨下雨，不能享受别的乐趣，那她们也要不顾雨水与泥泞，坚决聚到一起，关在屋里一道看小说。是的，看小说，因为我不想采取小说家通常采取的那种卑劣而愚拙的行径，明明自己也在写小说，却以轻蔑的态度去诋毁小说——他们同自己不共戴天的敌人串通一气，对这些作品进行恶语中伤，从不允许自己作品中的女主角看小说。如果有位女主角偶尔拾起一本书，这本书一定乏味至极，女主角一定怀着憎恶的心情在翻阅着。天哪！如果一部小说的女主角不从另一部小说的女主角那里得到庇护，那她又能指望从何处得到保护和尊重呢？我可不赞成这样做。让那些评论家穷极无聊地去咒骂那些洋溢着丰富想象力的作品吧，让他们使用那些目今充斥在报刊上的种种陈词滥调去谈论每本新小说吧。我们可不要互相背弃，我们是个受到残害的整体。虽然跟其他形式的文学作品相比，我们的作品给人们提供了更广泛、更实在的乐趣，但是还没有任何一种作品遭到如此多的诋毁。由于傲慢、无

她们跳舞时相互帮着别好长裙

知或赶时髦的缘故,我们的敌人几乎和我们的读者一样多。有人抛出《英国史》的不知是第几百个节本,有人把弥尔顿、蒲柏和普赖尔[1]的几十行诗,《旁观者》[2]的一篇杂文,以及斯特恩[3]作品里的某一章,拼凑成一个集子加以出版,诸如此般的才干受到了上千文人墨客的赞颂;然而人们几乎总是愿意诋毁小说家的才能,贬损小说家的劳动,蔑视那些只以天才、智慧和情趣见长的作品。"我不是小说读者,很少浏览小说。别以为我常看小说。这对一本小说来说还真够不错的了。"这是人们常用的口头禅。"你在读什么,小姐?""哦!只不过是本小说!"小姐答道,一边装着不感兴趣的样子,或是露出一时羞愧难言的神情,赶忙将书撂下。"这只不过是本《西西丽亚》[4],《卡米拉》[5],或《贝林达》[6]。"总而言之,只是这样一些作品,在这些作品中,智慧的伟力得到了最充分的施展,因而,对人性的最透彻的理解,对其千姿百态的恰如其分的描述,四处洋溢的机智幽默,所有这一切都用最精湛的语言展现出来。假如那位小姐是在看一本《旁观者》杂志,而不是在看这类作品,她一定会十分骄傲地把杂志拿出来,而且说出它的名

---

1 马修·普赖尔(1664—1721):英格兰诗人和随笔作家。
2 1711年3月1日至1712年12月6日出版的一种杂志,主要撰稿人有著名随笔作家乔瑟夫·艾迪生和理查德·斯蒂尔等人。
3 劳伦斯·斯特恩(1713—1768):英国小说家,著有《项狄传》和《感伤的旅行》。
4 英国女作家范妮·勃尼(1752—1840)所著的一部感伤小说,1782年出版后风靡一时。
5 勃尼的另一部小说。
6 英国-爱尔兰女作家玛丽亚·埃奇沃思(1767—1849)所著的一部描写上流社会生活的小说。

字！不过，别看那厚厚的一本，这位小姐无论在读哪一篇，其内容和文体都不可能不使一位情趣高雅的青年人为之作呕。这些作品的要害，往往在于描写一些不可能发生的事件，矫揉造作的人物，以及与活人无关的话题；而且语言常常如此粗劣，使人对于能够容忍这种语言的时代产生了不良的印象。

第六章

两位女友之间的以下谈话，是她们相识八九天后的一个早晨，在矿泉厅进行的，可以充分显现出她们之间的热烈情感，显现出彼此的敏感、审慎和独出心裁，以及高雅的文学情趣，这一切表明了她们的热烈情感是那样合乎情理。

她们是约好了来的。因为伊莎贝拉比她的朋友早到了将近五分钟，她的头一句话当然是这样说的："我的宝贝，什么事把你耽搁得这么晚？我等了你老半天了！"

"真的呀！太对不起了，我还以为我很及时呢。才刚刚一点，但愿没让你久等吧？"

"哦！至少等了老半天了！肯定有半个钟头了。好了，先到大厅那边坐下来松快松快。我有一肚子话要跟你说。首先，今天早晨出门的时候，我生怕要下雨。真像是要下阵雨的样子，差一点把我急死了！你知道吧，我刚才在米尔萨姆街一家商店的橱窗里见到一顶帽子，你想象不到有多漂亮——跟你的那顶很相像，只是绸带是橙红色的，不是绿色的。我当时真想买呀。不过，亲爱的凯瑟琳,今天一早你都在干什么?是不是又看《尤道尔弗》[1]了?"

"是的,早上一醒来就在看,已经看到黑纱幔那儿了。"

"真的吗?多有意思啊!哦!我说什么也不告诉你那黑纱幔后面罩着什么!难道你不急于想知道吗?"

"噢!是的,很想知道。到底是什么呢?不过,请别告诉我——无论如何也别告诉我。我知道准是具骷髅。我想准是劳伦蒂纳[2]的骷髅。噢!我真喜爱这本书!实话对你说吧,我真想读它一辈子。若不是要来会你,我说什么也丢不开它。"

"亲宝贝!你真好。等你看完《尤道尔弗》,我们就一道看《意大利人》[3]。我给你列了个单子,十来本都是这一类的。"

"真的啊!那可太好了!都是些什么书?"

"我这就念给你听听。全记在我的笔记本里。《乌尔芬巴赫城堡》《克莱蒙》《神秘的警告》《黑树林的巫师》《夜半钟声》《莱茵河的孤儿》,以及《恐怖的奥秘》[4]。这些书够我们看些日子啦。"

"是的,真是太好了。不过,这些书都很恐怖吗?你肯定它们都很恐怖吗?"

---

1 安・拉德克利夫夫人(1764—1823)是英国哥特式小说的代表人物,《尤道尔弗的奥秘》是她的代表作。小说描写女主角埃米丽丧母后随父出游,途中遇险为一青年所救,两人一见钟情。父亲死后,埃米丽投奔姑母处,被恶棍诱至尤道尔弗城堡,历尽种种惊险,最后终于脱身,与情人团聚。情节紧张恐怖,充满神秘气息。原著对话中有时采用简称书名《尤道尔弗》。
2 《尤道尔弗的奥秘》中的人物,系劳伦蒂尼之误。
3 拉德克利夫夫人的另一部哥特式小说。
4 均系当时流行的哥特传奇小说。

"是的,保险没问题。我的好朋友安德鲁斯小姐把这些书全看过了,她真是个甜姐儿,一个天下顶讨人爱的姑娘。你要是认识安德鲁斯小姐就好了,你会喜欢她的。她正在给自己织一件要多漂亮有多漂亮的斗篷。我觉得她像天使一样美丽,使我感到恼火的是,男人们居然不爱慕她!为此,我要狠狠地责骂他们。"

"责骂他们!你能因为他们不爱慕她,就大加责骂?"

"是的,我就是要责骂。我为了自己的真正朋友,什么事情都做得出来。我爱起人来不会半心半意,我不是那种人。我的感情总是十分热烈。今年冬天,在一次舞会上,我就对亨特舰长说,他要是整个晚上老是跟我开玩笑,我就不同他跳舞,除非他承认安德鲁斯小姐像天使一样美丽。你知道,男人总以为我们女人之间没有真正的友谊,我决心要让他们看看事实并非如此。我要是听见有人说你的坏话,我马上就会冒火。不过,那压根儿不可能,因为男人们最喜欢你这样的小姐。"

"噢!天哪,"凯瑟琳红着脸嚷道,"你怎么能这么说呢?"

"我很了解你。你性情十分活泼,这正是安德鲁斯小姐所缺少的。坦白地说,她这个人没意思极了。噢!我得告诉你,我们昨天刚一分手,我就见到一个小伙子在使劲地看你——我敢断定,他爱上你了。"凯瑟琳脸上绯红,再次否认。伊莎贝拉哈哈一笑。"我以名誉担保,那是千真万确的。我明白是怎么回事:你是除了一位先生以外,对谁的爱慕都无动于衷,那位先生我就不点名道姓啦。得了,我不能责怪你。"她越发一本正经地说道,"你的心情很容易理解。我很清楚,你要是真正爱上一个人,就不喜欢别人来献殷勤。凡是与心上人无关的事情,全都是那样索然寡味!

我完全可以理解你的心情。"

"不过,你别让我觉得自己就这么想念蒂尔尼先生,我兴许再也见不到他了。"

"再也见不到他了!我的宝贝,别这么说啦。你要是真这么想,肯定要垂头丧气了。"

"不会的,绝不会。我也不装模作样,说什么我并不喜欢他。不过,当我有《尤道尔弗》可看的时候,我觉得谁也不能让我垂头丧气的。噢!那条可怕的黑纱幔!亲爱的伊莎贝拉,我敢肯定,它后面准是劳伦蒂纳的骷髅。"

"我觉得真怪,你以前居然没看过《尤道尔弗》。不过我想,莫兰太太反对看小说。"

"不,她不反对。她自己就常看《查尔斯·格兰迪森爵士》[1]。不过,新书落不到我们手里。"

"《查尔斯·格兰迪森爵士》!那是一本极其无聊的书,对不?我记得安德鲁斯小姐连第一卷都无法看完。"

"它和《尤道尔弗》完全不同,不过我还是觉得很有趣。"

"真的啊!真让我吃惊。我还以为不堪卒读呢。不过,亲爱的凯瑟琳,你有没有定下今晚头上戴什么?无论如何,我决定跟你打扮得一模一样。你知道,男人有时对这种事还挺注意呢。"

"他们注意有什么关系?"凯瑟琳十分天真地说。

"有什么关系!哦,天哪!我向来不在乎他们说什么。你若是不给他们点厉害瞧瞧,让他们识相点,他们往往会胡来的。"

---

[1] 英国小说家塞缪尔·理查森(1689—1761)的小说。

"是吗？这我可从没注意到。他们对我总是规规矩矩的。"

"啊！他们就会装腔作势，天下人数他们最自负，自以为了不起！噢，对了，有件事我都想到上百次了，可总是忘记问问你：你觉得男人什么肤色的最好看？你喜欢黑的还是白的？"

"我也说不上。我没怎么想过这个问题。我想还是介乎两者之间最好。棕色的——不白也不很黑。"

"好极啦，凯瑟琳。那正是他嘛。我还没忘记你是怎么形容蒂尔尼先生的：'棕色的皮肤，黝黑的眼珠，乌黑的头发。'唔，我的爱好可不一样。我喜欢淡色的眼睛。至于肤色，你知道我最喜欢灰黄色的。你要是在你的熟人里见到这种特征的，可千万别泄露我的天机。"

"泄露你的天机！你这是什么意思？"

"得了，你别难为我啦。我看我说得太多了。我们别再谈这件事吧。"

凯瑟琳有些诧异地依从了。沉默了一阵之后，她刚想再提起她当时最感兴趣的劳伦蒂纳的骷髅，不料她的朋友打断了她的话头，只听她说："看在老天爷的分上！我们离开这边吧。你知道，有两个讨厌的年轻人盯着我瞅了半个钟头了，看得我真难为情。我们去看看来了些什么人吧。他们不会跟到那边去的。"

她们走到来宾簿那儿。伊莎贝拉查看来宾登记的时候，凯瑟琳就负责监视那两个可怕的年轻人的行踪。

"他们没朝这边来吧？但愿他们别死皮赖脸地跟着我们。要是他们来了，你可要告诉我一声。我绝不抬头。"

过了不久，凯瑟琳带着真挚的喜悦告诉伊莎贝拉，说她不必再感到不安了,因为那两个人刚刚离开了矿泉厅。

"他们往哪边去了?"伊莎贝拉急忙转过身,问道,"有个小伙子长得还真漂亮。"

"他们往教堂大院那边去了。"

"哦,我终于把他们甩掉了,真是太好了!现在嘛,就陪我到埃德加大楼,去看看我的新帽子,好吗?你说过你想看看。"

凯瑟琳欣然同意了。"只是,"她补充说,"我们或许会赶上那两个年轻人的。"

"哎!别管那个。我们要是赶得快,马上就能超过他们。我一心急着让你看帽子呢。"

"不过,我们只要再等几分钟,压根儿就不会再碰见他们。"

"老实对你说吧,我才不这样抬举他们呢。我对男人就不这么敬重。那只会把他们宠坏。"

凯瑟琳无法抗拒这番理论。于是,为了显显索普小姐的特立独行,显显她要杀杀男人威风的决心,她们当即拔腿就走,以最快的速度向两个年轻人追去。

第七章

半分钟工夫，两位小姐穿过矿泉院，来到联盟路对面的拱廊底下，不想在这儿给挡住了去路。凡是熟悉巴思的人都会记得，要在这个地方穿过奇普街，真是困难重重。这的确是一条让人很伤脑筋的街道，偏巧连着去伦敦和牛津的大道以及城里的大旅馆，因此不管哪一天，一群群的妇女无论有多么重要的事情，无论是去买发面饼、女帽，还是像眼下这样去追赶小伙子，总要在街边给拦住，让马车、骑马人或大车先过去。伊莎贝拉自从来到巴思以后，这种苦头每天至少要吃三次，每次都要哀叹一番。现在，她注定要再吃一次苦头，再哀叹一番。且说她们刚来到联盟路对面，便望见那两位绅士正在那条别有风味的小巷里绕着边沟，穿过人群往前走。恰在这当儿，偏偏来了一辆双轮轻便马车，挡住了她们的去路。赶车的是一个非常神气的人，赶着车在高低不平的街道上猛跑，随时可能危及他自己、他的伙伴和那匹马的性命。

"嘻，这些讨厌的马车！"伊莎贝拉举目望了望说，"我对它们憎恶极啦！"然而，她的憎恶尽管理由充分，但持续的时间却不长，因为她再定睛一看，不禁惊叫起来："太好了！原来是莫兰先生和我哥哥！"

"天哪！是詹姆斯！"凯瑟琳同时嚷道。两位年轻人一看见她们，便猛地一下勒住了马，险些没把它勒倒。仆人急忙赶了来，两位先生跳下车，把马车交给他照料。

这次相遇完全出乎凯瑟琳的意料，她兴高采烈地迎接哥哥。这位哥哥是个性情非常和蔼的人，加之真心喜爱妹妹，因而同样表现得很高兴。当他尽情表露自己的喜悦之情时，索普小姐那双亮晶晶的眼睛一直在朝他溜来溜去，想勾起他的注意。随即，莫兰先生带着半喜半窘的神情，向索普小姐问起好来。假若凯瑟琳能善于揣摸别人感情的发展脉络，而不要仅仅沉湎于自己的感情之中，那她或许会认识到：同她自己一样，她哥哥也认为她的女友十分漂亮。

这当儿，约翰·索普先是在吩咐马的事，随后也走过来，凯瑟琳马上得到了应有的补偿，因为他一边漫不经心地轻轻拉了拉伊莎贝拉的手，一边笨拙地将一条腿往后一退，另一条腿一弯曲，向凯瑟琳微微鞠了个躬。他是个体魄健壮的青年，中等身材，面貌粗俗，体态笨拙。他似乎唯恐自己太漂亮，所以就穿了一身马夫的衣服，唯恐自己太文雅，所以便在应该讲究礼貌的时候表现得十分随便，在可以随便一点的时候又表现得十分放肆。他掏出表，说道："你猜我们从泰特布里到这儿走了多少时间，莫兰小姐？"

"我不知道有多远。"她哥哥告诉她是二十三英里。

"二十三！"索普大声嚷道，"足有二十五英里。"莫兰加以分辩，而且搬出了旅行指南、旅店老板和里程碑作为证据。可是，他的朋友全不把这些放在眼里，他有个更稳妥的距离测量法。"根据路上的时间来计算，"他说，"我敢肯定是二十五英里。现在是一点半。城里的钟打十一点的时候，我们从泰特布里旅馆的院子里赶车出来。全英格兰有谁敢说我的马套上车每小时走不到十英里。这不恰好是二十五英里。"

"你少说了一个钟头，"莫兰说，"我们离开泰特布里的时候，才十点钟。"

"十点！肯定是十一点！我把钟声一下下都数过了。莫兰小姐，你这位哥哥是想把我搅糊涂啊。你只要瞧瞧我的马，你生平见过这么快的马吗？"（仆人刚刚跳上马车，准备赶开。）"这样出色的纯种马！说什么三个半钟头只跑了二十三英里！瞧瞧那匹马，你认为这可能吗？"

"看样子的确汗淋淋的！"

"汗淋淋的！我们直到沃尔考特教堂，它都没倒一根毛。你瞧瞧它的前身，瞧瞧它的腰，只要看看它走路的姿态。它不可能一个钟头走不了十英里。把它的腿捆起来，它也能往前走。你觉得我这辆马车怎么样，莫兰小姐？轻巧吧？弹性真好，是城里造的。我买了还不到一个月。本来是给基督教会学院[1]的一个人定做的，那是我的一个朋友，人很不错。他用了几个星期，后来想必手头紧了，就想脱手。恰在这时，我想找一辆轻便马车，虽然有双马拉的我也想买。说来也巧，上学期我在马格达仑桥上遇见了他，

---

[1] 牛津大学的一个学院。

他正赶车去牛津。'哦!索普,'他说,'你想不想买这么一辆小车子?这类车里它算最棒的了,不过我可用腻了。''噢!该×[1],'我说,'我买了。你要什么价?'莫兰小姐,你猜他要了多少?"

"我当然猜不着。"

"你瞧,完全是双马双轮马车的装潢。座子、行李箱、剑匣、挡泥板、车灯、银镶线,你瞧,一应俱全。那铁制部件跟新的一样,甚至比新的还好。他要五十几尼。我当即同他拍板成交,把钱一扔,这车就归我了。"

"的确,"凯瑟琳说,"我对这种事一无所知,无法断定究竟是便宜还是贵。"

"既不便宜也不贵。也许我可以少出点钱,但我不喜欢讨价还价,再说可怜的弗里曼需要现钱。"

"你心眼真好。"凯瑟琳十分高兴地说道。

"噢!该×,在有能力为朋友帮点忙的时候,我讨厌小里小气的。"

这时,两位先生问起两位小姐打算到哪儿去,问明之后,便决定陪她们一起去埃德加大楼,顺便拜访一下索普太太。詹姆斯和伊莎贝拉在前面引路。伊莎贝拉觉得自己十分走运,眼前这位先生既是她哥哥的朋友,又是她朋友的哥哥,心里一高兴,免不了要想方设法让他一路上愉愉快快的。她的心地是那样纯洁,丝毫没有卖弄风骚的意味,因此,当他们在米尔萨姆街赶过那两个

---

[1] 在英语中,damn(该死)是一个四字母禁忌语,一般出自粗人之口,严肃作家多用 d— 来表示。出于对原著的尊重,译者皆以"该×"来对译。

讨人嫌的年轻人时，她全然不想去挑逗他们的注意力，只不过回头望了他们三次。

约翰·索普当然是和凯瑟琳走在一起啦。沉默了几分钟之后，他又谈起了他的双轮轻便马车："你将发现，莫兰小姐，有些人还是会认为我买了个便宜货，因为第二天我本来可以一转手多卖十几尼的。奥里尔的杰克逊一开口就给我六十几尼。当时莫兰也在场。"

"是的，"莫兰无意中听见了，说道，"不过你忘了，还包括你的马呢。"

"我的马！哦，该×！我的马给我一百几尼我也不卖。莫兰小姐，你喜欢敞篷马车吗？"

"是的，非常喜欢。这种马车我一直没有机会乘，不过我倒是特别喜欢的。"

"那好极了。我每天都可以让你乘我的车出去。"

"谢谢。"凯瑟琳答道。她心里有些忐忑不安，不知道接受这样的好意是否妥当。

"我明天就带你上兰斯当山。"

"谢谢你。可是你的马不要歇歇吗？"

"歇歇！它今天才走了二十三英里。真是胡说八道。歇息最伤马不过了，也使马疲乏得最快。不，不能歇。我平均每天要让马运动四个钟头。"

"真的呀！"凯瑟琳认真地说道，"那就是一天四十英里啊。"

"四十！哼，说不定有五十英里呢。好了，我明天带你上兰斯当山。记住，我可跟你约定啦。"

"那该多有意思啊！"伊莎贝拉转过身，大声嚷道，"亲爱的凯瑟琳，我真羡慕你。不过，哥哥，你车上怕是坐不下第三个人吧？"

"什么第三个人！当然坐不下。我来巴思不是为了带着妹妹四处兜风的。那岂不要成为笑话！莫兰会照应你的。"

那两个人听了这话，互相客气了一番，但是具体说了些什么话，最后决定怎么办，凯瑟琳并没听见。她的同伴刚才那股兴致勃勃的谈锋现在消沉了，只有见到女人的时候，才对其容貌断然品评一声，话语简短，褒贬分明。凯瑟琳带着年轻女性的谦逊与恭敬，尽可能洗耳恭听，随声附和，唯恐以自己的妇人之见唐突了一个充满自信的男人，特别是在牵涉到女性的美貌这样一个话题上。最后，她终于鼓起勇气，将话锋一转，提出了她心里思忖了很久的一个大问题："你看过《尤道尔弗》吗，索普先生？"

"《尤道尔弗》！噢，天哪！没看过。我从不看小说，我还有别的事要干。"

凯瑟琳觉得十分羞愧，正想道歉，不料约翰把她打断了："小说里净是胡说八道。自从《汤姆·琼斯》[1]以后，就没有过一本像样的小说，只有《僧人》[2]除外。我几天前看过这本书。至于别的小说，全都是些无聊透顶的作品。"

"我想你若是看看《尤道尔弗》，一定会喜欢的。这本书有趣极了。"

---

1 英国18世纪现实主义小说大师亨利·菲尔丁（1707—1754）的代表作，发表于1749年。
2 英国作家马修·刘易斯（1775—1818）创作的传奇小说，发表于1796年。

"老实说，我才不看呢！我要是看小说，那就看拉德克利夫夫人的。她的小说倒挺有意思，值得一读。那里边还多少有点逗趣的内容和对大自然的描写。"

"《尤道尔弗》就是拉德克利夫夫人写的。"凯瑟琳说道。她这话说得有点犹豫，唯恐让对方下不了台。

"绝对不可能。真是她写的？噢，我记起来了，是她写的。我刚才想到另外一本无聊的书上了，就是那个被人们捧上了天的女人[1]写的。她嫁给了那位法国移民。"

"我想你指的是《加米拉》吧！"

"对，就是那本书。简直是胡诌八扯！一个老头子玩跷跷板！有一次我拿起第一卷，随便看了看，立刻发现不行。的确，我还没见到书就猜到里面是什么货色了。我一听说它的作者嫁给了个移民，就准知道我无论如何也看不下去。"

"我从没看过这本书。"

"那你一点也不亏，尽管放心好了。那书真是无聊透了。什么内容也没有，就是一个老头子在玩跷跷板，学拉丁文，真是空洞透顶。"

不幸的是，这席公允的评论并没对可怜的凯瑟琳产生任何影响。说话间，大家来到了索普太太的寓所门前。索普太太从楼上发现了他们，便到走廊上来迎接。等见了索普太太，那位《加米拉》读者的那些敏锐而公允的情感消失了，代之而来的是一颗恭敬而亲热的孝子之心。"哦，妈妈！您好！"索普说道，一边亲切

---

[1] 指英国感伤小说的代表人物范妮·勃尼。

地同她握手,"你从哪儿搞到了那么一顶怪帽子?你戴着它真像个老巫婆。莫兰和我来家陪你住几天,因此你得在附近给我们找个好地方睡。"做母亲的听了这话,溺爱子女的一片心意似乎得到了满足,因为她是怀着欣喜万分和宠爱备至的心情来接待儿子的。随即,索普对两个小妹妹表现得同样很亲热,向她们一个个问好,还说两人样子真丑。

凯瑟琳并不喜欢这种言谈举止。但是,索普毕竟是詹姆斯的朋友,伊莎贝拉的哥哥。再加上出去看帽子的时候,伊莎贝拉对她说,约翰认为她是天下最迷人的姑娘;而在临分别之前,约翰又约她当天晚上同他跳舞;因此她就改变了先前的看法。假若凯瑟琳年纪稍大一些,虚荣心稍强一些,这种攻势也许不会产生什么效果。但是,一个既年轻又羞怯的少女,在被人夸作天下最迷人的姑娘,被人老早就约作舞伴的时候,她只有异常坚定、异常理智,才能做到无动于衷。且说莫兰兄妹同索普家的人坐了一个钟头之后,便起身一道去艾伦先生府上。主人刚关上门,詹姆斯便说:"凯瑟琳,你觉得我的朋友索普怎么样?"假如这其中不存在友谊,而她又没有受到恭维的话,她很可能回答说:"我一点也不喜欢他。"但她如今马上答道:"我很喜欢他。他看上去十分和蔼。"

"他是个顶和气的人,只是有点喋喋不休,不过我想这会博得你们女人的欢心。你喜欢他们家的人吗?"

"很喜欢,的确很喜欢,尤其是伊莎贝拉。"

"我很高兴听你这么说。我就希望见你亲近她这样的年轻女人。她富有理智,一点也不做作,十分和蔼可亲。我总想让你结识她。她似乎很喜欢你，对你极为赞赏。能受到索普小姐这样一位姑娘的赞赏，即使你，凯瑟琳，"他亲昵地握住她的手，"也会感到自豪。"

"我的确感到自豪，"凯瑟琳答道，"我极其喜爱她，我很高兴你也喜欢她。你去他们家以后，给我写信的时候怎么一句也没提到她？"

"因为我想我马上就会见到你的。我希望你们在巴思期间，能经常待在一起。她是个极其和蔼可亲的姑娘，那么聪明过人！她们全家人都喜爱她，她显然是集全部的宠爱于一身。在这样一个地方，一定有不少人爱慕她，你说是不是？"

"是的，我想一定会有很多人。艾伦先生认为她是巴思最漂亮的姑娘。"

"我想他是这么认为的。我不知道有谁能比艾伦先生更有审美力。亲爱的凯瑟琳，我不必问你在这儿过得是否愉快。有伊莎贝拉·索普这样的朋友做伴，你不可能不愉快。毫无疑问，艾伦夫妇待你一定很好。"

"是很好。我以前从没这么愉快过。现在你来了，那就更令人愉快了。你可真好，特意跑这么远来看我。"

詹姆斯接受了这番感激之词，而且，为了使良心上也受之无愧，还情恳意切地说道："凯瑟琳，我实在太爱你了。"

兄妹俩一问一答地谈起了兄弟姊妹的情况，这几个在做什么，那几个发育得怎么样，以及其他家务事。除了詹姆斯打岔夸赞了索普小姐一声以外，他们一直在谈论这些事情。到了普尔蒂尼街，詹姆斯受到艾伦夫妇的盛情招待，男的留他吃饭，女的请他猜猜她新买的皮笼和披肩要多少钱,权衡一下它们的优点。詹姆斯因为和埃德加大楼那边有约在先,无法接受艾伦先生的邀请,只好一满足艾伦太太的要求,便匆匆告辞。两家在八角厅会面的时间既然订准了,凯瑟琳便可带着惊恐不安的心情,张开想象的翅膀,尽情欣赏她的《尤道尔弗》,把整装吃饭这一切人间琐事统统抛在一边。艾伦太太生怕裁缝来晚了,她也顾不得去安慰,甚至连自己已经跟人约好晚上去跳舞这等荣幸事,也只能在一小时里抽出一分钟来回味一番。

第八章

尽管凯瑟琳要看《尤道尔弗》,艾伦太太担心裁缝来迟,普尔蒂尼街这边的人还是按时赶到了上舞厅。索普一家和詹姆斯只不过比他们早到两分钟。伊莎贝拉像往常一样,一见到她的朋友便急忙上前欢迎,只见她喜笑颜开,亲热无比,时而赞赏她长裙的款式,时而羡慕她鬈发的样式。接着,两人跟着年长的陪伴人,臂挽臂地步入舞厅,脑子里一有个什么念头,便要嘀咕一番,有许多念头是用捏捏手和亲切的微笑代为表达的。

大伙刚坐下不几分钟,跳舞便开始了。詹姆斯同他妹妹一样,早就约好了舞伴,因而再三催促伊莎贝拉快点起身。哪知约翰跑进牌室找朋友说话去了,伊莎贝拉当众宣布,要是亲爱的凯瑟琳不能一道加入,她说什么也不先跳。"我告诉你吧,"她说,"你亲爱的妹妹不跟着一起来,我就决不跳舞。不然,我们整个晚上都要分开了。"凯瑟琳很感激地领了她的情,就这样又坐了三分钟。却说伊莎贝拉先是跟坐在她另一边的詹姆斯说着话,这时突然又转向凯瑟琳,悄声说道:"亲爱的,我恐怕得离开你了,你哥哥实在等不及了。我知道你不会介意让我去的。约翰一会儿准回来。那时，你很容易就能找到我。"凯瑟琳虽然有点失望，但她脾气好，没有加以阻拦。于是那两个人立起身，伊莎贝拉只来得及捏了捏她朋友的手，说了声"回头见，我的宝贝！"便同詹姆斯匆匆走开了。索普家的二小姐三小姐也在跳舞，凯瑟琳依旧坐在索普太太和艾伦太太中间，跟她们做伴。索普先生还没露面，这不能不使她感到恼火。她不单渴望跳舞，而且也知道：别人既然不知道她实际上已经有了舞伴，那她就像坐在那里找不到舞伴的几十位姑娘一样丢脸。一个心地纯洁、行为无辜的姑娘，当众丢人现眼，有失体面，殊不知这完全是由别人的差失造成的，这种情况想必也是女主角生活中的特有遭遇吧。在这种遭遇下，女主角表现得越刚强，人格就显得越高尚。凯瑟琳也是刚强的。她心里感到屈辱，但嘴里并不抱怨。

忍气吞声地等了十分钟，凯瑟琳心里蓦地一惊，不觉顿时转忧为喜。原来，她在离她座位不到三码远的地方看见了他，不是索普先生，而是蒂尔尼先生。他似乎在朝她们这边走来，但是没有望见她。因此，凯瑟琳因为看见他突然出现而泛起的微笑和红晕便又消失了，并没玷污这个女主角的尊严。蒂尔尼先生看上去像以往一样英俊，一样活跃，正在兴致勃勃地跟一位时髦俏丽的年轻女子谈话。那女子搭着他的手臂，凯瑟琳马上猜测那是他妹妹。她本来大可认为他已经结婚，因而使她永远失去了他，现在却不假思索地抛弃了这一良好机会。不过，单从简单、可能的情况来判断，她也从未想过蒂尔尼先生可能会结婚。他的言谈举止与她熟悉的已婚男子并不相像。他从未提起他有妻子，只说过有个妹妹。根据这些情况,她立刻断定:现在在他身边的是他妹妹。因此,凯瑟琳没有变得面无人色,也没有昏倒在艾伦太太怀里,只见她笔直地坐着,头脑十分清醒,双颊只比平常略红一点。

蒂尔尼先生与他的同伴跟在一位妇人后边,缓慢而不停地向她们走来。这位妇人认识索普太太,因而便停下同她说话,蒂尔尼兄妹因为由她领着,也跟着停住脚。蒂尔尼先生一望见凯瑟琳正在看他,便立即露出微笑,表示相识。凯瑟琳也快活地向他笑了笑。接着,蒂尔尼先生又往前走了几步,同凯瑟琳和艾伦太太说话,艾伦太太客客气气地向他打了个招呼:"我很高兴又见到你,先生。我本来担心你离开巴思了呢。"蒂尔尼先生谢谢她的关心,说他离开过巴思一个星期,就是他有幸认识她的第二天早晨走的。

"唔,先生,你这次回来肯定不会后悔吧,因为这里正是年轻人的天地——当然也是其他人的天地。当艾伦先生谈到他讨厌巴思时,我就对他说,他的确不该抱怨,因为这个地方实在太适意了,逢上这样的淡季,待在这儿比待在家里强多了。我跟他说,他真有福气,能到这儿疗养。"

"我希望,太太,艾伦先生发现巴思对他大有裨益,到时候就该喜欢这个地方了。"

"谢谢你,先生。我相信他会的。我们的一位邻居斯金纳博士去年冬天来这儿疗养过,回去的时候身体好极了。"

"这个事实一定会带来很大的鼓舞。"

"是的,先生,斯金纳博士一家在这儿住了三个月呢。因此我对艾伦先生说,他不要急着走。"

话说到这儿让索普太太打断了。她请艾伦太太稍许挪动一下,给休斯太太和蒂尔尼小姐让个座,因为她俩答应陪她们一起坐坐。大家坐下以后,蒂尔尼先生还依然立在她们面前。他思谋了几分钟之后,便请凯瑟琳与他跳舞。这本是件值得高兴的事,不想女方却感到悔恨交加。她表示谢绝时,显得不胜遗憾,好像煞有其事似的,幸亏索普刚来,他若是早来半分钟,准会以为她万分痛苦。接着,索普又大大咧咧地对她说让她久等了,但这丝毫没有使她觉得好过些。他们起身跳舞时,索普细说起他刚刚辞别的那位朋友家的马和狗,还说他们打算交换狸[1],可是凯瑟琳对此不感兴趣,她仍旧不时地朝她离开蒂尔尼先生的地方张望。她特别想让亲爱的伊莎贝拉见见他,可惜伊莎贝拉连个影子也见不着。他们不在一个舞群里。她离开了自己的所有伙伴,离开了自己的所有熟人。不痛快的事真是一桩接着一桩。她从这一桩桩事里,得出了一条有益的教训:舞会前先约好舞伴,不见得会增加一位少女的尊严与乐趣。正当她如此这般吸取教训时,忽然觉得有人拍了拍她的肩膀,将她从沉思中惊醒。她一扭头,发现休斯太太就在她身后,由蒂尔尼小姐和一位先生伴随着。"请原谅我冒昧,莫兰小姐,"休斯太太说,"我无论如何也找不到索普小姐。索普太太说,你肯定不会介意陪陪这位小姐。"休斯太太还真找对了人,这屋里谁也不会比凯瑟琳更乐意做这份人情了。休斯太太为两位小姐做了介绍。蒂尔尼小姐很有礼貌地感谢了对方的好意。莫兰小姐本着慷慨的精神,委婉地表示这算不了什么。休斯太太把她带来的小姐做了妥善安置之后,便满意地回到她的同伴那儿了。

---

[1] 一种小狗,能掘地洞追逐猎物。

蒂尔尼小姐身材苗条，脸蛋俊俏，和颜悦色的，十分招人爱。她的仪态虽然不像索普小姐那样十分做作，十分时髦，但更加端庄大方。她的言谈举止表现出卓越的见识和良好的教养。她既不羞怯，也不故作大方。她年轻迷人，但是到了舞会上，并不想吸引周围每个男人的注意，不管遇到什么芥末小事，也不会装腔作势地欣喜若狂，或是莫名其妙地焦灼万分。由于她的美貌和她与蒂尔尼先生的关系，凯瑟琳立刻对她产生了兴趣，自然很想同她结识。因此，每当想起什么话头，都很乐意与她谈，而且也有勇气、有闲暇与她谈。但是，由于这些先决条件经常出现缺这少那的情况，两人也就无法立即成为知己，只能进行一些相识间的初步交谈，说说各自喜不喜欢巴思，是否欣赏巴思的建筑和周围的乡村，绘不绘画，弹不弹琴，唱不唱歌，爱不爱骑马。

两支舞曲刚刚结束，凯瑟琳发觉忠实的伊莎贝拉轻轻抓住了自己的手臂，只听她兴高采烈地嚷道："我终于找到你了。我心爱的，我找了你一个钟头了。你明知我在另一个舞群里跳舞，怎么能跑到这一个舞群来呢？我离开了你真没劲儿。"

"亲爱的伊莎贝拉，我怎么能找到你呢？我连你在哪儿都看不见。"

"我一直这样告诉你哥哥，可他就是不肯相信。'快去找找你妹妹，莫兰先生，'我说，可全是白搭——他一动不动。难道不是吗，莫兰先生？你们男人都懒得出奇！我一直在狠狠地责备他，亲爱的凯瑟琳，你会感到大为惊奇的。你知道我对这种人从不客气。"

"你看那个头上戴白珠子的小姐，"凯瑟琳轻声说道，一边把她的朋友从詹姆斯身边拉开,"那是蒂尔尼先生的妹妹。"

"哦!天哪!真的啊!快让我瞧瞧。多可爱的姑娘啊!我从没见过这么美的人儿!她那位人见人爱的哥哥在哪儿?在不在大厅里?如果在,请马上指给我看。我真想看看他。莫兰先生,你不用听,我们没说你。"

"那你们在嘀咕什么?出什么事了?"

"你看,我就知道是这么回事!你们男人好奇起来简直坐立不安!还说女人好奇,哼!和你们比起来真是小巫见大巫。不过,你就死了这条心吧,你休想知道是什么事。"

"你以为这样我就死心啦?"

"哎,真奇怪,我从没见过你这号人。我们谈什么与你有什么相干?也许我们就在谈论你,因此我奉劝你不要听,不然,你说不定会听见不太悦耳的话。"

这样无聊地闲扯了好一阵,原先的话题似乎给忘了个精光。凯瑟琳虽说很愿意让它中断一会儿,但是她禁不住有点怀疑,伊莎贝拉原先急切地想见蒂尔尼先生,怎么一下子就忘了个精光。当乐队重新奏起新舞曲时,詹姆斯又想把他的漂亮舞伴拉走,但是被拒绝了。"你听我说,莫兰先生,"伊莎贝拉喊道,"我绝不会干这种事儿。你怎么能这么烦人!你看看,亲爱的凯瑟琳,你哥哥想让我干什么?他想让我再同他跳舞,虽然我跟他说这极不恰当,太不成体统。我们要是不换换舞伴,岂不成了人家的话柄。"

"说真话,"詹姆斯说,"在公共舞会上,这是常有的事。"

"胡扯,你怎么能这么说?你们男人要达到个什么目的,总是无所顾忌。亲爱的凯瑟琳,快帮帮我的忙,劝劝你哥哥,让他知道这是办不到的。告诉他，你要是见我干这种事，定会大为震惊。难道不是吗？"

"不，绝不会。不过，你要是认为不恰当，那你最好换换舞伴。"

"你看，"伊莎贝拉嚷道，"你妹妹的话你都听见了，可你就是不理会。你记住，我们要是惹得巴思的老太太们飞短流长的，那可不是我的过错。来吧，亲爱的凯瑟琳，看在上天的分上，跟我站在一起。"两人拔腿就走，回到原来的位置。这当儿，约翰·索普早溜掉了。凯瑟琳刚才受过蒂尔尼先生的一次抬举，很想给他个机会重提一下那个令人愉快的请求，便快步朝艾伦太太和索普太太那儿走去，指望他还和她们在一起——她的希望落空以后，又觉得抱这样的希望也太可笑了。"唔，亲爱的，"索普太太说，迫不及待地想听听别人夸夸她的儿子，"我希望你找了个愉快的舞伴。"

"愉快极了，太太。"

"我很高兴。约翰神采迷人，是吧？"

"你遇见蒂尔尼先生没有，好孩子？"艾伦太太说道。

"没有，他在哪儿？"

"他刚才还跟我们在一起，说他逛荡腻了，打定主意要去跳舞。所以我想，他要是碰见你，兴许会请你跳的。"

"他可能在哪儿呢？"凯瑟琳边说边四下张望。没张望多久，便发现蒂尔尼先生正领着一位年轻小姐去跳舞。

"哦！他有舞伴了！可惜他没请你跳。"艾伦太太说道。沉默了一会儿之后，她又补充道："他是个很讨人爱的小伙子。"

"的确是，艾伦太太，"索普太太自鸣得意地笑道，"虽然我是他母亲，但我还是要说，天下没有比他更讨人爱的小伙子了。"

这句牛头不对马嘴的回答让许多人听了，也许会感到莫名其妙。但是艾伦太太却不感到困惑，只见她略思忖片刻，便悄声对凯瑟琳说道："她一准以为我在说她儿子。"

凯瑟琳又失望，又气恼。她似乎只晚了一步，就把眼见到手的机会放跑了。而后不久，约翰·索普来到她跟前，说道："莫兰小姐，我想我们还是再来跳一会儿吧。"凯瑟琳因为心里正在懊悔，也没给他个好声好气的回答：

"噢，不。多谢你的好意，我们的两段舞已经跳过了。再说，我累了，不想再跳了。"

"不想跳了？那就让我们在屋里走走，跟人开开玩笑。快跟我来吧，我要让你瞧瞧这屋里四个最滑稽的人：我的两位妹妹和她们的舞伴。我这半个钟头里一直在嘲笑他们。"

凯瑟琳再次谢绝了。最后，索普先生只好独自去嘲弄他的妹妹。凯瑟琳觉得后半个晚上非常无聊。用茶时，蒂尔尼先生让人从她们中间拽走了，去应酬他的舞伴的那群人。蒂尔尼小姐虽然与她们在一起，但是并不挨近她。詹姆斯与伊莎贝拉光顾得一起说话，伊莎贝拉无暇顾及她的朋友，顶多对她笑一笑，捏一下手，叫一声"最亲爱的凯瑟琳"。

第九章

晚上的事件给凯瑟琳带来的不快是这样发展的：她还待在舞厅时，先是对周围的每个人普遍感到不满，这种不满很快引起了极度的疲倦，就急切地想回家。一回到普尔蒂尼街，又变得饥肠辘辘，吃饱饭后，一个劲儿地就想睡觉。这是她烦恼的极点，因为她一躺到床上，便立刻沉沉地睡着了。这一觉持续了九个钟头，醒来时完全恢复了元气，不觉精神焕发，心里产生了新的希望，新的计划。她心中的第一个愿望是进一步结交蒂尔尼小姐，而午间为此目的到矿泉厅去找她，则几乎成了她决意要做的第一桩事。新来巴思的人，总会在矿泉厅里碰见，而且她已经发觉，这个地方十分有利于发现女人的优点，十分有助于促成女人的亲密，同时也是秘密交谈和倾心诉胆的好地方，她完全有理由期望在那里再交上一位朋友。她上午的计划就这么定了，吃过早饭后便安安静静地坐下来看书，决计一动不动地看到一点。由于习惯的缘故，艾伦太太的说话和喊叫并没给她带来多少干扰。这位太太心灵空虚，不善动脑，从来不曾滔滔不绝过，也绝对做不到完全闭口不言。因此，当她坐着做活时，一旦丢了针或是断了线，一旦听见街上有马车声，一旦看见自己衣服上有污迹，她定要大声喊叫起来，也不管旁边是否有人有空搭理她。十二点半左右，她听见一阵响亮的敲门声，便赶忙跑到窗口。她告诉凯瑟琳说，门口来了两辆敞篷马车，头一辆里只有一个仆人，她哥哥赶着车和索普小姐坐在第二辆上。话音未落，便听约翰·索普咚咚咚跑上楼来，一边大声吆喊："莫兰小姐，我来了。让你久等了吧？我们早来不了，那个造车的老混蛋找了半天才找到一辆凑合能坐的车，十有八九，不等我们出这条街，那车准得散架。你好啊，艾伦太太，昨晚的舞会令人满意吧？来，莫兰小姐，快来，其他人都急匆匆地要走。他们想摔跟头哪。"

"你这是什么意思？"凯瑟琳说，"你们要上哪儿去？"

"上哪儿去？怎么，你没忘记我们的约会吧！难道我们没有一起约定今天上午坐车出游？你这是什么记性啊！我们要去克拉沃顿高地。"

"我记起来了，有这么回事，"凯瑟琳说道，一边望着艾伦太太，要她拿主意，"可我真没想到你会来。"

"没想到我会来！说得倒轻巧！我假使不来，你不知道会怎么闹呢。"

在这同时，凯瑟琳向她的朋友使的眼色全都白费了，因为艾伦太太本人向来没有以眼传神的习惯，也不晓得别人会这么做。纵使凯瑟琳渴望再次见到蒂尔尼小姐，也觉得这事可以推迟一下，不如先坐车出去玩玩。她觉得，既然伊莎贝拉能和詹姆斯一同出去，她陪陪索普先生也未尝不妥。因此，她只好把话说明白些:"太太,你看怎么样?能放我一两个钟头吗?我可以去吗?"

"你想去就去吧,亲爱的。"艾伦太太心平气和地答道,显得毫不介意。凯瑟琳会意,马上跑去做准备。索普引着艾伦太太对他的马车夸奖了一番,然后两人又开始称赞凯瑟琳,还没说上两句,凯瑟琳便出来了。接受了艾伦太太的祝愿之后,两位年轻人便匆匆跑下了楼。凯瑟琳上车前,先去看了看自己的朋友。"我亲爱的宝贝,"只听伊莎贝拉大声嚷道,"你至少打扮了三个钟头。我还担心你病倒了呢。我们昨天晚上的舞会多有意思啊。我有一肚子的话要跟你说。快上车,我正急着走呢。"

凯瑟琳遵从她的命令,刚转身走开,便听见她的朋友对詹姆斯大声惊叹:"多可爱的姑娘!我太喜欢她了。"

"莫兰小姐,"索普扶她上车时说道,"要是我的马一开头有点蹦蹦跳跳,你可别害怕。它很可能往前冲一两下,也许要一会儿赖才肯走。不过,它马上就会认得它的主人的。这家伙性子烈,虽然淘气,却也没有恶癖。"

凯瑟琳听他这么一刻画,觉得事情不妙,但是打退堂鼓又来不及了,何况她又年轻好胜,不肯承认害怕。因此,只好听天由命,就看那牲口像不像吹的那样认得主人了。凯瑟琳安安静静地坐下来,看着索普也在她身旁坐下。一切安排停当,主人以庄严的口吻,命令立在马首的仆人"启程"。于是,大家出发了,马没冲也没跳,什么事情都没发生,那个平平稳稳的劲儿简直令人难以想象。真是谢天谢地,凯瑟琳幸免了一场惊吓,她带着惊喜的口气,大声道出了心里的喜悦之情。她的伙伴立即把事情说得十

于是，大家出发了，马没冲也没跳，什么事情都没发生

分简单，告诉她那完全由于他拉缰绳拉得特别得法，挥鞭子挥得特别准确老练。凯瑟琳觉得，索普能如此熟练地驾驭他的马，却又偏要用它的恶癖来吓唬她，这叫她不能不感到奇怪。尽管如此，她还是衷心庆幸自己受到这样一个好驭手的关照。她觉得那马仍然安安稳稳地走着，丝毫看不出想要恶作剧的样子，况且，鉴于它每小时肯定走十英里，这速度也绝非快得可怕。因此她就放下了心，在这和煦的二月天气里，尽情地呼吸着新鲜空气，享受着这种最能令人心旷神怡的驱车运动。他们头一次简短的对话之后，沉默了几分钟。蓦然间，这沉默被索普打破了："老艾伦跟犹太佬一样有钱吧？"凯瑟琳没听懂他的意思，他又重复问了一声，并且补充解释说："老艾伦，就是你和他在一起的那个人。"

"噢！你是指艾伦先生。是的，我想他是很有钱。"

"还没有孩子吧？"

"是的——一个也没有。"

"真美了他的旁系亲属。他不是你的教父吗？"

"我的教父！不。"

"可你总是常和他在一起吧？"

"是的，常在一起。"

"啊，我就是这个意思。他似乎是个挺好的老头，一辈子想必过得还挺不错的。他不会无缘无故得上痛风病的。他是不是每天都喝一瓶呀？"

"每天都喝一瓶！不。你怎么想到这上头来了？他是个很有节制的人，你不会以为他昨天晚上喝醉了吧？"

"我的天哪！你们女人总是把男人看成醉醺醺的。怎么，你不认为一瓶酒就能把人弄昏头吗?我敢这么说:要是每个人天天喝一瓶酒的话,如今的世界绝不会出那么多乱子。那对我们大家都是件大好事。"

"这叫我无法相信。"

"噢!天哪,那会拯救成千上万的人。王国消费的酒连应该消费的百分之一都不到。我们这种多雾的天气,就需要以酒相助。"

"然而我听人说,牛津就要喝好多好多酒。"

"牛津!你尽管放心好啦,牛津现在没有喝酒的。那里没人喝酒。你很难遇到一个酒量超过四品脱的人。比方说,上次在我宿舍里举行的宴会上,我们平均每人报销五品脱,这被认为是很了不起的事情了。大家都以为这是异乎寻常的。当然,我那是上等好酒。你在牛津难得见到这样好的酒——这也许正是大家喝得多的原因。不过这只是让你对牛津那儿的一般酒量有个概念。"

"是的,确实有个概念,"凯瑟琳激动地说,"那就是说,你们喝得比我原先想象的多得多。不过,我相信詹姆斯不会喝那么多。"

这句话惹得索普扯着嗓门,不容分说地回答起来,具体说的什么,一句也听不清楚,只知道里面夹杂着许多大喊大叫,近似赌咒发誓。索普说完后,凯瑟琳越发相信牛津那儿酒风很盛,同时也为她哥哥的比较节制感到高兴。

这时,索普的脑子又回到他的车马的优点上,他让凯瑟琳赞赏他的马走起路来多么刚劲有力,潇洒自如。马的步履,还有那精制的弹簧,使马车的运动显得多么悠闲舒适。凯瑟琳尽量效仿着他来赞赏。要抢在他前头说,或者说得比他高明,那是不可能的。在这方面,他是无所不知,她却一无所知,他是喋喋不休,她却缺乏自信,这就使她无法抢先,无法比他高明。她想不出什么新鲜的赞美词,只能他说什么,她就赶忙随声附和。最后,两人毫不费劲地便谈定,在英格兰,就数索普的车马设备最完善:他的马车最轻巧,他的马匹最能跑,而他自己的赶车技术又最高。过了一阵,凯瑟琳贸然以为此事已经有了定论,便想稍许变换点花样,于是说道:"索普先生,你当真认为詹姆斯的马车会散架?"

"会散架!哦!天哪!你生平什么时候见过这样摇摇晃晃的玩意儿!整个车上没有一个完好的铁件。轮子磨损了至少有十年——至于车身,我敢说,就是你用手一碰,也能把它摇个粉碎。我从没见过这么摇摇晃晃的破玩意儿!谢天谢地!我们这辆比它强。就是给我五万镑,让我坐着它走两英里,我也不干。"

"天哪!"凯瑟琳给吓坏了,大叫起来,"那我们还是往回转吧。我们再往前走,他们准会出事的。快往回转吧,索普先生。快停下和我哥哥说说,告诉他太危险。"

"危险!哦,天哪!那有什么呀?车子垮了,大不了摔个跟斗。地上有的是土,摔下去可好玩呢。哦,该死!只要你会驾驭,那马车安全得很。这种家伙要是落到能人手里,即使破烂不堪,也能用上二十多年。愿上帝保佑你!谁给我五英镑,我就驾着它到约克跑个来回,保证一个钉子也不丢。"

凯瑟琳惊讶地听着。同一件东西,却有两种截然不同的说法,她不知道如何把它们协调起来。她没受过专门教育,不懂得碎嘴子人的脾气,也不晓得过分的虚荣会导致多少毫无根据的谬论和肆无忌惮的谎言。她自己家里的人都是些实实在在的普通人,很少耍弄什么小聪明。她父亲至多来个双关语就满足了，她母亲最多来句谚语，他们没有为了抬高身价而说谎的习惯，也不会说前后矛盾的话。凯瑟琳茫然不解地把这事思忖了一阵，曾不止一次地想请索普先生把自己对这件事的真正看法说得更明白一些，但她还是忍住了，因为她觉得索普先生说不明白，他不可能把先前说得模棱两可的话解释清楚。除此之外，她还考虑到：索普先生既然能轻而易举地搭救他妹妹和她的朋友，他不会当真让他们遭到危险的。凯瑟琳最后断定，索普先生一定知道那辆车子实际上是绝对保险的，因此她也就不再惊慌失措了。索普似乎全然忘记了这件事。他余下的谈话（或者说讲话），自始至终都环绕着他自己和他自己的事情。他讲到了马，说他只用一丁点儿钱买进来，再以惊人的大价钱卖出去；讲到了赛马，说他总能万无一失地事先断定哪匹马能赢；讲到了打猎，说他虽然没有好好瞄准放一枪，但打死的鸟比他所有的同伴总共打死的还多。他还向凯瑟琳描述了他有几天带着狐猩[1]去狩猎的出色表演，由于他富有预见和善于指挥猎犬，纠正了许多最老练的猎手所犯的错误；同时，他骑起马来勇猛无畏，这虽然一时一刻也没危及他自己的性命，却时常带得别人出了麻烦，他若无其事地断定，不少人给摔断了脖子。

虽然凯瑟琳没有独立判断的习惯，虽然她对男人的整个看法是摇摆不定的，但是当她听着索普滔滔不绝地自吹自擂时，她却不能不怀疑这个人是否真的讨人喜爱。这是个大胆的怀疑，因为

---

[1] 捕狐的大猎狗。

索普是伊莎贝拉的哥哥，而且她听詹姆斯说过，他的言谈举止会使他博得所有女人的欢心。尽管如此，两人出游还不到一个钟头，凯瑟琳便极度厌烦同索普在一起了，直至车子回到普尔蒂尼街，这种厌烦情绪一直在不断地增长。于是，她就多少有点抗拒那个至高的权威，不相信索普有能耐到处讨人喜爱。

来到艾伦太太门口，伊莎贝拉发现时候不早了，不能陪她的朋友进屋了，那个惊讶劲儿，简直无法形容。"过三点了！"这真是不可思议，不可置信，也不可能！她既不相信自己的表，也不相信她哥哥的表，更不相信用人的表。她不肯相信别人凭着理智和事实做出的保证，直至莫兰掏出表，确认了事实，这时候再多怀疑一刹那，将同样不可思议，不可置信，也不可能。她只能一再分辩说，以前从没有哪两个半钟头过得这么快，并要拉着凯瑟琳证明她说的是实话。但是，凯瑟琳即使想取悦伊莎贝拉，也不能说谎。好在伊莎贝拉没有等待她的回答，因此也就省得她痛苦地听见朋友表示异议的话音。她完全沉浸在自己的感情里。当她发现必须立刻回家的时候，她感到难过极了。自从她们上次说了两句话以后，她已有好久没同她最亲爱的凯瑟琳聊一聊了。虽然她有一肚子的话要对她说，但是她们仿佛永远不会再在一起了。于是她带着无比辛酸的微笑和极端沮丧的笑脸，辞别了她的朋友，往前走去。

艾伦太太无所事事地忙碌了一个上午之后刚刚回来，一见到凯瑟琳便马上招呼道："哦，好孩子，你回来了。"对于这个事实，凯瑟琳既没能力，也没心思加以否认。"这趟风兜得挺愉快吧？"

"是的，太太，谢谢。今天天气再好不过了。"

"索普太太也是这么说的。她真高兴你们都去了。"

"这么说,你见过索普太太了?"

"是的。你们一走,我就去矿泉厅,在那儿遇见了她,和她一起说了好多话。她说今天上午市场上简直买不到小牛肉,真是奇缺。"

"你还看见别的熟人吗?"

"看见了。我们决定到新月街兜一圈,在那儿遇见了休斯太太以及同她一起散步的蒂尔尼兄妹。"

"你真看见他们了?他们和你说话了没有?"

"说了。我们一起沿新月街溜达了半个钟头。他们看来都是很和悦的人。蒂尔尼小姐穿了一身十分漂亮的带斑点的细纱衣服。据我看,她总是穿得很漂亮。休斯太太跟我谈了许多关于她家的事。"

"她说了些什么事?"

"噢!的确说了不少。她几乎不谈别的事。"

"她有没有告诉你他们是格洛斯特郡什么地方的人?"

"告诉过,可我现在记不起了。他们是很好的人家,很有钱。蒂尔尼太太原是一位德拉蒙德家的小姐,和休斯太太同过学。德拉蒙德小姐有一大笔财产,她出嫁时,父亲给了她两万镑,还给了五百镑买结婚礼服用。衣服从服装店拿回来时,休斯太太全看见了。"

"蒂尔尼夫妇都在巴思吗?"

"我想是的,但我不敢肯定。不过我再一想,他们好像都去世了,至少那位太太不在了。是的,蒂尔尼太太肯定不在了,因为休斯太太告诉我说,德拉蒙德先生在女儿出嫁那天送给她一串美丽的珍珠,现在就归蒂尔尼小姐所有,因为她母亲去世后,这串珠子就留给她了。"

"我那个舞伴蒂尔尼先生是不是独子?"

"这我可不敢肯定,孩子。我隐约记得他是独子。不过休斯太太说,他是个很出色的青年,可能很有出息。"

凯瑟琳没有再追问下去。她听到的情况足以使她感到,艾伦太太提供不出可靠的消息,而最使她感觉不幸的是,她错过了一次同那兄妹俩的见面机会。假使她早能预见这个情况,她说什么也不会跟着别人出游。实际上,她只能埋怨自己有多倒霉,思忖自己有多大损失,直至清楚地认识到,这次兜风压根儿就不令人开心,约翰·索普本人就很让人讨厌。

第十章

晚上，艾伦夫妇、索普太太一家、莫兰兄妹都来到剧院。伊莎贝拉同凯瑟琳坐在一起，她在她们漫长的分离中攒下的一肚子话，现在总算有机会吐露几句了。"哦，天哪！亲爱的凯瑟琳，我总算又跟你搞到一块了吧？"凯瑟琳一走进包厢，坐到她身边，她便这样说道。"你听着，莫兰先生，"因为詹姆斯坐在她另一侧，"这整个晚上我不再跟你说一句话了，所以我奉劝你别再指望了。我最亲爱的凯瑟琳，你这一向可好吗？不过我用不着问你，因为你看上去很高兴。你的发式真比以前做得更漂亮了。你这个调皮鬼，你想把每一个人都迷住吗？老实告诉你，我哥哥已经深深爱上你了。至于蒂尔尼先生——不过那已经是大局已定了——即使像你这么谦虚的人，也不能怀疑他对你一片衷情。他回到巴思这件事，使问题再清楚不过了。噢！我说什么也要见见他！我真等得不耐烦了。我母亲说，他是天下最可爱的小伙子。你知道吧，我母亲今天上午见到他了。你一定要给我介绍介绍。他这会儿在不在剧院里？看在老天爷的分上，请你四下瞧瞧！说老实话，我不见到他简直没法活了。"

"不在,"凯瑟琳说,"他不在这儿。我哪儿也看不见他。"

"哦,可怕!难道我永远也不能和他结识?你觉得我这条长裙怎么样?我想看不出什么毛病吧?这袖子完全是我自己设计的。你知道吧,我对巴思腻味透了!你哥哥和我今天早晨都这么说,在这儿玩几周虽说满不错,但是说什么也不要住在这儿。我俩很快发现,我们的爱好完全一样,都爱乡下不爱别的地方。的确,我们的意见完全一致,真是滑稽!我们的意见没有一丁点不同的地方。我可不希望你当时在旁边,你这个狡猾的东西,我知道你准会说些离奇的话。"

"不,我真不会。"

"哦,你会的,你准会说。我比你本人还了解你。你会说,我们是天造地设的一对儿,或者诸如此类的胡话,羞得我无地自容,我的脸就像你的玫瑰花一样红。我绝不希望你当时在旁边。"

"你真是冤枉了我。我无论如何也说不出那样没体统的话,何况,我压根儿想不到这种话。"

伊莎贝拉怀疑地笑了笑,晚上余下的时间就一直在同詹姆斯说话。

第二天上午,凯瑟琳仍然一心一意地想要再次见到蒂尔尼小姐。在去矿泉厅的通常时刻到来之前,她不觉有些惶惶不安,唯恐再遇到什么阻碍。但是这种情况并未发生,没有客人来耽搁他们。三个人准时出发,来到矿泉厅,像往常一样,仍然去做那些事,说那些话。艾伦先生饮过矿泉水后,便同几位先生一起谈起了当天的政事,比较一下各人在报上看到的各种说法。两位女士在一道转悠，注视着每一张陌生的面孔，几乎每一顶新女帽。索普太太母女由詹姆斯·莫兰陪同，不到一刻钟便出现在人群里，凯瑟琳马上像通常一样，来到她朋友身边。詹姆斯现在是紧随不舍，也来到了她身边。他们撇开了别的人，按这种阵势走了一会儿。后来，凯瑟琳对这种处境的乐趣产生了怀疑，因为她虽说只和她的朋友和哥哥在一起，但他们却很少注意她。他们俩总在热情地讨论什么，或是激烈地争论什么，但是他们的感情是用悄声细语来传达的，争得激烈的时候又常常哈哈大笑，他们虽则经常或你或我地请求凯瑟琳发表支持意见，但是凯瑟琳因为对他们的话一个字儿也没听清，总是发表不出任何意见。最后，她终于找到了一个离开她朋友的机会。看见蒂尔尼小姐同休斯太太走进屋来，她心里高兴极了，便说有话要同蒂尔尼小姐说，于是立刻跑了过去，决计同蒂尔尼小姐交个朋友。其实，她若不是受到头天失望情绪的激励，兴许还鼓不起那么大的勇气呢。蒂尔尼小姐十分客气地招呼她，以同样友好的态度报答她的友好表示，两人一直说到她们的伙伴要离开时为止。虽然她们说的每句话，用的每个字眼，很可能在巴思的每个旺季，在这间大厅里，被人们用过几千次，然而这些话语说得如此真挚朴实，毫无虚荣浮夸之感，这却有点难能可贵。

"你哥哥的舞跳得多好啊！"她们的谈话快结束时，凯瑟琳天真地惊叹道。她的伙伴一听，不觉又惊又喜。

"亨利！"她笑吟吟地答道，"是的，他的舞跳得的确好。"

"那天晚上他见我坐着不动，可又听我说我已约好了舞伴，一定感到很奇怪。可我真的全天都同索普先生约好了。"蒂尔尼小姐只能点点头。"你无法想象,"沉默了一会儿之后,凯瑟琳接着说道,"我再见到他时有多惊讶。我还真以为他已经离开这儿了呢。"

"亨利上次有幸见到你时,他在巴思仅仅逗留了两天。他是来给我们订房子的。"

"这我可从没想到。当然,到处见不到他,我以为他准是走了。星期一和他跳舞的那位年轻女士是不是一位史密斯小姐?"

"是的。休斯太太的一位朋友。"

"她大概很喜欢跳舞。你觉得她漂亮吗?"

"不很漂亮。"

"我想,你哥哥从不来矿泉厅吧?"

"不,有时候来。不过他今天早晨跟我父亲骑马出去了。"

这时,休斯太太走过来,问蒂尔尼小姐想不想走。"希望不久有幸再见到你,"凯瑟琳说,"你参加明天的克提林[1]舞会吗?"

"也许——是的,我想我们一定会去。"

"那好极了,我们都去那儿。"对方照样客气了一声,随后两人便分手了——这时,蒂尔尼小姐对这个新朋友的心思多少有了些了解,而凯瑟琳却一点也没意识到,那是她自己流露出来的。

凯瑟琳高高兴兴地回到家。今天上午她总算如愿以偿了,现在她的期待目标是明天晚上,是未来的快乐。到时候她该穿什么长裙,戴什么首饰,成了她最关心的事情。照理她不该这么讲究穿戴。无论什么时候,衣服都是徒有虚表的东西,过分考究往往会使它失去原有的作用。凯瑟琳很清楚这一点。就在去年圣诞节,

---

[1] 一种不断更换舞伴的轻快交谊舞。

她的姑婆还教导过她。然而，她星期三夜里躺下十分钟之久还没睡着，盘算着究竟是穿那条带斑点的纱裙，还是穿那条绣花的纱裙。要不是因为时间仓促，她准要买一件新衣服晚上穿。她若是真买了，那将是一个很大的（虽然并非罕见的）失算，而对于这种失算，若是换个男人而不是女人，换个哥哥而不是姑婆，或许是会告诫她的，因为只有男人知道男人对新衣服是满不在乎的。有许多女人，假使她们能够懂得男人对于她们穿着华丽或是时新多么无动于衷，对于细纱布的质地好坏多么无所谓，对于她们偏爱带斑点的、有枝叶花纹的、透明的细纱布或薄棉布多么缺乏敏感，那她们将会感到很伤心。女人穿戴考究只能使她自己感到满足。男人不会因此而更倾慕她，别的女人不会因此而更喜爱她。男人觉得，女人整洁入时已经足够了；而对于女人来说，穿着有点寒酸失体的女人将最为可爱。但是，这些严肃的思想并没扰乱凯瑟琳内心的平静。

　　星期四晚上她走进舞厅，心情与星期一来这里时大不相同。当时她为自己约好同索普跳舞而感到欢欣鼓舞，现在她主要担忧的却是千万不要见到他，免得他再来约她跳舞。她虽则不能也不敢指望蒂尔尼先生会第三次请她跳舞，但是她的心愿、她的希望、她的打算却全都集注在这上面。在这个节骨眼上，每个年轻小姐都会同情我的女主角的，因为每个年轻小姐都曾经体验过同样的激动不安。她们全都被自己怕见的人追逐过，或者至少也自以为经历过这种危险；并且她们全都渴望过要博得自己心上人对自己的青睐。索普家的人一来到她们中间，凯瑟琳的苦恼便开始了。要是约翰·索普朝她走来，她便感到坐立不安，尽量避开他的视线；当他跟她搭话时，她就硬是装作没有听见。克提林舞结束了，接着开始了乡村舞[1]，可她还是见不到蒂尔尼兄妹的影子。"你可不要吃惊，亲爱的凯瑟琳，"伊莎贝拉悄声说道，"我又要和你哥哥跳舞了。我的确认为这太不像话。我跟他说，他应该为自己感到害臊，不过你和约翰可得给我们捧捧场。快，亲爱的凯瑟琳，到我们这儿来。约翰刚刚走开，一会儿就回来。"

凯瑟琳没来得及回答，不过她也不想回答。那两人走开了，约翰·索普还在附近，她觉得一切都完了。不过，为了使自己显得不在注意他，不在期待他，她只管拿眼睛死盯着自己的扇子。人这么多，她居然认为可以在短时间内遇见蒂尔尼兄妹，她刚想责怪自己太傻，猛然发现蒂尔尼先生在跟她说话，再次请她跳舞。她接受他的邀请时眼睛如何烁烁发光，动作如何爽快，同他走向舞池时心房跳得如何惬意，这都不难想象。逃脱了约翰·索普，而且她认为逃脱得很悬乎，接着遇到蒂尔尼先生，马上受到他的邀请，好像他在有意寻她似的！在凯瑟琳看来，这真是人生的最大幸福。

谁料想，他俩刚挤进去，悄悄地占了一个位置，凯瑟琳便发现约翰·索普在背后招呼她。"嗨，莫兰小姐！"他说，"你这是什么意思？我还以为你要和我一起跳呢。"

"我很奇怪你会这样想，因为你根本没有请过我。"

"啊，这是什么话！我一进屋就请过你，刚才正要再去请你，不想一转身，你就溜了！这种伎俩真卑鄙！我是特意为了跟你跳

---

[1] 英国的一种乡村舞蹈，男女双方排成两个长列，面对面地对舞。

舞才来这儿的，我坚信你从星期一起就一直约好同我跳舞的。对，我想起来了，你在休息室等着取斗篷的时候，我向你提出了邀请。我刚才还对这屋里所有的熟人说，我要和舞会上最漂亮的姑娘跳舞。他们要是见你在和别人跳舞，准会老实不客气地挖苦我。"

"哦，不会的。经你那么一形容，他们绝不会想到是我。"

"天哪，他们要是想不到是你，我就把他们当成傻瓜踢出大厅。那家伙是什么人？"凯瑟琳满足了他的好奇心。"蒂尔尼，"索普重复了一声，"哼——我不认识他。身材倒不错，长得挺匀称的。他要不要买马？我这儿有位朋友，萨姆·弗莱彻，他有匹马要卖，对谁都合适。跑起路来快极了——才要四十几尼。我本来一百个想买它，因为我有句格言：见到好马非买不可。可惜这马不合我的要求，不能打猎。要是匹货真价实的好猎马，出多少钱我都干。我现在有三匹，都是最好骑的马。就是给我八百几尼，我也不卖。弗莱彻和我打算在莱斯特郡买座房子，准备下个猎季用。住在旅馆里该×的太不自在了。"

这是他能烦扰凯瑟琳的最后一句话，原来恰在此刻，一大帮女士一拥而过，不可抗拒地把他挤走了。这时，凯瑟琳的舞伴走上前来，说道："那位先生再多纠缠半分钟，我就会忍耐不住了。他没有权利转移我的舞伴的注意力。我们已经有约在先，今晚要使彼此过得愉快，在此期间，我们的愉快只能由我们两个人来分享。谁要是缠住了其中一个人，不可能不损害另一个人的权利。我把乡村舞视为婚姻的象征。忠诚和顺从是双方的主要职责。那些自己不想跳舞、不想结婚的男人，休要纠缠他们邻人的舞伴或妻子。"

"不过，那是截然不同的两码事。"

"你认为不能相提并论？"

"当然不能。结了婚的人永远不能分离，而必须一同生活，一同理家。跳舞的人只是在一间长房子里面对面地站上半个钟头。"

"你原来是这样给结婚和跳舞下定义的。照这样看来，它们当然就不很相似了。不过，我想我可以用这样一种观点来看待它们。你会承认，两者都是男人享有选择的便利，而女人只有拒绝的权利。两者都是男女之间的协定，对双方都有好处。一旦达成协定，他们只归彼此所有，直至解除协定为止。他们各自都有个义务，不能提出理由后悔自己为什么没有选择别人，最有利的做法是不要对自己邻人的才艺做非分之想，或者幻想自己找到别人会更加幸福。你承认这一切吗？"

"当然承认。如你所说的，这一切听上去都不错。但它们还是截然不同的。我怎么也不能把它们等量齐观起来，也不能认为它们赋有同样的义务。"

"在某一点上，差别当然是有的。结了婚，男人必须扶养女人，女人必须给男人安排个温暖的家庭。一个是供养家庭，一个是笑脸相迎。但在跳舞时，两人的职责恰好调了个儿：男的要做到谦和顺从，女的要提供扇子和薰衣草香水。我想，这就是被你认为造成两者无法相比的职责差别吧。"

"不对，的确不对。我从没想到那上面。"

"那我就大惑不解了。不过，有一点我必须指出。你的脾气真令人惊讶。你完全否认它们在义务上有任何相似的地方。因此我是否可以推断，你对跳舞职责的看法并不像你的舞伴所希望的那样严格？难道我没有理由担忧，假如刚才同你说话的那个男人再回来，或者别的男人要找你说话，你会不受约束地同他爱讲多久就讲多久？"

"索普先生是我哥哥的一个特别要好的朋友，他要是找我讲话，我还得同他讲。但是除他以外，我在这大厅里认识的年轻人还不到三个。"

"难道这是我唯一的保险？天哪，天哪！"

"唔，这可是你最好的保险啦。我要是谁也不认识，就不可能跟人说话。何况，我也不想同任何人说话。"

"这回你可给了我个值得珍惜的保险，我可以大胆地继续下去了。你现在是不是还和上次我问你时一样喜欢巴思？"

"是的，非常喜欢——甚至更喜欢了。"

"更喜欢！你可要当心，不然你到时候会乐而忘返的。你待上六个星期就该腻味了。"

"我想，即使让我在这里待上六个月，我也不会腻味。"

"和伦敦比起来，巴思十分单调，每年大家都有这个体会，'我承认，只待六个星期，巴思还是很有意思的。但是一超过这个期限，那它就是世界上最令人讨厌的地方了。'各种各样的人都会这样告诉你。可是他们每年冬天都要定期来到这里，把原定的六个星期延长到十个、十二个星期，最后因为没钱再住下去了，才都纷纷离去。"

"唔，各人有各人的看法，那些去伦敦的人尽可以瞧不起巴思。但是我生活在乡下一个偏僻的小村镇上，我绝不会觉得像这样的地方会比我家乡还单调。这里一天到晚有各式各样的娱乐，还有各式各样的事情可看可做。这些，我在乡下是闻所未闻的。"

"你不喜欢乡下啦。"

"不，喜欢的。我一直住在乡下，也一直很快乐。但是，乡下的生活肯定比巴思的生活单调得多。在乡下，见天都是一模一样。"

"可你在乡下生活得更有理智。"

"是吗？"

"难道不是？"

"我认为没有多少区别。"

"你在这里整天只是消遣娱乐呀。"

"我在家里也一样——只是找不到那么多好玩的。我在这儿到处溜达，在家里也是这样，不过我在这儿的每条街上都见到形形色色的人们，在家里只能去看望艾伦太太。"

蒂尔尼先生觉得很有趣。"只能去看望艾伦太太！"他重复了一声，"那可真无聊透了！不过，当你再度陷入这个深渊的时候，你就会有许多话好说了。你可以谈论巴思，谈论你在这儿做的一切事情。"

"哦！是的。我对艾伦先生或是别人绝不会没话说了。我的确认为，我再回到家里可以一个劲儿地谈论巴思——我实在太喜欢巴思啦。我假使能让爸爸妈妈和家里的其他人都来这儿，那该有多好啊！我大哥詹姆斯来了真叫人高兴，而尤其令人高兴的是，我们刚刚认识的那家人原来是他的老朋友。哦！谁还会厌烦巴思呢？"

"像你这样看见什么都感到新奇的人，是不会厌烦巴思的。但是，对于大多数常来巴思的人来说，他们的爸爸妈妈和兄弟好友都早已来够了——他们对舞会、戏剧以及日常风景的真挚爱好，也已成为过去。"

他们的谈话到此停止了。现在，跳舞已经到了不容分神的紧张阶段。

两人刚刚跳到舞列的末尾，凯瑟琳察觉看热闹的人里有一位先生，就立在她舞伴的身后，正一本正经地审视着她。这是个十分漂亮的男子，仪表非常威严，虽然韶华已过，但是生命的活力犹在。他的目光仍然盯向凯瑟琳，凯瑟琳见他随即亲昵地同蒂尔尼先生小声说话。她给看得有些心乱，唯恐自己外表有什么差失，引起了那人的注意，不觉绯红了脸，扭过头去。但是，就在她扭头的时候，那位先生走开了，她的舞伴却来到她跟前，说道："我看得出来，你在猜测那位先生刚才问我什么话了。他知道你的名字，你也有权知道他的名字。他是蒂尔尼将军，我的父亲。"

凯瑟琳只回答了一声："哦！"但是这一声："哦！"，却充分表达了所要表达的意思：听见了他的话，而且确信他讲的是实话。她带着真正的兴趣和强烈的敬慕之情，目送着将军在人群里穿过，心里暗暗赞叹："多么漂亮的一家人啊！"

夜晚来临，同蒂尔尼小姐闲谈时，她心头又泛起了一层新的喜悦。自到巴思以来，她还从未去乡下散过步。蒂尔尼小姐熟悉郊外人们常去游览的每个地方，说得凯瑟琳恨不得也去观光观光。当她表示恐怕没人陪她去时，那兄妹俩当下提议说，他们哪天上午陪她出去走走。"那好极了，"凯瑟琳嚷道，"咱们别拖了——明天就去吧。"兄妹俩欣然同意了，只是蒂尔尼小姐提了个条件：天不得下雨。凯瑟琳说，肯定不会下。他们约定十二点来普尔蒂尼街喊她。"记住，十二点。"临别时，凯瑟琳还对她的新朋友叮嘱了这么一句。至于她的老朋友伊莎贝拉，虽然和她结识得早一些，因而情谊也更深一些，通过两个星期的交往，对她的忠诚与美德已经有所体会，但她当晚几乎连她的影子也没见到。她虽说很想让伊莎贝拉知道自己有多么快乐，但还是欣然服从艾伦先生的意愿，早早离开了舞厅。回家的路上，她坐在轿子里，身子在摇颤，心花在怒放。

第十一章

第二天早晨,天色阴沉沉的,太阳只勉强露了几次脸。凯瑟琳由此断定,一切都令她称心如意。她认为,节气这么早,明朗的清早一般都要转雨,而阴沉的清早则预示着天要逐渐转晴。她请艾伦先生来印证她的看法,可是艾伦先生对天气和晴雨变化没有既定看法,不肯断然保证准出太阳。她又向艾伦太太求告,艾伦太太的意见倒比较明确:"假使阴云消散,太阳出来的话,我保险是个大晴天。"

然而,十一点光景,凯瑟琳那双机警的眼睛发现窗子上落了几滴细雨,不禁带着万分沮丧的口气嚷道:"哦,天哪!真要下雨了。"

"我早知道要下雨。"艾伦太太说。

"我今天散不成步啦,"凯瑟琳叹息道,"不过,也许下不起来,也许十二点以前会停住。"

"也许会。不过,好孩子,即使那样,路上也会很泥泞的。"

"噢!那没有关系。我从不怕泥泞。"

"是的，"她的朋友心平气和地答道，"我知道你从不怕泥泞。"

沉默了一会儿。"雨越下越急了！"凯瑟琳立在窗口，一边观察一边说道。

"真的越下越急了。要是不停地下下去，街上就要水汪汪的了。"

"已经有四把伞撑起来了。我多讨厌见到伞啊！"

"带伞就是讨人厌。我宁愿什么时候都坐轿子。"

"刚才天气还那么好！我还以为准不会下雨呢！"

"谁都是这么想的。要是下一个上午雨，矿泉厅就不会有什么人了。我希望艾伦先生出去的时候穿上大衣，不过我敢说他不会穿的，因为叫他干什么都行，就是不愿穿上大衣出门。我不知道他怎么这么讨厌穿大衣，穿上大衣一定很不舒服吧。"

雨继续下着——下得很急，但不是很大。凯瑟琳每隔五分钟就去看看钟，每次回来都扬言，要是再下五分钟，她就死了心不再想这件事了。钟打了十二点，雨还在下。"你走不了啦，亲爱的。"

"我还没有完全绝望呢。不到十二点一刻，我是不会罢休的。现在正是天该放晴的时候，我真的觉得天色亮了一点。得了，都十二点二十了，我也只有彻底死心了。哦！要是这里能有《尤道尔弗》里描写的那种天气，或者至少能有托斯卡纳[1]和法国南部的那种天气，那该有多好啊！可怜的圣·奥宾[2]死去的那天晚上，天

---

1 意大利中部地区。
2 《尤道尔弗的奥秘》女主角埃米丽的父亲，其正确的名字应为圣·奥伯特。

气有多美啊!"

十二点半的时候,凯瑟琳不再关注天气了,因为即使天晴了,她也没有什么好处可图。而偏偏这时候,天空却自动开始放晴,豁然射进的一缕阳光使她吃了一惊。她四下一看,乌云正在消散,她当即回到窗口,一边观察,一边祝愿太阳快点出来。又过了十分钟,看来下午肯定是晴天了,这就证实艾伦太太的看法是正确的,她说她"总觉得天会放晴"。但是,凯瑟琳还能不能期待她的朋友,蒂尔尼小姐会不会因为路上雨水还不太多而贸然出来,一时还不能肯定。

外面太泥泞,艾伦太太不能陪丈夫去矿泉厅,因此艾伦先生便自己去了。凯瑟琳望着他刚走上街,便立即发现来了两辆敞篷马车,这就是几天前的一个早晨使她大为吃惊的那两辆马车,里面坐着同样的三个人。

"准是伊莎贝拉、我哥哥和索普先生!他们也许是来找我的——不过我可不去——我实在不能去,因为你知道,蒂尔尼小姐还可能来。"艾伦太太同意这个说法。约翰·索普转眼就上来了,不过他的声音上来得还要快,因为他在楼梯上就大声催促凯瑟琳:"快!快!"当他冲开门:"快戴上帽子——别耽误时间了——我们要去布里斯托尔。你好,艾伦太太?"

"布里斯托尔?那不是很远吗?不过我今天不能跟你们去啦,因为我有约会。我在等几位朋友,他们随时都会来。"当然,这话遭到索普的强烈反驳,认为这根本不成理由。索普还请艾伦太太为他帮忙。这时楼下那两个人也走上来,为他帮腔。"我最心爱的凯瑟琳,难道这还不好玩吗?我们要乘车出去玩个痛快。你要感谢你哥哥和我想出这个点子。我们是吃早饭时突然想到的，我确信是同时想到的。要不是因为这场可恶的雨，我们早就走了两个钟头了。不过这不要紧，夜晚有月亮，我们一定会玩得很愉快的。哦！一想到乡下的空气和宁静，我简直心醉神迷了！这比去下舞厅不知强多少倍。我们乘车直奔克利夫顿，在那儿吃晚饭。一吃完饭，要是有时间，再去金斯韦斯顿。"

"我不信能走那么多地方。"莫兰说。

"你这家伙！就爱说不吉利的话！"索普嚷道，"我们能跑十倍多的地方。金斯韦斯顿！当然还有布莱兹城堡，凡是听说过的地方都要去。可这倒好，你妹妹说她不要去。"

"布莱兹城堡！"凯瑟琳嚷道，"那是什么地方？"

"英格兰最好的名胜——无论什么时候，都值得跑五十英里去瞧一瞧。"

"什么！真是个城堡，真是个古城堡吗？"

"王国最古老的城堡。"

"和书里写的一样吗？"

"一点不错——完全一样。"

"不过——真有城楼和长廊吗？"

"有好几十。"

"那我倒想去看看。但是不成——我去不了。"

"去不了！我心爱的宝贝，你这是什么意思？"

"我去不了，因为，"她说话时垂着眼睛，唯恐伊莎贝拉嘲笑她，"我在等蒂尔尼小姐和她哥哥来找我去野外散步。他们答应十二点来，可是下雨了。不过现在天晴了，他们可能马上就会来。"

"他们才不会来呢,"索普嚷道,"刚才我们走进布罗德街时看见过他们——他是不是驾着一辆四轮敞篷马车,套着栗色马?"

"我真的不知道。"

"是的,我知道是的。我看见了。你说的是昨晚跟你跳舞的那个人吧?"

"是的。"

"我当时见他赶着车子拐进兰斯当路了,拉着一位时髦的女郎。"

"真的吗?"

"千真万确。我一眼就认出了他。他似乎也有两匹很漂亮的马。"

"这就怪啦!我想他们一定认为路上太泥泞,不能散步。"

"那倒很有可能,我生平从没见过路上这么泥泞。散步!那简直比登天还难!整个冬天都没这么泥泞过,到处都齐到脚踝。"

伊莎贝拉也做证说:"亲爱的凯瑟琳,你想象不到有多泥泞。得啦,你一定得去,不能拒绝。"

"我倒想去看看那个城堡。我们能全看一看吗?能登上每节楼梯,走进每个房间吗?"

"是的,是的,每个角落。"

"不过,假使他们只是出去一个钟头,等路干点儿再来找我怎么办?"

"你放心吧,那不可能,因为我听见蒂尔尼对骑马走过的一个人嚷嚷说,他们要到威克岩那儿。"

"那我就去吧。我可以去吗,艾伦太太?"

"随你的便,孩子。"

"艾伦太太,你一定得劝她去。"几个人异口同声地喊道。艾伦太太对此没有置之不理。"唔,孩子,"她说,"你去吧。"不到两分钟,他们便出发了。

凯瑟琳跨进马车时,心里真不知是什么滋味,一边为失去一次欢聚的乐趣而感到遗憾,一边又希望马上享受到另一个乐趣,两者虽然性质不同,但程度几乎是一样的。她认为蒂尔尼兄妹不该这样待她,也不送个信说明缘故就随便失约。现在,他们比约定散步的时间才过去一个钟头,虽然她听说在这一个钟头里路上满是泥泞,但她根据自己的观察,认为还是可以去散步的,不会引起什么不便。她觉得自己受到别人的怠慢,心里不禁十分难过。但是,在她的想象中,布莱兹城堡就像尤道尔弗城堡一样,能去那里探索一下倒确是一件十分快乐的事,心里任凭有什么烦恼,这时也能从中得到安慰。

马车轻快地驶过普尔蒂尼街,穿过劳拉巷,一路上大家很少说话。索普对马说着话,凯瑟琳在沉思默想,时而是失守的约会和失修的拱廊,时而是四轮马车和假帷幔,时而又是蒂尔尼兄妹和活板门。他们进入阿盖尔楼区时,她让同伴的话音惊醒了:"刚才过去一个姑娘使劲盯着你瞧,她是谁?"

"谁?在哪儿?"

"在右边的人行道上——现在几乎看不见了。"凯瑟琳回头望去,只见蒂尔尼小姐挽着她哥哥的手臂,慢腾腾地在街上走着。她看见他们两人都在回头望她。"停下,停下,索普先生。"她急

"停下,停下,索普先生。"

火火地嚷道,"那是蒂尔尼小姐,真是她。你凭什么对我说他们出去了?停下,停下,我马上下车,我要去找他们。"可她说了又有什么用?索普只顾抽着马,使它跑得更快了。蒂尔尼兄妹很快不再回头看她了,转眼间便拐进劳拉巷,看不见了。再一转眼,凯瑟琳自己也给拉进了市场巷。但是,直到走完另一条街,她还在苦苦恳求索普停车。"我求你,请你停下,索普先生。我不能再去了,我不想再去了。我得回去找蒂尔尼小姐。"索普先生只是哈哈大笑,把鞭子甩得啪啪响,催着马快跑,发出怪里怪气的声音,车子一个劲儿地往前飞奔。凯瑟琳虽说十分恼火,却也没法下车,只好断了念头忍受下去。不过,她也没有少责备索普。"你怎么能这样骗我,索普先生?你怎么能说你看见他们的车子拐进兰斯当路了?我说什么也不愿有这种事发生。他们一定会觉得很奇怪,觉得我很无礼!我打他们旁边走过时,连个招呼也不打!你不知道我有多恼火。我到克利夫顿不会感到快活的,干什么都快活不了。我真想,一万个想现在就下车,走回去找他们。你凭什么说你看见他们坐着四轮敞篷马车出去了?"索普理直气壮地为自己辩解,扬言说他生平从没见过这么相像的两个人,而且还一口咬定就是蒂尔尼先生。

即使这件事情争过后,这一路上也不可能很愉快了。凯瑟琳不像上次兜风时来得那么客气了。她勉强地听他说话,回答得都很简短。布莱兹城堡依然是她唯一的安慰。对于它,她仍旧不时地愉快地看上两眼。在古堡里,她可以穿过一长列巍峨的房间,里面陈设着一些残遗的豪华家具,现已多年无人居住;沿着狭窄迂回的地窖走去,蓦然被一道低栅栏挡住去路;甚至他们的油灯,他们唯一的油灯，被一阵突如其来的疾风吹灭，他们当即陷入一团漆黑。这些都是游历古堡时可以得到的乐趣，但是凯瑟琳宁可放弃这一切乐趣，也不愿意错过这次约好了的散步，尤其不愿意给蒂尔尼兄妹留下一个坏印象。其间，他们还在平安地赶路。当基恩沙姆镇在望的时候，后头的莫兰突然喊了一声，他的朋友只得勒住马，看看出了什么事。这时那两个人走上前来，只听莫兰说："我们最好还是回去吧，索普。今天太晚了，不能再往前走了。你妹妹和我都这么想。我们从普尔蒂尼出来已经整整一个钟头了，才只走了七英里。我想，我们至少还得走八英里。这万万使不得。我们出来得太晚了。最好改天再去，现在往回转。"

"这对我都一样。"索普悻悻地答道。当即掉转马头，起程回巴思。

"假使你哥哥不是赶着那么一匹该×的马，"他歇了不久说道，"我们可能早到了。我的马要是任着它跑，一个钟头就能赶到克利夫顿。为了不落下那匹可恨的直喘大气的驽马，我一直勒住我的马，差一点把胳膊都拽断了。莫兰真是个傻瓜，不自己养一匹马，买一辆双轮轻便马车。"

"不，他不是傻瓜，"凯瑟琳激越地说，"我知道他养不起。"

"他为什么养不起？"

"因为他没有那么多的钱。"

"那怪谁呀？"

"我想谁也不怪。"这时，索普像往常一样，又扯起嗓子，语无伦次地絮叨起来，说什么吝啬是多么可悲的事，要是在钱堆里打滚的人都买不起东西，他不知道谁还买得起。对于他这话，凯瑟琳甚至都不想搞懂意思。这次游览本来是要为她的第一个失望带来宽慰的,不想现在又叫她失望了,因而她也就越来越没有心思敷衍她的伙伴了,同时也觉得他越来越叫人讨厌。直至回到普尔蒂尼街,她一路上总共说了不到二十句话。

进屋时,男仆告诉她,她走后没几分钟,有一位先生和一位小姐来找她,当他告诉他们她同索普先生出去了时,那位小姐便问有没有给她留话,一听说没有,就在身上摸名片,后来说她没带,便告辞了。凯瑟琳思索着这些叫人心碎的消息,慢腾腾地走上楼。到了楼梯顶,遇见艾伦先生。他一听说他们为什么回来得这么快,便说道:"我很高兴你哥哥如此理智。你回来得好。这本来就是个十分轻率的怪主意。"

那天晚上,大家是在索普太太寓所度过的。凯瑟琳心烦意乱,闷闷不乐。但是伊莎贝拉似乎觉得,和莫兰搭档打打康默斯[1],完全可以和克利夫顿客店里静谧的乡间风味相媲美。她不止一次地表示,她很高兴自己没去下舞厅。"我真可怜那些往那儿跑的可怜虫!我很高兴我没夹在他们当中!我怀疑会有多少人参加舞会!他们还没开始跳舞呢。我是绝对不会去的。自己不时地清闲自在地过个晚上,那有多愉快。我敢说,那个舞会不会有多大意思。我知道,米切尔家就不会去。我真可怜那些去的人。不过我敢说,莫兰先生,你很想去跳舞,对吧?你肯定想去。那么,就请吧,这屋里可没人阻拦你。我敢说,你不在,我们照样可以过得很愉快。你们男人就觉得自己了不起。"

---

[1] 一种牌戏,打牌者可以相互换牌。

凯瑟琳简直想责备伊莎贝拉对她和她的烦恼一点也不体谅。她似乎根本不把她和她的烦恼放在心上，她那些安慰她的话说得实在不得要领。"别这么垂头丧气的，我的宝贝，"她低声说道，"你简直要把我的心撕碎了。这件事太不像话了，不过全怪蒂尔尼兄妹。他们干吗不准时一点？不错，路上泥泞，可那算得了什么？约翰和我肯定不会在乎的。为了朋友，我是赴汤蹈火都在所不辞的。这是我的性格，约翰也是如此，他是个极重感情的人。天哪！你这手牌太好啦！居然全是老K！我从没这么高兴过！我一百个希望你捞到这手牌，这比我自己捞着还让我高兴。"

现在，我可以打发我的女主角上床去彻夜不眠了，因为真正的女主角都命该如此；她那只枕头扎满荆棘，浸透泪水。假若她能在三个月之内睡上一夜安稳觉，她便会觉得自己十分幸运了。

第十二章

"艾伦太太,"第二天早晨,凯瑟琳说道,"我今天可不可以去看看蒂尔尼小姐?不把事情解释清楚,我安不下心来。"

"当然可以去,好孩子。不过要穿上条白长裙。蒂尔尼小姐总是穿着白衣服。"

凯瑟琳愉快地答应了。装束停当之后,她越发急于赶到矿泉厅,打听一下蒂尔尼将军的住址,因为她虽然相信他们住在米尔萨姆街,但她拿不准是哪幢房子,而艾伦太太忽而咬定是这幢,忽而又咬定是那幢,使她越发糊涂。她打听到了是在米尔萨姆街,弄清门牌号码之后,便一颗心抖簌簌的,疾步走去拜访她的朋友,解释一下自己的举动,请求她的原谅。经过教堂大院时,她毅然转移视线,蹑手蹑脚地走了过去,唯恐不由自主地看见亲爱的伊莎贝拉和她家里那些可爱的人,因为她有理由相信,她们就在附近的一家商店里。她没遇到任何阻拦,顺利地来到那幢房前,看了看门牌,抬手敲门,求见蒂尔尼小姐。仆人说他相信蒂尔尼小姐在家,但是并不十分肯定,是不是可以允许他通报一下姓名?

凯瑟琳递了名片。几分钟工夫,仆人又回来了,带着言不由衷的神气说,他搞错了,蒂尔尼小姐出门了。凯瑟琳感到很屈辱,红着脸走开了。她几乎可以肯定,蒂尔尼小姐就在家里,只因心里有气不想见她罢了。她沿街往回走时,情不自禁地瞥了一眼客厅的窗口,心想也许能见到她,但是窗口没人。可是到了街尾,她又回头一看,这时,不是在窗口,而是从门口走出一个人,一看正是蒂尔尼小姐。她后面跟着一个男人,凯瑟琳相信那是她父亲。两人转身朝埃德加大楼那边走去。凯瑟琳深感耻辱,继续往前走着。对方因为气愤便如此无礼地怠慢她,她自己也差一点气愤起来。但是她想起自己头脑简单,便压住了气。她不知道她的这种冒犯可以被世俗的礼法划归哪一类,恰当地说,它不可饶恕到何种程度,以及这理应使她受到何等严厉的无礼报复。

她感到颓丧、羞愧,甚至产生了晚上不跟别人去看戏的念头。但是应该承认,她的这些念头没有持续多久,因为她马上意识到:首先,她没有任何借口待在家里;其次,那是她非常想看的一出戏。因此,他们全都来到了戏院。蒂尔尼兄妹没有露面,省得她为之烦恼或是高兴。她在担心,蒂尔尼一家尽管有许许多多优点,但是喜欢看戏却不在其列,不过这也许因为他们看惯了伦敦舞台上的上等好戏,她听伊莎贝拉说过,任何戏和伦敦的戏一比,真是"一塌糊涂"。然而,她自己想要散散心的期望却没落空,那出喜剧暂时岔开了她的忧虑,你若是在头四幕注意观察她,全然看不出她心里会有什么不顺心的事。但是,第五幕开始时,她猛然发现蒂尔尼先生和他父亲来到对面包厢的朋友中间,不禁又焦灼不安起来。舞台不再能激起真正的欢愉——不再能使她全神贯注。

平均算来，她每看一眼舞台，就要看一眼对面的包厢。整整有两场戏，她都如此这般地注视着亨利·蒂尔尼，可是一次也没触到他的目光。她再也不能怀疑他不喜欢看戏了，整整有两场戏，他一直在目不转睛地盯着舞台。最后，他终于朝她看了一眼，还点了下头——不过那是怎么点头的啊！没有微笑，没有别的礼节相伴随，他的眼睛当即回到原来的方向。凯瑟琳有些颓然坐立不安了，她真想跑到他那个包厢，逼着他听她做解释。一种自然的而不是女主角应有的情感攫住了她的心头。她不认为他们给她随意加罪会有损她的尊严，也不想死要面子故作无辜，对他的疑神疑鬼表示愤慨，让他自己费尽心机地去寻求解释，不想只是通过避而不见或者向别人卖弄风情的办法，来让他认识过去是怎么回事。相反，她觉得这全是她自己的过错，起码表面上看来如此，因而一心只想找个机会把事情的缘由解释清楚。

　　戏演完了——幕落下来了——亨利·蒂尔尼已经不在原来的位子上了，不过他父亲还在，说不定他正在向她们的包厢走来呢。她猜对了：不到几分钟工夫，蒂尔尼先生便出现了。他从一排排正在走空的座位中间走过来，泰然有礼地向艾伦太太和她的朋友打招呼。凯瑟琳答话时却不那么泰然。"唔！蒂尔尼先生，我一直急着想找你谈谈，向你表示歉意。你一定觉得我太没礼貌了，可这实在不是我的过错。你说是吧，艾伦太太？他们不是告诉我说蒂尔尼先生和他妹妹乘着四轮敞篷马车出去了吗？那样一来，我还有什么办法？不过，我还是一万个希望和你们一块儿出去。你说是吧，艾伦太太？"

　　"好孩子，你弄乱了我的长裙。"艾伦太太答道。

凯瑟琳的表白虽然是孤立无援的，但总算没有白费。蒂尔尼脸上浮现出更加真诚、更加自然的笑容。他带着只是有点假意冷淡的口吻答道："无论如何，我们要感谢你，因为我们在阿盖尔街打你旁边走过时，你还祝愿我们散步愉快呢。谢谢你特意回头望望。"

"说真的，我可没祝愿你们散步愉快，我压根儿没有想到。不过我苦苦央求索普先生停车。我一见到你们就冲他大喊。艾伦太太，难道——哦！你不在场。可我真是这样做的。假使索普先生停下车，我准会跳下来去追你们。"

天下有哪位亨利听了此话还能无动于衷的？至少亨利·蒂尔尼没有无动于衷。他带着更加甜蜜的微笑，详尽叙说了他妹妹如何忧虑，如何遗憾，如何相信凯瑟琳的为人。"哦！请你别说蒂尔尼小姐没有生气，"凯瑟琳嚷道，"因为我知道她生气了。今天早晨我去登门拜访，她见都不肯见我。我刚离开府上，就见她走出屋来。我很伤心，但是并不记恨她。也许你不知道我去过府上。"

"我当时不在家。不过我从埃丽诺那儿听说了，她事后一直想见见你，解释一下如此失礼的原因。不过，也许我同样可以解释。那只是因为我父亲——他们刚好准备出去散步，我父亲因为时间晚了，不愿意再耽搁，便硬说埃丽诺不在家。我向你担保，就是这么回事。埃丽诺很懊恼，准备尽快向你道歉。"

凯瑟琳听到这话，心里慰藉了不少，然而多少还有几分担忧，于是陡然迸出一个十分天真然而叫对方非常为难的问题："可是，蒂尔尼先生，你为什么不像你妹妹那样宽宏大度？如果她能如此相信我的好意，能认为这只不过是个误会而已，那你为什么动不动就生气?"

"我!我生气!"

"是啊,你走进包厢时,我一看你的脸色,就知道你一准在生气。"

"我生气!我可没有这个权利。"

"唔,凡是看见你脸色的人,谁也不会以为你没有这个权利。"蒂尔尼没有答话,只是请她给他让个地方,同她谈起了那出戏。

他和她们坐了一会儿。他实在太和蔼可亲了,凯瑟琳真舍不得让他走。不过他们分手前说定,要尽快实现他们的散步计划。蒂尔尼离开她们的包厢时,凯瑟琳除了对此有些伤感以外,总的说来,还是天下最快乐的人儿。

他们交谈的当儿,凯瑟琳惊奇地发现,约翰·索普从未能在一个地方老老实实地待上十分钟,现在正和蒂尔尼将军说话。当她觉察自己可能是他们注意和谈论的对象时,她感到的不止是惊讶。他们可能谈论她什么呢?她担心蒂尔尼将军不喜欢她的外表。她觉得,这体现在他宁可不让女儿见她,也不肯把自己的散步推迟几分钟。"索普先生怎么会认识你父亲?"凯瑟琳急切地问道,一边将两人指给她的同伴看。蒂尔尼不知道这是怎么回事,不过他父亲像所有军人一样,交际很广。

戏结束后,索普就来搀她们退场。凯瑟琳是他献殷勤的直接目标。他们在休息室等候轿子时,凯瑟琳有个问题几乎从心底溜到舌尖上,不料被索普拦住了,只听他扬扬得意地问道,她有没有看见他在和蒂尔尼将军谈话。"这个老头真神气!既健壮,又活跃,像他儿子一样年轻。老实说,我很敬仰他。真是个大有绅士派头的好人。"

"你是怎么认识他的?"

"认识他!巴思附近的人,我没有几个不认识的。我常在贝德福咖啡馆[1]遇见他。今天他一走进弹子房,我就又认出了他。说起来,他是这里最出色的弹子手。我们在一起打了几下,不过我起初几乎有点怕他。我俩比的话他十有八九会赢,我处下风。我要不是打出了也许是世界上最干脆利落的一击——我正中他的球——不过没有台子我说不明白。然而我的确击败了他。真是一表人才,跟犹太佬一样有钱。我很想跟他一起吃吃饭,他的饭一定很丰盛。不过你知道我们在谈论什么吗?谈论你,真的谈论你!将军认为你是巴思最漂亮的姑娘。"

"哦!胡说八道!你怎么能这样说?"

"你知道我是怎么说的吗?"他压低了声音,"'说得好啊,将军,'我说,'我和你的看法完全一致。'"

凯瑟琳听到索普的称赞,远远比不上听到蒂尔尼将军的称赞时来得高兴,因而她被艾伦先生唤走时,一点也不感到遗憾。不过索普非要把她送上轿子,上轿前,一直在甜言蜜语地奉承她,虽然对方一再求他别说了。

蒂尔尼将军不但不讨厌她,反倒赞美她,这可叫人太高兴了。凯瑟琳欣喜地感到,她不必害怕去见他们家里任何人了。这一晚上,她实在没想到会有这么大的收获。

---

1 伦敦修道院花园的一家咖啡馆。

第十三章

星期一到星期六这几天,读者已经眼看着过去了。每天的情况、每天的希望与忧虑、屈辱与快乐,都分别做了说明,现在只需描述一下星期日的痛苦,使这一周告以结束。去克利夫顿的计划缓期了,但是并未取消。今天下午去新月街散步时,此事又被提了出来。伊莎贝拉和詹姆斯进行了私下磋商,伊莎贝拉是打定主意要去的,詹姆斯则一心要讨好她。两人说定,若是天公作美,他们明天上午就去;为了按时回到家里,要一大早就动身。事情谈妥了,也得到了索普的赞同,剩下的只消通知凯瑟琳一声。凯瑟琳去找蒂尔尼小姐说话,离开了他们几分钟。在此期间,他们全都计划好了,她一回来,立刻要她答应一起去。但是出乎伊莎贝拉的意料,凯瑟琳没有愉愉快快地表示赞同,而是板着副面孔,说她十分抱歉不能去。她有约在先,上次就不该去,这次更不能奉陪了。她刚才与蒂尔尼小姐谈妥,明天进行那次约定的散步。这已经完全说定了,她无论如何不能反悔。但是,索普兄妹当即焦急地叫嚷说,她必须而且应该取消那个约会。他们明天一定要去克利夫顿,而且不能落下她。只不过是一次散步嘛,推迟一天有什么关系,他们不许她拒绝。凯瑟琳感到为难,但是并没屈从。"你别逼我啦,伊莎贝拉。我同蒂尔尼小姐约好了。我不能去。"可这无济于事。同样的论点劈头盖脑地向她袭来;她必须去,她应该去,他们不许她拒绝。"这容易得很,你就对蒂尔尼小姐说你刚想起先前的一次约会,只要求把散步推延到星期二。"

"不,这并不容易。我不能那样做。我先前没有约会。"可是伊莎贝拉越逼越紧。她百般亲切地恳求她,心肝宝贝地叫着她。她相信,为了这么一个小小的请求,她那最亲爱的凯瑟琳绝不会当真拒绝一个如此疼爱她的朋友。她知道,她心爱的凯瑟琳心地善良,性情温柔,很容易被她心爱的人说服。谁想怎么说都不起作用。凯瑟琳觉得自己理直气壮,虽然不忍心听到如此情恳意切、苦口婆心的恳求,但是丝毫也不动摇。这时,伊莎贝拉改换了方式。她责怪说,凯瑟琳只不过刚刚认识蒂尔尼小姐,可待她比待最要好的老朋友还亲切。总之一句话,责怪她对她本人越来越冷淡了。"凯瑟琳,当我见到你因为外人而怠慢我时,我不能不感到嫉妒。我爱你爱到了极点啊!我一旦爱上了什么人,那是什么力量也无法改变的。我相信,我比什么人都重感情,正因为太重感情,所以心里总是不得安宁。我承认,眼见着外人夺去了你对我的友爱,我感到伤心透了。一切好处都让蒂尔尼兄妹独占了。"

凯瑟琳觉得这番指责既奇怪,又不客气。难道做朋友的就该把自己的感情暴露给别人?在她看来,伊莎贝拉心胸狭窄,自私自利,除了自我满足而外,别的一概不顾。她心里浮起了这些沉痛的念头,但是嘴里什么也没说。这当儿,伊莎贝拉拿手帕擦着眼睛。莫兰见此情景心里一阵难受，禁不住说道："得了，凯瑟琳，我看你现在不能再执拗了。牺牲也不很大，为了成全这样一位朋友——我想你如果还要推却的话，那就太不客气了。"

哥哥公开与她作对，这还是头一遭。唯恐引起哥哥的不快，凯瑟琳建议来个折中。只要他们肯把计划推迟到星期二（这对他们并不困难，因为这只取决于他们自己），那她就和他们一起去，那样人人都会满意。不想对方立即答道："不行，不行，不行！那可不行，索普说不定星期二还要进城。"凯瑟琳感到遗憾，她再也无能为力了。接着沉默了一会儿，随即又被伊莎贝拉打破了，只听她带着冷漠愤懑的口气说道："好吧，那这次活动告吹了。要是凯瑟琳不去，我也不能去。不能就我一个女的去。这不成体统，我无论如何也不干。"

"凯瑟琳，你一定得去。"詹姆斯说。

"可是索普先生为什么不能另带一个妹妹去？我敢说她们两个谁都愿意去。"

"谢谢，"索普嚷道，"可是我来巴思不是为了带着妹妹到处兜风的，看上去像个傻瓜。不，你假使不去，我要去就是混蛋。我去只是为了带着你兜兜风。"

"你这番恭维并不使我感到荣幸。"可惜索普没有理会她这话，便忽地转身走了。

那另外三个人继续一起走着，说起话来使可怜的凯瑟琳感到极不自在。他们有时一言不发，有时又一连迭声地祈求她，责备她。虽然心里不和，她还挽着伊莎贝拉的手臂。她一会儿心软下来，一会儿又被激怒。但她总是很烦恼，总是很坚定。

"我以前不知道你有这么固执,凯瑟琳,"詹姆斯说道,"你以前可不是这么很难说话。我几个妹妹里头,原来就数你最和善,脾气最好。"

"我希望我现在也是如此,"凯瑟琳很动情地答道,"可我实在不能去。即使我错了,我也是在做我认为正确的事情。"

"我想,"伊莎贝拉低声说,"这样做倒不费踌躇呀。"

凯瑟琳心里气急了,一下子把胳膊抽走了,伊莎贝拉也没反抗。如此过了十多分钟,索普终于又回来了,他带着较为快活的神气说道:"唔,我把问题解决了。我们明天可以心安理得地一起去了。我去找过蒂尔尼小姐,替你推托了。"

"你没去!"凯瑟琳嚷道。

"我真去过了。我刚从她那儿回来。我跟她说是你叫我来的,说你刚刚想起早已约好明天和我们一道去克利夫顿,因此要到星期二才能与她一道去散步。她说也好,星期二对她同样很方便。因此我们的困难全部迎刃而解。我这主意不错吧?"

伊莎贝拉又一次喜笑颜开了,詹姆斯也跟着高兴起来。

"你这主意的确妙极了!唔,亲爱的凯瑟琳,一切困难全解决了,你已经正大光明地解约了,我们可以痛痛快快地玩一番了。"

"这可不行,"凯瑟琳说,"我不能答应这样做。我得马上追上蒂尔尼小姐,把真情告诉她。"

不想伊莎贝拉抓住她一只手,索普抓住另一只,三人苦苦相劝。就连詹姆斯也很生气。既然事情都解决了,蒂尔尼小姐自己还说星期二同样适合她,再去节外生枝,岂不荒谬至极。

"我不管。索普先生没有权利捏造这种谎言。假使我觉得应该推迟的话，我可以亲自对蒂尔尼小姐去说。索普先生那样做只会显得更冒昧。我怎么知道他已经——也许他又搞错了。他星期五的错误导致我采取了一次冒昧的行动。放开我，索普先生，别抓住我，伊莎贝拉。"

索普告诉她，蒂尔尼兄妹是追不上的，刚才他赶上去的时候，他们已经拐进布鲁克街，现在该到家了。

"那我也要去追，"凯瑟琳说道，"他们无论走到哪儿，我也要追上去。说也没用。我认为错误的事情，别人要是无法说服我去干，也休想骗我去干。"说罢，她挣脱身子，匆匆离去了。索普本想冲上去追她，不料让莫兰拦住了。"让她去吧，她想去就让她去吧。"

"她固执得像——"[1]

索普没有说完他的比喻，因为这实在不是个很文雅的比喻。

凯瑟琳心里非常激动，穿过人群尽量快走，唯恐有人追来，不过她决心坚持到底。她一边走，一边思忖刚才的情景。她不忍心让他们失望，惹他们生气，特别是不忍心惹她哥哥生气，但她并不后悔自己拒绝了他们。撇开个人的喜好且不说，仅凭和蒂尔尼小姐再次失约，取消五分钟前才自愿许下的诺言，而且还捏造借口，这一定是大错特错了。她拒绝他们并非仅仅出自个人考虑，不仅仅是为了满足个人的愿望，因为跟他们去旅行，看看布莱兹城堡，在某种程度上倒可以满足这个愿望。不，她考虑的是别人，是别人对她人格的看法。她相信自己没有过错，可这还不足以使

---

1 英语习惯说，像骡子一样固执。

"放开我,索普先生,别抓住我,伊莎贝拉。"

她恢复镇静。不向蒂尔尼小姐说清楚，她心里不会感到踏实。她出了新月街以后便加快了脚步，剩下的路几乎是一溜小跑，直至到达米尔萨姆街尽头。她动作如此之快，尽管蒂尔尼兄妹一开始领先很多，可是当她看见他们时，他们才刚刚进屋。仆人仍然站在门口，门还开着，凯瑟琳只是客气地说了声她马上有话要跟蒂尔尼小姐说，便匆匆打他旁边走过，跑上楼去。接着，顺手推开第一扇门，恰巧让她碰对了，即刻发现自己来到了客厅，蒂尔尼将军和他的儿子女儿都在里面。她立即做了解释，不过，由于心情紧张和呼吸短促的缘故，其唯一的缺陷是压根儿不像做解释。"我急火火地跑来了——这完全是个误会——我从没答应跟他们去。我从一开始就告诉他们我不能去。我急火火地跑来解释。我不在乎你们怎么看我，我实在等不及让仆人通报。"

这番话虽然没有把事情解释得一清二楚，但是却马上不再令人困惑不解了。凯瑟琳发现，索普的确传了假话，蒂尔尼小姐开诚布公地表示，她当时听了大为震惊。但是她哥哥是否比她更加愤愤不满，凯瑟琳却无从知道，虽然她本能地向两个人做了辩解。她到达前不管他们有什么感觉，经她这么诚恳地一解释，兄妹两个的神色和言语马上变得非常和蔼。

事情愉快地得到了解决，凯瑟琳被蒂尔尼小姐介绍给她父亲，立即受到他的十分殷切而客气的接待，这就使她想起了索普说的话，而且使她高兴地感到，索普有时还是靠得住的。蒂尔尼将军客气到唯恐不周的地步，他不知道凯瑟琳进屋时走得飞快，却大生仆人的气，怪他太怠慢了，竟然让莫兰小姐自己打开客厅的门。"威廉是怎么回事？我一定要追查这件事。"若不是凯瑟琳极力陈说他平白无辜，威廉很可能因为凯瑟琳的快步闯入，而永远失去主人的宠幸，如果不是丢掉饭碗的话。

凯瑟琳坐了一刻钟之后，便起身告辞。使她感到喜出望外的是，蒂尔尼将军问她是否能给他女儿赏个脸，就在这儿吃顿饭，当天余下的时间就同蒂尔尼小姐一起玩玩。蒂尔尼小姐也表示了自己的心愿。凯瑟琳大为感激，可惜她实在无能为力，艾伦夫妇在随时等她回去。将军宣称这叫他没有什么好说的了，既然艾伦夫妇要她回去，他也就不便强留。不过他相信，改天要是通知得早一些，艾伦夫妇是不会不放她到朋友这儿来的。"哦，不会的。"凯瑟琳担保他们不会反对，她自己也十分愿意来。将军亲自把她送到街门口，下楼时说了许多动听的话，夸赞她步履轻盈，简直和她跳舞时的姿态分毫不差。临别时，他又向她鞠了一躬，那个优雅自如的劲儿，她以前从未见到过。

凯瑟琳对于这一切大为得意，兴高采烈地朝普尔蒂尼街走去。她断定她的脚步是很轻盈的，尽管她以前从未意识到。她回到家里，没有再见到被她触犯的那几个人。她已经大获全胜，达到了自己的目的，散步也有了把握，随着心绪的平静，便开始怀疑自己是否百分之百正确。屈己待人总是崇高的，假若她答应了他们的要求，她就不会令人苦恼地觉得自己得罪了一位朋友，惹火了一位哥哥，一项使他们高兴非凡的远游计划，也许是让她给破坏了。为了宽慰自己，让一个公正人来权衡一下自己的行为究竟对不对，她趁机向艾伦先生提起了她哥哥和索普兄妹第二天准备远游这个说订没订的计划，艾伦先生当即抓住了话头。"怎么，"他说，"你也想去吗？"

"不。就在他们告诉我之前,我和蒂尔尼小姐约好了要去散步。因此,你知道,我是不能跟他们一起去的,对吗?"

"对,当然不能去。你不想去,这很好。这种安排实在不像话。年轻小伙子和年轻姑娘坐着敞篷马车在乡下到处乱跑!偶尔一次把倒还蛮不错的,可是一道去客栈和公共场所!那就不妥当了,我不知道索普太太怎么会允许的。我很高兴你不想去。我敢肯定,莫兰太太会不高兴的。艾伦太太,难道你不这样想?难道你不认为这种做法要不得吗?"

"是的,的确要不得。敞篷马车真龌龊。你坐在里面,一件干净衣服连五分钟也穿不上。你上车下车都要溅一身泥。风把你的头发帽子吹得东倒西歪。我就讨厌敞篷马车。"

"我知道你讨厌,可是问题不在这里。要是年轻姑娘与年轻小伙子非亲非故的,却时常坐着敞篷马车东跑西颠的,难道你不觉得很不雅观吗?"

"是的,亲爱的,的确很不雅观。我看不下去。"

"亲爱的太太,"凯瑟琳嚷道,"那你为什么不早告诉我?你要是早就告诉我这不合适,我绝对不会跟着索普先生一道出去的。不过我总是希望,你若是认为我有什么过错,会给我指出来的。"

"我会的,好孩子,你尽管放心好啦。正像分手时我对莫兰太太所说的,我随时都会竭尽全力帮助你的。但是人不能过于苛求。就像你慈爱的母亲常说的,年轻人毕竟是年轻人。你知道,我们才来时我不让你买那件有枝叶花纹的纱衣服,可你偏要买。年轻人不喜欢老有别人碍他们的事。"

"可这是件至关紧要的事情,我想你不会觉得我很难说服吧。"

"迄今为止，还没出现什么问题，"艾伦先生说，"我只想奉劝你，好孩子，别再同索普先生一道出去了。"

"我也正要这么说呢。"他妻子补充道。

凯瑟琳自己感到宽慰了，但是为伊莎贝拉感到不安。她稍微想了一下，然后便问艾伦先生，索普小姐一定像她自己一样，也不知道那是越轨行为，她是不是应该给她写封信，告诉她那样做是不恰当的，因为据她考虑，尽管遇到了波折，伊莎贝拉要是无人奉劝，说不定第二天还是要去克利夫顿的。谁想艾伦先生劝她不要干这种事。"好孩子，你最好不要去管她。她那么大了，该懂事了。如若不然，她母亲会替她指点的。索普太太实在太溺爱子女了。不过你最好还是不要干预。索普小姐与你哥哥执意要去，你只会讨个没趣。"

凯瑟琳听从了他的话。虽然一想到伊莎贝拉的过错不免有些惋惜，但是艾伦先生对她自己的行为的赞许，却使她感到大为宽慰。承蒙他的劝导，她才没有犯同样的错误，这确实使她感到庆幸。她没有跟着他们去克利夫顿，实在是足够幸运，避免了一次危险。假如她同蒂尔尼兄妹爽约是为了去做一件错事，假如她做下一件失礼的事，只是为了去做另外一件越轨的事，那么蒂尔尼一家会把她看成什么人呢？

第十四章

第二天早晨，天晴气朗，凯瑟琳料想那一伙人大概又要来纠缠。有艾伦先生为她撑腰，她并不害怕他们来。不过她还是宁愿不和他们争执，即使争赢了也是痛苦的。因而，当她既没看见他们的影子，又没听见他们的消息时，她感到由衷的喜悦。蒂尔尼兄妹按照约定的时间来喊她，这回没再出现新的麻烦，谁也没有突然想起什么事情，或是出乎意料地被人叫走，也没有哪位不速之客突然闯入，来干扰他们的郊游计划，于是我的女主角能够极不寻常地实践了自己的约会，虽然这是同男主角的约会。他们决定周游一下比琴崖。那是一座挺秀的山崖，山上木青草葱，崖间半悬着一片矮树林，几乎从巴思的每个旷场上望去，都显得十分惹人注目。

"我每次见到这座山，"他们沿河畔漫步时，凯瑟琳说道，"总要想到法国南部。"

"这么说你到过国外？"亨利有点惊讶地问道。

"哦！不，我只是说在书里看到的。这座山总使我想起《尤道尔弗的奥秘》里埃米丽和她父亲游历过的地方。不过，你也许从不看小说吧？"

"为什么？"

"因为小说对你来说太浅薄——绅士们要看深奥的书。"

"一个人，不管是绅士还是淑女，只要不喜欢小说，一定愚蠢至极。我读过拉德克利夫夫人的全部作品，而且对大多数都很喜欢。《尤道尔弗的奥秘》一旦看开了头，我再也放不下了。我记得两天就看完了——一直是毛骨悚然的。"

"是的，"蒂尔尼小姐补充道，"我记得你还念给我听。后来我给叫走了，去回张便条，仅仅五分钟你也不等我，把书带到了隐士径，我无奈，只好等到你看完再说。"

"谢谢你，埃丽诺，一条难能可贵的证据。你瞧，莫兰小姐，你的猜疑是不公正的。我迫不及待地要看下去，我妹妹只离开五分钟我都不肯等她。我答应念给她听，可是又不恪守诺言，读到最有趣的地方又叫她干着急听不到，我把书拿跑了。你要注意，那本书还是她自己的，的确是她自己的。我想起这件事就觉得自豪，我想这会使你对我有个好印象了。"

"我听了的确很高兴。今后我永远不会为自己喜爱《尤道尔弗》而感到羞愧了。不过我以前的确以为，青年男子对小说鄙视到令人惊奇的地步。"

"令人惊奇。他们如果真是那样，那倒可能真叫令人惊奇——因为男人看到的小说几乎跟女人看的一样多。我自己就看过好几百本。说起朱丽娅和路易莎[1]的事，你休想和我比。我们要谈到

---

[1] 哥特传奇小说中女主角的名字。

具体的书，没完没了地问起'你看过这本吗？''你看过那本吗？'我将马上把你远远抛在后面，就像——我该怎么说呢？我想用个恰如其分的比喻，就像你的朋友埃米丽远远抛下可怜的瓦兰库尔特[1]，与她的姑妈一起来到意大利。你想想我比你多看了多少年小说。我是进牛津读书时开始的，而你却是个小乖姑娘，坐在家里绣花呢！"

"恐怕不是很乖吧。可是说真的，难道你不认为《尤道尔弗》是世界上最好的书吗？"

"最好的，我想你是指最精致的吧。那得看装帧了。"

"亨利，"蒂尔尼小姐说，"你真不客气。莫兰小姐，他待你就像待他妹妹一样。他总是挑剔我措辞不当，现在又在对你吹毛求疵了。你用的'最好'这个字眼不合他的意。你最好趁早把它换掉，不然他会拿约翰逊和布莱尔[2]把我们奚落个没完。"

"的确，"凯瑟琳大声嚷道，"我并非有意要说错话。可那确实是一本好书。我为什么不能这么说呢？"

"很对，"亨利说道，"今天天气很好，我们进行一次很好的散步，你们是两位很好的年轻小姐。哦！这的确是个很好的字眼！什么场合都适用。最初，它也许只被用来表示整洁、恰当、精致、优雅，用来描写人们的衣着、感情和选择。可是现在，这个字眼却构成了一个万能的褒义词。"

"其实，"他妹妹嚷道，"它只该用到你身上，而且没有丝毫的

---

[1] 《尤道尔弗的奥秘》中女主角埃米丽的情人。
[2] 指英国作家、辞书编纂家约翰逊和修辞学家休·布莱尔，前者编有《英语词典》，后者著有《修辞与纯文学讲话》。

褒义。你这个人挺讲究而不聪明。来，莫兰小姐，我们让他用最严格的字眼对我们吹毛求疵去吧，我们还是用自己最喜爱的字眼来赞美《尤道尔弗》。这是一本极其有趣的作品。你喜欢这类书吗？"

"说实话，我不大爱看别的书。"

"真的啊！"

"这就是说，我可以看诗歌和戏剧这一类的作品，也不讨厌游记。但是对历史，正正经经的历史，我却不感兴趣。你呢？"

"我喜欢历史。"

"但愿我也喜欢。我是作为义务读点历史，但是历史书里的东西总是惹我烦恼、厌倦。每页上都是教皇与国王在争吵，还有战争与瘟疫。男人个个都是窝囊废，女人几乎没有一个——真令人厌烦。然而我经常觉得奇怪，既然绝大部分是虚构的，却又那么枯燥乏味。英雄嘴里吐出的语言、他们的思想和雄图——想必大部分是虚构的，而在其他作品里，虚构的东西正是我所喜欢的。"

"你认为，"蒂尔尼小姐说，"历史学家不善于想象。他们想象出来的东西不能引起人们的兴趣。我喜欢历史——满足于真的假的一起接受。在那些主要事实中，它们以过去的史书和史料为资料来源，我可以断定，那些史书和史料就像你没能亲眼目睹的事实一样真实可信。至于你说到的添枝加叶，那确实是添枝加叶，我喜欢这样的内容。如果哪一篇演讲写得很好，我也不管它由谁来作，都要高高兴兴地读下去——如果是休谟先生[1]或者罗伯逊博

---

[1] 休谟（1711—1776）：英国哲学家、历史学家和经济学家，著有《英国史》6卷。

士[1]的手笔,我很可能比读卡拉克塔库斯[2]、阿格里科拉[3]或者阿尔弗烈德大王[4]的真实讲话,还要兴致勃勃。"

"你喜欢历史!艾伦先生和我父亲也是如此。我有两个兄弟,他们也不讨厌历史。在我这个小小的亲友圈圈里就有这么多例子,真是可观啊!这样一来,我就不再可怜写历史的人了。如果大家爱看他们的书,那当然很好。但是,我过去一直以为没人爱看他们费那么大功夫写出的一部部巨著,或者辛辛苦苦写出来只是为了折磨那些少男少女,我总觉得这是一种苦命。虽然我现在知道他们这样做是完全正确的,完全必要的,但是我过去经常感到奇怪,有人居然有勇气坐下来特意干这种事。"

"少男少女应该接受折磨,"亨利说道,"这是但凡对文明国度的人性多少有点了解的人所无法否认的。但是,我要为我们最杰出的历史学家说几句话,如果有人认为他们缺乏更加崇高的目标,他们肯定感到气愤。他们凭着自己的写作方法和风格,完全有资格折磨那些最有理智的成年读者。我使用'折磨'这个动词(我注意到这是你的措辞),拿它代替了'教育'这个字眼,就算它们现在是同义词吧。"

"你认为我把教育称作折磨很荒谬,可是,假使你以前像我一样,经常听见可怜的孩子最初如何学习字母,然后如何学习拼写,

---

1 罗伯逊博士(1721—1793):苏格兰长老会牧师兼编史作家,著有《苏格兰史》。
2 卡拉克塔库斯:英国古代一国王,公元前43年被罗马人俘获,在罗马皇帝面前大义凛然,慷慨陈词,因而获得赦免。
3 阿格里科拉(37—93):古罗马大将,曾率军征服不列颠。
4 阿尔弗烈德大王(849—899):英格兰西撒克斯国王(871—899),曾率军打败入侵不列颠的丹麦人。

假使你看见他们整个上午如何愚不可及，临了我那可怜的母亲如何精疲力竭（就像我在家里几乎每天见到的那样），你便会承认，折磨和教育有时是可以当作同义词的。"

"很有可能。但是，历史学家对于学习认字的困难并不负有责任。你似乎不特别喜欢勤奋好学、刻苦钻研，即便如此，你恐怕也得承认：为了一辈子能看书，受两三年折磨还是十分划得来的。请想想，倘若不教人念书，拉德克利夫夫人的作品岂不是白写了——甚至也许压根儿写不出来。"

凯瑟琳表示同意——她热情洋溢地赞颂了那位夫人的功绩，随即便结束了这个话题。蒂尔尼兄妹马上谈起了另一个话题，凯瑟琳对此无话可说。他们带着绘画行家的目光，观赏着乡间的景色，并且带着真正的鉴赏力，热切地断定这里可以作出画来。凯瑟琳茫然不知所措。她对绘画一窍不通——对富有情趣的东西一窍不通。她聚精会神地听着，可是得不到什么收获，因为他们用的字眼简直让她莫名其妙。她能听懂的一点点，却似乎与她以前对绘画所仅有的一点概念相矛盾。看来，从高山顶上似乎不能再取到好景了，清澈的蓝天也不再象征晴天了。她为自己的无知感到不胜羞愧，但是这种羞愧是不必要的。人们想要依依多情的时候，总应该表示自己知识浅薄才好。自恃渊博是无法满足别人的虚荣心的，这是聪明人要力求避免的。特别是女人，如果她不幸地有点知识的话，应该尽可能地将其掩盖起来。

一位姊妹作家[1]，已经用神工妙笔阐述了姣美小姐天性愚笨的

---

[1] 指英国感伤小说的代表人物范妮·勃尼。

好处。对于她在这方面的论述，我只想为男人补充说一句公道话：虽然对于大部分比较轻浮的男人来说，女人的愚笨大大增添了她们的妩媚，但是有一部分男人又太有理智，太有见识，对女人的希求也只是无知而已。可是凯瑟琳并不了解自己的长处，不知道一个美丽多情而又愚昧无知的姑娘，定能迷住一位聪明的小伙子，除非机缘特别不利。在目前情况下，她承认自己知识贫乏，痛恨自己知识贫乏，并且公开宣布，她将不惜任何代价学会绘画。于是，亨利马上就给她讲授什么样的景物可以构画，他讲授得一清二楚，凯瑟琳很快从亨利欣赏的东西里看到了美。凯瑟琳听得十分认真，亨利对她也十分满意，认为她有很高的天然审美力。他谈到了近景、远景、次远景、旁衬景、配景法和光亮色彩。凯瑟琳是个大有希望的学生，当他们登上比琴崖顶峰时，她很有见地地说道，全巴思城不配采入风景画。亨利对她的长进感到很高兴，同时又怕一下子灌输多了惹她发腻，便搁下了这个话题。他从一座嶙峋的山石和他假想长在山石近顶的一棵枯掉的栎树谈起，很容易就谈到一般的栎树——谈到树林，林场，荒地，王室领地和政府——不久就谈到了政治，一谈政治就很容易导致沉默。他对国事发表了一段简短的议论之后，大家便陷入了沉默。后来这沉默让凯瑟琳打破了，只听她带着严肃的口吻说道："我听说，伦敦马上要出骇人听闻的东西。"

这话主要是对蒂尔尼小姐说的，蒂尔尼小姐不觉大吃一惊，赶快答道："真的！什么性质的？"

"这我可不知道，也不知道作者是谁。我只听说，这要比我们迄今接触到的任何东西都更可怕。"

"天哪！你能从哪儿听来的呢？"

"我的一个特别要好的朋友昨天从伦敦来信说的。据说可怕极了。我想一定是谋杀一类的内容。"

"你说起来泰然自若的，让人惊讶。不过我希望你的朋友是言过其实。如果这样的阴谋事先透露出来，政府无疑会采取适当措施加以制止的。"

"政府，"亨利说道，尽量忍住笑，"既不愿意也不敢干预这种事情。凶杀是免不了的，有多少起政府也不会管。"

两位小姐愣住了。亨利失声笑了，接着说道："喂，是让我来帮助你们达到相互了解呢，还是由着你们自己去寻求解释？不——我要崇高一些。我要证明自己是个男子汉，不仅凭借清晰的头脑，而且凭借慷慨的心灵。我忍受不了某些男人，他们有时不屑于照顾女人的理解能力，不肯把话说得浅显一些。也许女人的才智既不健全也不敏锐——既不健康也不敏捷。也许她们缺乏观察力、辨别力、判断力、热情、天才和智慧。"

"莫兰小姐，别听他瞎说。还是请你给我说说这起可怕的骚动吧。"

"骚动！什么骚动？"

"我亲爱的埃丽诺，骚动只是你自己的想象。你胡思乱想得太不像话啦。莫兰小姐所谈论的，并不是什么可怕的事，只不过是一本即将出版的新书，三卷十二开本，每卷二百七十六页，第一卷有个卷首插图，画着两块墓碑，一盏灯笼——你明白了吧？莫兰小姐，你说得再明白不过了，可全叫我那傻妹子给误解了。你谈到伦敦会出现恐怖——任何有理性的人马上就会意识到，这话只能是指流动图书馆的事，可我妹妹却立马设想圣乔治广场上聚集了三千名暴徒，袭击银行，围攻伦敦塔，伦敦街头血流成河，第十二轻骑兵团是全国的希望所在，它的一个支队从北安普敦召来镇压叛乱，英勇的弗雷德里克·蒂尔尼上尉[1]率领部队冲锋的当儿，楼上窗口飞下一块砖头，把他击下马来。请原谅她的愚昧。我妹妹的恐惧增加了女人的缺陷，不过一般说来，她倒绝不是个傻瓜。"

凯瑟琳板起了脸。"好啦，亨利，"蒂尔尼小姐说，"你已经帮助我们相互了解了，你还应该让莫兰小姐了解了解你——除非你想让她认为你对妹妹极端粗鲁，认为你对女人的普遍看法极端残忍。莫兰小姐并不习惯你的古怪行为。"

"我倒很愿意让她多了解了解我的古怪行为。"

"毫无疑问。可那并不能解释眼下的问题。"

"那我该怎么办？"

"你知道你该怎么办。当着她的面，大大方方地表明你的性格。告诉她你十分尊重女人的理解力。"

"莫兰小姐，我十分尊重天下所有女人的理解力——特别是那些碰巧和我在一起的女人，不管她们是谁，我尤其尊重她们的理解力。"

"那还不够。请你放正经点。"

"莫兰小姐，没有人比我更尊重女人的理解力了。据我看来，女人天生有的是聪明才智，她们一向连一半都用不上。"

---

[1] 指亨利·蒂尔尼的哥哥。

"莫兰小姐，我们从他那里听不到更正经的话了。他在嬉皮笑脸呢。不过我告诉你，如果他有时像是对哪个女人说了一句不公正的话，或者对我说了一句没情义的话，那他一定是给完全误解了。"

凯瑟琳不难相信亨利·蒂尔尼是绝对不会错的。他的举止有时可能让人感到诧异，但是他的用意却永远是公正的。她理解的事情也好，不理解的事情也好，她都照样崇拜。这次散步自始至终都十分令人愉快，虽然结束得过早，但是临了也是愉快的。她的两位朋友把她送到家里，临别的时候，蒂尔尼小姐恭恭敬敬地对凯瑟琳和艾伦太太说，希望凯瑟琳后天赏光去吃饭。艾伦太太没有表示异议，凯瑟琳的唯一困难在于掩饰内心的万分喜悦。

这个上午过得太快活了，她把友谊和手足之情全部置之脑后，因为散步期间她压根儿没有想到伊莎贝拉和詹姆斯。等蒂尔尼兄妹走后，她又眷恋起他们，可是眷恋了半天也无济于事。艾伦太太没有消息可以让她消除忧虑，她没听到有关他俩的任何消息。可是快到晌午的时候，凯瑟琳急需一段一码左右的丝带，必须马上去买。她出门来到城里，在邦德街赶上索普家的二小姐，她夹在世上两位最可爱的姑娘中间，正朝埃德加大楼那边溜达。这两位姑娘整个上午都是她的亲密朋友。凯瑟琳马上听那位二小姐说，她姐姐一伙人去克利夫顿了。"他们是今天早晨八点钟出发的，"安妮小姐说道，"我实在不羡慕他们的这次旅行。我想你我不去反倒更好。那一定是天下最无聊的事情，因为在这个时节，克利夫顿连一个人也没有。贝尔[1]是跟你哥哥去的，约翰的车子拉着玛

---

[1] 伊莎贝拉的昵称。

丽亚。"

凯瑟琳一听说是这样安排的,心里的确感到很高兴,嘴里也照实这么说了。

"哦!是的,"对方接口说,"玛丽亚去了。她心急火燎地要去。她以为那一定很好玩。我才不欣赏她的情趣呢。至于我,我从一开头就打定主意不去,他们就是硬逼我,我也不去。"

凯瑟琳有点不相信,于是情不自禁地说道:"你要能去就好了。真可惜,你们不能都去。"

"谢谢你,这对我来说完全无所谓。的确,我无论如何也不会去的。你刚才追上我们时,我正跟埃米丽和索菲娅这么说呢。"

凯瑟琳仍然不肯相信。不过她很高兴,安妮居然能为有埃米丽和索菲娅这两个朋友而感到慰藉。她告别了安妮,心里并不感到惴惴不安了。她回到家里,他们的出游没有因为她不肯去而受到妨碍,这使她感到高兴。她衷心祝愿他们玩得十分愉快,这样詹姆斯和伊莎贝拉就不会再怨恨她没去。

第十五章

第二天一早,凯瑟琳收到伊莎贝拉的一封信,字字句句都写得心平气和,情意绵绵,恳求她的朋友立即去一趟,有极其要紧的事情要谈。凯瑟琳一听说有要紧事,觉得十分好奇,便带着万分喜悦的心情,急匆匆地赶到埃德加大楼。客厅里只有索普家的两个小女儿。安妮小姐跑去喊她姐姐时,凯瑟琳趁机向另一位小姐问起昨天出游的情况。玛丽亚期盼的最大乐趣就是谈论这件事。凯瑟琳马上便听说,那是世界上最最愉快的一次旅行,谁也想象不到有多好玩,谁也想象不到多有意思。这是头五分钟的消息,随后五分钟她透露了大量细枝末节,说他们乘车直奔约克旅馆,喝了点汤,预订了一顿午餐,走到矿泉厅,饮了点矿泉水,花了几先令买了钱包和晶石;又从那里去点心铺吃冷饮,随即赶紧回到旅馆,匆匆忙忙地吃完饭,免得摸黑往回赶路。回家的路上也很愉快,只可惜月亮没出来,下了点小雨,莫兰先生的马累得都快走不动了。

凯瑟琳听得打心眼里感到高兴。看来,他们根本没想到要去布莱兹城堡，除此之外，她没有任何事情可以感到惋惜的。玛丽亚说到临了，还情意深长地对她姐姐安妮表示了一番同情，说她因为没去成而气得不得了。

"她肯定永远不会原谅我。不过你知道，我又有什么法子？约翰非要让我去，因为他嫌安妮脚脖子太粗，说什么也不肯带她去。她这个月怕是再也快活不起来了。不过我可绝不会闹别扭，我是不会为一点小事生气发火的。"

这时，伊莎贝拉急匆匆地走进屋来，只见她神气十足，满面春风，让她的朋友都看愣了。伊莎贝拉老实不客气地撵走了玛丽亚，然后一把搂住凯瑟琳，开口说道："是的，亲爱的凯瑟琳，的确如此。你看得不错。唔！你那双眼睛真厉害！能洞察一切。"

凯瑟琳没有答话，只显出一副疑惑不解的神情。

"唔，得了，我心爱的，最可爱的朋友，"伊莎贝拉接着说道，"镇静点。你看得出来，我心里万分激动。我们还是坐下来，舒舒服服地讲。唔，这么说来，你一见到我的信就猜着了？狡猾的家伙！哦！亲爱的凯瑟琳，唯有你了解我的心，能够判断我眼下有多幸福。你哥哥是世界上最可爱的男人。但愿我更能配得上他。不过令尊和令堂会怎么说呢？哦！天哪！我想起他们，心里好忐忑不安啊！"

凯瑟琳开始醒悟，她突然明白了这是怎么回事。心里一激动，自然涨得满脸通红，只听她大声嚷道："天哪！我亲爱的伊莎贝拉，你这是什么意思？难道——难道你当真爱上了詹姆斯？"

凯瑟琳马上得知，她这个大胆的推测仅仅猜对了事情的一半。伊莎贝拉责备过凯瑟琳，说她总能从伊莎贝拉的每个神色、每个举动中看出殷切的钟情,在昨天的远游中,詹姆斯可喜地向她表露了同样的钟情。她把自己的忠贞和爱情交给了詹姆斯。凯瑟琳从未听到如此有趣、如此奇异、如此令人欣喜的事情。她哥哥和她的朋友订婚了!没有这种经历的人,不会觉得这件事有多么了不起,凯瑟琳认为这是普通生活里难得重演的一件大事。她无法表达心里的强烈感情,然而这种感情却使她的朋友感到得意。她们首先倾吐了要做姑嫂的喜悦,两位漂亮小姐紧紧地抱在一起,洒下了欣喜的泪花。

对于这桩姻缘,凯瑟琳真心实意地感到高兴。不过应该承认,在预期她们将来的亲切关系这方面,她远远及不上伊莎贝拉。"凯瑟琳,对我来说,你比安妮和玛丽亚不知道要亲切多少倍。我觉得,我喜爱亲爱的莫兰家的人,会大大胜过喜爱我自己家的人。"

这是凯瑟琳不可企及的一种友谊高度。

"你真像你亲爱的哥哥,"伊莎贝拉继续说道,"我刚一见到你就喜爱得不得了。不过我总是这样,什么事情都是一眼敲定。去年圣诞节莫兰来我们家的头一天——我头一眼见到他——我的心便一去不复返了。我记得我穿着我那条黄长裙,头上盘着辫子。当我走进客厅,约翰介绍他时,我心想我以前从未见过这么漂亮的人。"

听到这话,凯瑟琳心里暗暗佩服爱情的威力,因为她虽说极其喜爱自己的哥哥,赞赏他的种种天赋,但她平生从不认为他长得漂亮。

"我还记得,那天晚上安德鲁斯小姐和我们一道喝茶,穿着她那件紫褐色的薄绸子衣服,看上去像天仙一样,我还以为你哥哥肯定会爱上她呢。我想着这件事，整夜都没合眼。哦！凯瑟琳，我为你哥哥经历了多少个不眠之夜呀！我所忍受的痛苦，我一半也不想让你忍受！我知道我现在瘦得可怜，不过我不想叙说我的忧虑，省得惹你难过。你已经看得足够了。我觉得我不断地泄露自己的秘密，没有心计地说出了我喜欢做牧师的人！不过我总相信你会替我保密的。"

凯瑟琳心想，没有什么比这更保险的了。不过她又为对方没料到自己这么一无所知而感到羞愧，便不敢再争辩。而且，伊莎贝拉硬要说她目光敏锐，为人亲切，富有同情心，她也不便否认。她发现，她哥哥准备火速赶到富勒顿，说明他的情况，请求父母的同意。伊莎贝拉为这件事倒着实有点忐忑不安。凯瑟琳相信，她父母绝不会反对儿子的心愿，于是便尽力这样劝慰伊莎贝拉。"做父母的，"她说，"不可能有比他们更慈祥，更希望自己的子女得到幸福的。毫无疑问，他们会立刻同意的。"

"莫兰跟你说的一模一样，"伊莎贝拉答道，"然而我还不敢抱这个希望。我的财产太少了，他们绝不会同意的。你哥哥娶什么人不行！"

凯瑟琳再次觉察到爱情的威力。

"伊莎贝拉，你真是太自谦了。财产上的差别算得了什么。"

"唔！亲爱的凯瑟琳，你是宽怀大度的，我知道，在你看来，这算不了什么，可是我们不能期待多数人都不计较。就我来说，我真但愿我们能换个地位。我即使掌管着几百万镑，主宰着全世界，你哥哥也是我唯一的选择。"

她这令人可喜的情怀既富有见识，又别出心裁，使凯瑟琳极其愉快地记起了她所熟识的所有女主角。她心想,她的朋友倾吐这般崇高的情思时,看上去从来没有这么动人过。"他们肯定会同意的,"她一再宣称,"他们肯定会喜欢你的。"

"至于我自己,"伊莎贝拉说道,"我的要求很低,哪怕是最微薄的收入也够我用的了。人们要是真心相爱,贫穷本身就是财富。我讨厌豪华的生活。我无论如何也不要住到伦敦。能在偏僻的村镇有座乡舍,这就够迷人的了。里士满附近有几座小巧可人的别墅。"

"里士满!"凯瑟琳惊叫道,"你们必须住到富勒顿附近。你们必须离我们近一点。"

"若不是这样,我肯定要沮丧的。只要能离你很近,我就心满意足了。不过这是空谈!在得到你父亲的答复之前,我不该考虑这种事。莫兰说,今天晚上把信发到索尔兹伯里,明天就能接到回信。明天啊?我知道我绝没有勇气打开那封信。我知道它会要我的命。"

伊莎贝拉说完这话,接着出了一阵子神——她再开口时,谈起了要用什么料子做结婚礼服。

她们的谈话被那焦灼不安的情郎打断了,他趁动身去威尔特郡之前,先来这里惜个别。凯瑟琳本想向他道喜,可是不知说什么为好,满肚子的话全含在眼神里。在那双眼睛里,八大词类活脱脱地应有尽有,詹姆斯可以得心应手地把它们串联起来。他一心急着回家实现自己的愿望,告别的时间并不长,若不是因为他的美人一再催他快走反而耽搁了,他告别的时间还要短些。有两次,他几乎走到门口了,伊莎贝拉还急火火地把他叫回来,催他快走。"莫兰,我真要把你赶走啦。想想你要骑多远啊。我不能容忍你这么拖拖拉拉的。看在上天的分上,别再磨蹭啦。好了,走吧,走吧——你一定要走。"

现在,两位女友的心比以往拧得更紧了,整天都割舍不开。两人姐妹般地寻求欢乐,不觉时间过得飞快。索普太太和她的儿子了解全部内情,似乎只要莫兰先生一同意,就会把伊莎贝拉的订婚当作他们家里最可庆幸的一件大事,因而可以一道来谈论,他们那意味深长的神色和神秘莫测的表情,使得那两位蒙在鼓里的小妹妹也感到很好奇。凯瑟琳思想比较单纯,在她看来,这种莫名其妙的隐瞒似乎既非出自好意,也未能贯彻始终。他们若是始终隐瞒下去的话,她早就忍不住要指出他们这样做实在太没情义了。不料安妮和玛丽亚机灵地说了声"我知道怎么回事",马上使她放下心来。到了晚上,居然还斗起智来,一家人都在各显其能:一边闪闪烁烁地故作神秘,一边隐约其词地硬说知道,真是针锋相对。

第二天,凯瑟琳又去和她的朋友做伴,尽量使她打起精神,消磨来信之前的这段烦人的时光。她这样做是大有必要的,因为快到该来信的时候,伊莎贝拉变得越来越颓丧,信还没到,她真的忧心忡忡起来。等信一到,哪里还能见到忧虑的踪影?"我顺利地取得了我慈爱的双亲的同意,他们答应将竭尽全力促进我的幸福。"这是头三行的内容,顷刻间,一切都令人欣喜地有了保证。伊莎贝拉顿时红光满面,神采奕奕,一切忧虑和焦灼似乎一扫而光,她简直抑制不住内心的喜悦,毫无顾忌地称自己是世上最幸福的人儿。

索普太太喜泪盈眶，挨个地拥抱着女儿、儿子和客人，兴奋得简直想把巴思的半数居民都拥抱一遍。她心里充满了柔情蜜意，开口一个"亲爱的约翰"，闭口一个"亲爱的凯瑟琳"；说什么必须马上让"亲爱的安妮和亲爱的玛丽亚"也来分享他们的喜悦；还在伊莎贝拉的名字前面一次用了两个"亲爱的"，这是那个可爱的孩子受之无愧的。约翰高兴起来也毫不掩饰。他不仅推崇备至地把莫兰先生称作天下最好的人，而且赌咒发誓地说了许多赞美他的话语。

带来这一切喜悦的那封信写得很短，里面只是保证大功已经告成，一切详情细节还得挨到詹姆斯以后来信再说。不过，那些详情细节伊莎贝拉完全可以等待。她所必需的一切全都包含在莫兰先生的许诺之中：他保证办得万事如意。至于如何筹措收入，究竟是分给田产还是交给资金，这些她都一概不去关心。她心里有数，觉得自己可以十拿九稳地很快便会有一个体面的家庭。她的想象在围绕着心目中的幸福驰骋。她幻想几周以后富勒顿新结识的朋友都在注视她，艳羡她，普尔蒂尼可贵的老友都在妒忌她。她有一辆马车供自己使用，她的名片换了新的姓，手指上戴着光彩夺目的钻石戒指。

约翰·索普本来只等信一到就起程去伦敦，现在既然知道了信的内容，他便准备动身了。"唔，莫兰小姐，"他发现她独自一人待在客厅时，说道，"我是来向你辞行的。"凯瑟琳祝他一路平安。约翰似乎没有听见她的话，走到窗口，身子不安地扭来扭去，嘴里哼着曲子，仿佛一门心思在想自己的事。

"你去德魏泽斯不会迟到吧？"凯瑟琳问。约翰没有回答。但是，沉默了一阵之后，他突然说道："说实话，结婚这个主意真是太好了！莫兰和贝尔的想象太妙了。你觉得怎么样，莫兰小姐？我说这个主意不赖。"

"我当然认为很好啦。"

"是吗？天哪，这才叫真心话！我很高兴，你不反对结婚。你有没有听过《参加婚礼可以促成良缘》这首老歌谣？我是说，希望你来参加贝尔的婚礼。"

"是的，我已经答应你妹妹，要是可能，就来陪伴她。"

"可你知道，"他把身子扭来扭去的，勉强傻笑一声，"我是说，可你知道，我们可以试试这首老歌谣说得灵不灵。"

"我们？可我从来不唱歌呀。好了，祝你一路平安。我今天和蒂尔尼小姐一道吃饭，现在得回家了。"

"得了，不要该死的搞得这么匆匆忙忙的。谁知道我们啥时候才能再见面？不过我两个星期后还要回来的。在我看来，这将是极度漫长的两个星期。"

"那你为什么要走这么久呢？"凯瑟琳见他在等她答话，便如此答道。

"你真客气——既客气又温存。我不会轻易忘记的。我相信，你在性情上比任何人都温柔，你的性情好极了。不仅仅是性情好，而且什么——而且什么都好。再说，你还这样——凭良心说，我从没见过像你这样的人。"

"哦！天哪，像我这样的人实在多得很，只是比我强得多。再见。"

"可我是说，莫兰小姐，如不嫌弃的话，我不久会来富勒顿拜访的。"

"请来吧。我父母亲见到你会很高兴的。"

"我希望——我希望,莫兰小姐,你见到我不会很遗憾吧。"

"哦!天哪,绝不会。没有几个人我见到会感到遗憾的。有人来往总是令人愉快的。"

"我正是这么想的。我常说,让我有几个愉快的伙伴,让我只和我喜爱的人在一起,只和我喜爱的人待在我喜爱的地方,剩下的事都见鬼去吧。听你也这样说,我打心眼里感到高兴。我有个看法,莫兰小姐,你我对多数问题的看法十分相似。"

"也许可能。不过这是我从没想到的。至于说多数问题,说老实话,我在很多问题上并没有自己的看法。"

"啊,我也是如此!我向来不愿为那些与我无关的事情伤脑筋。我对事情的看法很简单。我常说,只要让我有了我心爱的姑娘,再有一座舒适的房屋,别的事情我还在乎什么?财产是无足轻重的。反正我有一笔可观的收入。要是姑娘不名一文,岂不更好。"

"的确是。在这件事上,我与你的看法是一样的。如果一方有一笔可观的财产,另一方就用不着再有什么了。不管哪一方有财产,反正够用了就行。一个有钱人去找另一个有钱人,我讨厌这样的念头。为了金钱而结婚,我认为这是天下最卑劣的事情。再见。你无论什么时候得便来富勒顿,我们见到你都会十分高兴。"她说罢拔腿就走。约翰尽管百般殷勤,却无法再挽留她了。凯瑟琳回去有这样的消息要传播,有这样一个约会要准备,任凭约翰再怎么强留,她还是不肯耽搁。她匆匆地走了,留下约翰一门心思想着自己的巧言妙语和凯瑟琳的明显怂恿。

凯瑟琳最初听说哥哥订婚时由于自己心情激动,便不由觉得,她要是把这奇妙的事情告诉艾伦夫妇,也能引起不小的激动。但是她有多失望啊!她绕了好多弯子才提到的这件大事,原来自她哥哥来了以后,早被艾伦夫妇预料到了。这当儿,他们的全部感触都包含在一个祝愿里,祝愿这对青年人幸福。同时还一人议论了一句,先生赞赏伊莎贝拉长得美,太太说她福气大。在凯瑟琳看来,这种麻木漠然的态度实在太令人惊讶了。不过,当凯瑟琳透露了詹姆斯头天去富勒顿这个重大秘密时,艾伦太太总算有了些反应。她无法平心静气地听下去,屡次抱憾说这也要保密,可惜她事先不知道詹姆斯要走,没在他行前见到他,否则她肯定要托他向他父母问好,向斯金纳一家人致意。

第 二 卷

第一章

凯瑟琳料想去米尔萨姆街做客一定十分快乐，因为期望过高，难免有所失望。因此，虽然她受到蒂尔尼将军客客气气的接待，受到他女儿的友好欢迎，虽然亨利就在家里，而且也没有别的客人，可她一回到家里，并没有花几个小时细细检查自己的情绪，便发现她去赴约本是准备高兴一番的，结果此行没有带来快乐。她从当天的谈话中发觉，她非但没有增进同蒂尔尼小姐的友谊，反倒似乎与她不及以前那么亲密。亨利·蒂尔尼在如此悠闲自在的家庭聚会上，不仅不比以往显得更和蔼可亲，反倒从来没有这么少言寡语，这么有失随和。他们的父亲虽然对她礼仪周到——对她又是感谢，又是邀请，又是恭维——但是离开他反而使她觉得轻松。对于这一切她感到疑惑不解。这不会是蒂尔尼将军的过错。他十分和蔼，十分温厚，是个非常可爱的人，这都不容置疑，加上他又高大又英俊，还是亨利的父亲。在他面前，他的孩子打不起精神，她又快活不起来，这都不能怪他。对于前者，她最终希望或许是偶然现象，对于后者，她只能归咎于她自己太愚钝。伊莎贝拉听到这次拜访的详情之后，做出了不同的解释。"这全是因为傲慢，傲慢，无法容忍的高傲自大！我早就怀疑这家人十分高傲，现在证实了。蒂尔尼小姐的这种傲慢行径，我从来没有听说过！也不尽主人之谊，连普通的礼貌都没有！对客人如此傲慢！简直连话都不跟你说！"

"不过还不是那么糟，伊莎贝拉。她并不傲慢，倒还十分客气。"

"哦！别替她辩护了！还有那个做哥哥的，他以前对你似乎那么倾心！天哪！唉，有些人的情感真叫人捉摸不透。这么说，他一整天连看都没看你一眼啦？"

"我没这么说。他似乎只是不大高兴。"

"多么卑劣！世上的一切事情中，我最讨厌用情不专。亲爱的凯瑟琳，我恳求你永远别再想他。说真的，他配不上你。"

"配不上！我想他从不把我放在心上。"

"我正是这个意思。他从不把你放在心上。真是朝三暮四！噢！与你哥哥和我哥哥多么不同啊！我确信，约翰是最坚贞不移的。"

"不过说到蒂尔尼将军，我向你担保，谁也不可能比他待我更客气，更关切的了。看来他唯一关心的，就是招待我，让我高兴。"

"哦！我知道他没有什么不好的。我觉得他倒不傲慢。我相信他是一个很有绅士风度的人。约翰非常看得起他，而约翰的眼力——"

"好了，我想看看他们今晚待我如何。我们要和他们在舞厅见面。"

"我也得去吗?"

"难道你不想去?我还以为都谈妥了呢。"

"得了,既然你一定要去,我也就无法拒绝了。不过你可别硬要我很讨人喜欢,因为你知道我的心在四十英里以外。至于跳舞,我求你就别提啦。那是绝对不可能的。我敢说,查尔斯·霍奇斯要烦死我了,不过我要叫他少啰唆。十有八九他会猜出原因,那正是我要避免的。所以,我一定不能让他把自己的猜测说出来。"

伊莎贝拉对蒂尔尼一家人的看法并没有影响她的朋友。凯瑟琳确信那兄妹俩的举止一点也不傲慢,也不相信他们心里有什么傲气。晚上,她对他们的信任得到了报答。他们见到她时,一个依然客客气气,一个依然殷勤备至。蒂尔尼小姐尽力设法亲近她,亨利请她跳舞。

凯瑟琳头一天在米尔萨姆街听说,蒂尔尼兄妹的大哥蒂尔尼上尉随时都会来临,因而当她看见一个以前从未见过的时髦英俊的小伙子,而且显然是她朋友一伙的,她当下便知道他姓甚名谁。她带着赞羡不已的心情望着他,甚至想到有人可能觉得他比他弟弟还要漂亮,虽说在她看来,他的神态还是有些自负,他的面庞不那么惹人喜欢。毫无疑问,他的情趣和仪态肯定要差一些,因为他在她听得见的地方,不仅表示自己不想跳舞,而且甚至公开嘲笑亨利居然能跳得起来。从这后一个情况可以断定,不管我们的女主角对他有什么看法,他对凯瑟琳的爱慕却不是属于十分危险的那一类,不会使兄弟俩争风吃醋,也不会给小姐带来折磨。他不可能唆使三个身穿骑师大衣的恶棍,把她架进一辆驷马旅行马车，风驰电掣地飞奔而去。其间，凯瑟琳并没有因为预感到这种不幸或者其他任何不幸，而感到不安，她只是遗憾舞列太短，跳起来不过瘾。她像平常一样，享受着同亨利·蒂尔尼在一起的乐趣，目光炯炯地聆听着他的一言一语。她发现他迷人极了，自己也变得十分娇媚。

第一曲舞结束后，蒂尔尼上尉又朝他们走来，使凯瑟琳大为不满的是，他把他弟弟拉走了。两人一边走一边窃窃私语，虽然她那脆弱的情感没有立即为之惊慌，没有断定蒂尔尼上尉准是听到了对她的恶意诽谤，现在正匆忙告诉他弟弟，希望他们从此一刀两断，但她眼睁睁地看着自己的舞伴被人拉走，心里总觉得很不是滋味。她焦虑不安地度过了整整五分钟，刚开始感到快有一刻钟了，不想他们两个又回来了。亨利提了个问题，无形中解释明白了这件事：原来他想知道，凯瑟琳认为她的朋友索普小姐是不是愿意跳舞，因为他哥哥很希望有人给他引荐引荐。凯瑟琳毫不犹豫地回答说，她相信索普小姐绝不肯跳舞。这个无情的回答被传给了那位哥哥，他当即走开了。

"我知道你哥哥是不会介意的，"凯瑟琳说，"因为我听他说过他讨厌跳舞，不过他心肠真好，能想到与伊莎贝拉跳舞。我想他看见伊莎贝拉坐在那里，便以为她想找个舞伴。可他完全想错了，因为伊莎贝拉说什么也不会跳舞的。"

亨利微微一笑，说道："你真是轻而易举地就能搞清别人的动机。"

"为什么？你这是什么意思？"

"你从来不去想，这样一个人可能受到什么影响？考虑到年龄、处境，可能还有生活习惯，什么样的动机最可能影响他的情感？你只是考虑，我该受到什么影响？我做这件那件事的动机是什么？"

"我不明白你的意思。"

"那我们就很太不平等了，因为我完全明白你的意思。"

"我的意思？是的，我的话说不好，无法令人不懂。"

"好啊！这是对当代语言的绝妙讽刺。"

"不过请告诉我你是什么意思。"

"真要我告诉吗？你真想听吗？可是你不知道后果，那会使你大为窘迫，而且肯定会引起我们之间的争执。"

"不，不会的，这都不会的。我不怕。"

"那好吧。我只是说，你把我哥哥想与索普小姐跳舞仅仅归因于他心肠好，这就使我相信你确实比天下任何人心肠都好。"

凯瑟琳脸一红，连忙否认，亨利的预言也就得到了证实。不过，他话里有一种内涵，为她狼狈中感到的痛苦带来了慰藉。这种内涵完全占据了她的心灵，使她暂时沉默起来，忘记了说话，也忘记了倾听，还几乎忘记了她人在哪儿。直至伊莎贝拉的声音把她惊醒，她才抬起头来，只见她和蒂尔尼上尉正准备向他们交叉着伸过手[1]。

伊莎贝拉耸了耸肩，微微笑了笑，这是她当时对自己的异常举动所能做出的唯一解释。可惜凯瑟琳还是无法理解，她便直截了当地向她的舞伴说出了自己的诧异。

---

[1] 意即准备跳舞。

"我无法想象这是怎么回事!伊莎贝拉是决计不跳舞的。"

"难道她以前从没改变主意吗?"

"哦!可是,因为——还有你哥哥呢!你把我的话告诉他以后,他怎么还去请她跳舞呢?"

"在这一点上我是不会感到奇怪的。你叫我为你的朋友感到惊奇,因此我为之惊奇了。但是说到我哥哥,我得承认,他在这件事情上的举动,我认为他是完全干得出来的。你朋友的美貌是一种公开的诱惑;她的坚决,你知道,只能由你自己去领会。"

"你在嘲笑人。不过,我实话告诉你,伊莎贝拉一般都很坚决。"

"这话对谁都可以说。总是很坚决,必定会经常很固执。什么时候随和一下才合适,这就要看各人的判断力了。撇开我哥哥且不说,我认为索普小姐决定在目前随和一下,的确没有选错时机。"

直到跳舞全部结束以后,两位朋友才得以凑到一起倾心交谈。当她们挽着胳臂在大厅里溜达时,伊莎贝拉亲自解释说:"我并不奇怪你感到惊奇。真把我累死了。他总是那样喋喋不休!我要是心里没有别的事,那倒挺有趣的。不过,我宁愿老老实实地坐着。"

"那你为什么不坐着?"

"哦!亲爱的!那样会显得太特殊了,你知道我最讨厌搞特殊。我尽量推辞,可他就是不肯罢休。你可不知道他是怎么强求我的。我求他原谅,请他另找舞伴——可是不,他才不干呢。他既然渴望同我跳舞,就绝不想与屋里的其他任何人跳。他不单单想跳舞，还想跟我在一起。嘿！真无聊！我对他说，他那样劝说我是不会得逞的，因为我最讨厌花言巧语和阿谀奉承。于是——于是我发现，我要是不和他跳，就得不到安宁。此外我想，休斯太太既然介绍了他，我假如不跳，她会见怪的。还有你那亲爱的哥哥，我要是整个晚上都坐着，他肯定会不痛快的。太好了，总算跳完了！我听他胡说八道的，心里真腻味。不过，他是个十分漂亮的小伙子，我见人人都拿眼睛盯着我们。"

"他的确非常英俊。"

"英俊！是的，兴许是英俊。也许一般人都会爱慕他，但他绝不符合我的美貌标准。我讨厌男人长着红润的皮肤，黑眼珠。不过他也很好看。当然是很自负啦。你知道，我也有办法，几次压倒了他的气焰。"

两位小姐再见面时，她们谈起了一个更有趣的话题。这时，已经收到了詹姆斯·莫兰的第二封来信，详尽说明了他父亲的一片好意。莫兰先生本人是教区的庇护人兼牧师，牧师俸禄每年约有四百镑，等儿子一到岁数就交给他。这对家庭收入是个为数不小的缩减，十个孩子，一个就能独得这么多，可不算小气了。另外，詹姆斯将来还可以继承一笔价值至少相等的资产。

詹姆斯在信中表示了恰如其分的感激之情。他们必须等待两三年才能结婚，这虽则令人不快，但是并不出乎他的意料，因而忍受起来并无怨言。凯瑟琳就像不明确她父亲的收入一样，她对这类事也没有个定准的期望，她的见解完全受她哥哥的影响，因此也感到十分满意，衷心祝贺伊莎贝拉一切解决得如此称心。

"的确好极了。"伊莎贝拉沉着脸说道。

"莫兰先生的确十分大方，"温存的索普太太说道，一边不安地望着女儿，"但愿我也能拿出这么多。你们知道，我们不能期望莫兰先生再多拿出一些来。我敢说，他要是办得到的话，肯定会这么做的，因为我相信他一定是个慈善的好人。靠四百镑的收入起家，那确实太少了。不过，亲爱的伊莎贝拉，你的愿望很低。好孩子，你也不考虑一下，你的要求一向有多低。"

"我本人倒没有更多的要求，但我不忍心牵累亲爱的莫兰，让他靠这么点收入维持生活，几乎连平常的生活必需品都买不来。这对我倒算不得什么，我从不考虑自己。"

"我知道你从不考虑自己，好孩子。你的好心总会得到好报的，使得大家都疼爱你。从来没有一个年轻姑娘能像你这样，受到每个熟人的疼爱。我敢说，莫兰先生见到你的时候，我的好孩子——不过我们还是不要谈论这种事，免得让亲爱的凯瑟琳觉着为难。你知道，莫兰先生表现得十分大方。我总听说他是个大好人。你知道，好孩子，我们不能设想，假如你有一笔相当的财产，他就会拿出更多的钱，因为我敢肯定他是个极其慷慨大方的人。"

"毫无疑问，谁也不能像我那样看重莫兰先生。不过你知道，人人都有自己的缺点，而且人人都有权利随意处理自己的钱。"

凯瑟琳听到这些含沙射影的话，心里很不是滋味。"我确信，"她说，"我父亲所允诺的，已经是尽力而为了。"

伊莎贝拉意识到自己说漏了嘴。"说到这点，我心爱的凯瑟琳，那是毫无疑问的。你很了解我，应该相信，即使收入少得多，我也会心满意足的。我眼下有点不高兴，那可不是因为缺少更多的钱。我讨厌钱。如果我们现在就能结婚，一年只有五十镑，我也心甘情愿。唉！我的凯瑟琳，你算看透了我的心思。我有个心头之痛。你哥哥继承牧师职位之前，还要度过遥遥无期的两年半。"

"是啊，是啊，亲爱的伊莎贝拉，"索普太太说，"我们完全看透了你的心思。你不会掩饰自己。我们完全理解你目前的苦恼。你有如此崇高、如此真诚的感情，大家一定更加喜爱你。"

凯瑟琳不愉快的心情开始减轻了。她尽力使自己相信，伊莎贝拉感到懊恼，仅仅是由于不能马上结婚的缘故。当下次见面她发现伊莎贝拉像往常一样兴高采烈，和蔼可亲时，她又尽力使自己忘记她一度有过的另一种想法。詹姆斯来信不久，人也到了，受到十分亲切的款待。

第二章

艾伦夫妇的巴思之行现已进入第六周。这会不会是最后一周，一时还不能确定。凯瑟琳听到这话，心里不觉扑扑直跳。她同蒂尔尼兄妹的交往这么快就要结束，这个损失是无论如何也无可弥补。当事情悬而未决的时候，她的整个幸福似乎都受到了威胁；而当决定再续租两个星期的房子时，也就万事大吉了。增加了这两个星期，凯瑟琳只想着可以时常看见亨利·蒂尔尼，至于还会带来什么好处，她却很少考虑。的确，自从詹姆斯的订婚使她了解到可能带来什么结果以后，她有一两次居然沉迷于私下的"假想"之中。不过，一般说来，她的目光局限于眼下同亨利·蒂尔尼幸福地待在一起。所谓的眼下现在还有三个星期，既然这段时间有了幸福的保证，她余下的一生又是那样遥远，根本激不起她的兴趣。就在做出这个决定的那天早晨，她拜访了蒂尔尼小姐，倾诉了自己的喜悦之情。但是这天注定是个煎熬人的日子。她刚对艾伦先生决定多待些日子表示高兴，蒂尔尼小姐便告诉她，她父亲刚刚决定，再过一个星期就离开巴思。这真是当头一棒！同现在的失望相比,早晨的悬虑简直是既舒心,又平静。凯瑟琳脸色一沉,带着十分真诚而关切的语气,重复了一声蒂尔尼小姐的后面几个字:"再过一个星期!"

"是的,我认为我父亲应该好好试试这里的矿泉水,可是他不肯听。他本来期望在这里会见几位朋友,扫兴的是朋友一直没来,既然他现在身体不错,便急着要回家。"

"真可惜,"凯瑟琳颓丧地说道,"我要是早知这样——"

"也许,"蒂尔尼小姐带着为难的神态说道,"你肯赏光——我一定会十分高兴,如果——"

凯瑟琳正期待蒂尔尼小姐客客气气地提出通信的愿望,不料蒂尔尼将军进屋打断了话头。他像平常一样客气地招呼过凯瑟琳之后,便转向他女儿,说道:"唔,埃丽诺,你来求你的漂亮朋友赏光。我可以祝贺你马到成功了吗?"

"爸爸,我正要开口说,你就进来了。"

"好吧,那就继续说吧。我知道你心里多想提这件事。莫兰小姐,"蒂尔尼将军继续说道,不给女儿说话的机会,"我女儿产生了一个冒昧的要求,也许她对你说过了,我们下星期六离开巴思。管家来信要我回去。我本想在这儿见几个老朋友——朗汤侯爵和考特尼将军,现在见不成了,我也就没有必要再待在巴思。要是能劝说你答应我们的自私要求,我们走了也绝没有什么好遗憾的。简单说吧,你能不能离开这个旅游胜地,到格洛斯特郡和你的朋友埃丽诺做做伴?我简直不好意思提出这个要求,虽说你不会像巴思人那样觉得这很冒昧。像你这样谦逊的人——但是我绝不想用公开的赞扬,来伤害你的谦逊。你要是肯屈尊光临的话,我们定会高兴得无法形容。确实,这是个繁华之地,我们家里找不到这样的乐趣。我们不能拿娱乐和豪华来吸引你,因为,如你所见,我们的生活方式是简单朴素的。不过,我们将尽力把诺桑觉寺搞得不那么十分令人讨厌。"

诺桑觉寺!这是多么令人激动的几个字啊,凯瑟琳心里兴奋到了极点。她简直按捺不住内心的喜幸之情,说话都平静不下来。人家这样赏脸来请她!这样热情地请她做伴!一切是那样体面,那样令人欣慰,眼前的一切喜悦,未来的一切希望,通通包含在其中。凯瑟琳迫不及待地接受了邀请,只提了一个保留条件:要得到爸爸妈妈的允许。"我马上就给家里写信,"她说,"他们要是不反对的话,我敢说他们不会反对——"

蒂尔尼将军曾到普尔蒂尼街拜访过凯瑟琳的贵友,艾伦夫妇已经答应了他的请求,因而他同样感到十分乐观。"既然艾伦夫妇都同意你去,"他说,"别人也会通情达理的。"

蒂尔尼小姐虽说比较温和,但是帮起腔来还是十分恳切。不一会儿工夫,事情已经谈妥,只等富勒顿方面批准。

这一上午的事情,使凯瑟琳心里尝到了悬虑、放心和失望的种种滋味,可是现在却安然沉浸在万分的喜悦之中。她带着欣喜若狂的心情,满脑子想着亨利,满嘴巴念叨着诺桑觉寺,急火火地赶回去写信。莫兰夫妇已经把女儿交给了朋友,相信他们都很谨慎,觉得在他们眼皮下结成的友谊肯定是正当的,于是便让原邮班捎来回信,欣然同意女儿去格洛斯特郡做客。这个恩惠虽说并未超出凯瑟琳的期望,却使她百分之百地相信:她在亲朋与运气,境况与机遇上,比任何人都得天独厚。仿佛一切因素都在协力成全她似的。承蒙她的挚友艾伦夫妇的美意，她接触了这些场面，尝到了各式各样的乐趣。她的每一种情感，每一种喜爱，都得到了愉快的报偿。她不管喜欢哪一个人，都能与其建立起亲密的友谊。伊莎贝拉对她的厚爱将以姑嫂关系固定下来。她最希望赢得蒂尔尼一家的垂爱，而蒂尔尼家则出乎意料地采取这个措施，致使他们的密切关系得以继续下去。她要成为他们的佳宾，跟她最喜欢亲近的人在同一幢房子里住上几个星期——这还不算，这房子还是座寺院！她喜爱古老的建筑仅次于喜爱亨利·蒂尔尼——当她不想蒂尔尼的时候，古堡和寺院通常构成她梦幻中最有魅力的东西。几个星期以来，她一直心驰神往地希望能到那些古堡的壁垒高塔或是寺院的回廊去看一看，考察考察，只要能去逛上一个钟头就不错了，希望再大似乎是不可能实现的。然而，事情居然就要发生了。她要见到的不是一般的住宅、府第、宅邸、庄园、宫廷、别墅，诺桑觉偏巧是个寺院，而她就要住进去。每天要接触潮湿的长廊、狭小的密室、倾圮的小教堂，她还情不自禁地希望听到一些沿袭已久的传说，见到一些关于虐待一位不幸修女的可怕记录。

令人惊奇的是，她的朋友们似乎并不因为有这样的家，而感到扬扬得意。他们一想到自己的家，总是表现得那样谦恭。这一点只有早先的习惯力量能够加以解释。他们出身贵门，却不恃贵骄人。住宅的优越和出身的优越一样，对他们都算不了什么。

凯瑟琳急切地问了蒂尔尼小姐许多问题。但是她思想过于活跃，蒂尔尼小姐回答了这些询问之后，她对诺桑觉寺的了解几乎不比以前更清楚，她还只是笼统地知道，该寺在宗教改革时期[1]本是个财产富足的女修道院，改革运动消亡后落到蒂尔尼家族的一位远祖手里；过去的建筑有很大一部分保留下来，构成目前住宅的一部分，其余部分都倾圮了；寺院坐落在一道峡谷的低处，东面和北面有渐起的栎树林作为屏障。

---

[1] 1533年，为了摆脱罗马教会对英国宗教和政治事务的干预，英王亨利八世宣布和罗马教廷决裂。翌年又宣布国王是英国教会的最高首领。在这场宗教改革运动中，国王没收了大量寺院土地，其中绝大部分送给了宠臣，或是卖给了租地农场主和富裕市民。

第三章

凯瑟琳心里喜气洋洋的,她简直没有意识到,都过去两三天了,而她同伊莎贝拉的见面时间,总共还不到几分钟。一天早晨,她陪着艾伦太太在矿泉厅溜达,正找不到话说,也听不到艾伦太太说话,这时候她才察觉到这个问题,便渴望同伊莎贝拉聊聊天。她刚渴望了不到五分钟,她那渴望的对象便出现了。她的朋友请她私下谈点事,把她领到座位上。她们在两道门间的一条长凳上坐下,从这里可以清清楚楚地望见走进两道门的每个人。随后,伊莎贝拉说道:"这是我最喜欢的位置,有多清静。"

凯瑟琳发现,伊莎贝拉的目光总是注视着这道或那道门,像是急着等人似的。凯瑟琳记起伊莎贝拉以前常常瞎说她狡黠,心想现在何不乘机当真露一露,于是乐呵呵地说道:"不要着急,伊莎贝拉,詹姆斯马上就来。"

"去!我的好宝贝,"伊莎贝拉回道,"别以为我是个傻瓜,总想成天把他挎在胳臂上。一天到晚黏在一起,有多难看,那真要变成人家的笑料了。这么说,你要去诺桑觉寺啦!这真是好极了。我听说，那是英国最美的古迹之一。我期望听到你最详细的描绘。"

"我一定会尽力详详细细告诉你的。不过你在等谁？是你妹妹要来？"

"我谁也不等。人的眼睛总要看点东西，你知道，当我心里想着一百英里以外的时候，我的眼睛总是傻痴痴地盯着某个地方。我太心不在焉了。我想我是天下最心不在焉的人。蒂尔尼说，有一种人的思想总是如此。"

"可我本以为，伊莎贝拉，你有件什么事要告诉我吧？"

"哦！是的，我是有件事要告诉你。你瞧我刚才的话不是给印证了吧。我的脑子太不好使了！我把这事全忘了。唔，事情是这样的：我刚收到约翰的信。你能猜到他写了些什么。"

"不，我真猜不到。"

"我的心肝，别那么假惺惺地让人讨厌了。他除了你还会写什么呢？你知道他迷上了你。"

"迷上了我，亲爱的伊莎贝拉？"

"得了，我亲爱的凯瑟琳，这也未免太荒唐了。谦虚那一套本身是很好的，但是稍微坦诚一点有时的确也是很有必要的。我真没想到你会谦虚过头。你这是讨人恭维。约翰那么殷勤备至，连小孩都看得出来。就在他临走前半小时，你还分明在鼓励他。他信上是这么说的。他说他简直等于向你求婚了，你也情恳意切地接受了他的追求。现在，他要我帮他促进一下，向你多美言美言。所以，你故作不知也没有用。"

凯瑟琳情真意切地表示，她对这种指控感到惊讶，声明她压根儿不知道索普先生爱上了她,因而也不可能有意去怂恿他。"说他对我献殷勤,凭良心说,我一时一刻也没察觉——只知道他来的头天请我和他跳过舞。至于说向我求婚,或者诸如此类的事,那一定出现了莫名其妙的误会。你知道,这类事我是不会理会错的!我郑重声明,同时也希望你能相信我:我们之间只字没说过这类性质的话。他临走前半个小时!这完全是场误会——因为那天早晨我一次也没见着他。"

"你一定见着他了,因为你整个上午都待在埃德加大楼——就是你父亲来信表示同意我们订婚的那天——我知道得很清楚,你走之前,有一段时间客厅里只有你和约翰两个人。"

"是吗?既然你这么说了,我想准没错啦。不过,我说什么也记不起来了。我只记得当时和你在一起,见着他也见着别人了——不过,说我们单独在一起待了五分钟——然而这是不值得争论的,因为不管他怎么样,你就单凭我毫无记忆这一点,也应该相信,我绝没考虑,绝没期待,也绝没希望他向我求婚。我感到极其不安,他居然会有意于我——不过我实在是完全无心的,我连一丝半点都没想到。请你尽快替他消除误会,告诉他我请他原谅——就是说——我不知道该怎么说——不过请你以最妥当的方式让他明白我的意思。伊莎贝拉,我实在不愿对你哥哥出言不逊,可你十分清楚,我要是对哪个男人特别有意的话——那这个人也不是他。"伊莎贝拉哑口无言。"我亲爱的朋友,你不要生我的气。我无法想象你哥哥会这么看得起我。你知道,我们将依然是姐妹。"

"是啊,是啊,"伊莎贝拉红了脸,"我们可以有几种形式成为姐妹呀。不过我都胡思乱想到哪儿去了?唔,亲爱的凯瑟琳,这样看来,你是决意要拒绝可怜的约翰了——是吧?"

"我当然不能报答他的钟情,当然也从来无心加以怂恿。"

"既然情况如此,我管保不再嘲弄你了。约翰希望我同你谈谈这个问题,所以我谈了。不过说真话,我一读到他的信,就觉得这是件十分愚蠢、十分轻率的事情,对双方都没好处。因为,假定你们结合在一起,你们依靠什么生活呢?当然,你们两个都有点财产,但是如今靠一点点钱是养不了家的。不管传奇作家怎么说,没有钱是不行的。我只奇怪约翰怎么能兴起这个念头。他可能还没收到我最近那封信。"

"那么,你的确承认我没有错了?你确信我从来不想欺骗你哥哥,在这之前也从来没有发觉他喜欢我吧?"

"哦!说到这个,"伊莎贝拉笑哈哈地答道,"我不想装模作样地来断定你过去有些什么想法和意图。这一切你自己最清楚。有时会发生点并无害处的调情之类的事情,人往往经不住诱惑,怂恿了别人还不愿意承认。不过你尽管放心,我绝不会苛责你的。这种事对于年轻气盛的人来说,是情有可原的。你知道,人今天这么打算,明天就会变卦。情况变了,看法也变。"

"可我对你哥哥的看法就从来没有变过,总是老样子。你刚才说的都是从来没有的事。"

"亲爱的凯瑟琳,"伊莎贝拉根本不听她的,继续说道,"我绝对不想催促你稀里糊涂地订下一门婚事。我觉得,我没有权利希望你仅仅为了成全我哥哥,而牺牲你的全部幸福。你知道,要是没有你,他最终可能会同样幸福,因为人们,特别是年轻人,很少知道他们要做什么,他们太变化无常,太用情不专了。我说的是：我为什么要把我哥哥的幸福看得比朋友的幸福更珍贵呢？你知道，我一向很崇尚友谊。不过，亲爱的凯瑟琳，最重要的是，不要匆忙行事。请相信我的话，你若是过于匆忙，以后一定会后悔莫及。蒂尔尼说，人最容易受自己感情的蒙骗，我认为他说得很对。啊！他来了。不过不要紧，他肯定看不见我们。"

凯瑟琳抬起头，看见了蒂尔尼上尉。伊莎贝拉一边说话，一边拿眼睛直溜溜地盯住他，马上引起了他的注意。他当即走过来，在伊莎贝拉示意的位子上坐下。他的头一句话把凯瑟琳吓了一跳。虽然话音很低，凯瑟琳还是辨得清楚："怎么！总要有人监视你，不是亲自出马，就是找个替身！"

"去，胡说八道！"伊莎贝拉答道，声音同样半低不高的，"你跟我说这个干什么？好像我会信你的——你知道，我的心是不受约束的。"

"但愿你的心灵是没受约束。那对我就足够了。"

"我的心，是的！你跟心有什么关系？你们男人哪个也没有心肝。"

"如果我们没有心肝，我们却有眼睛。这双眼睛却让我们受够了罪。"

"是吗？我感到抱歉。很遗憾，你发现我身上有什么不顺眼的。我要转过脸去，我希望这样你就称心了，"说着转身背对着他，"我希望你的眼睛现在不遭罪了。"

"从来没有比这更遭罪的了，因为你那玉面桃腮还可以看见个边边——既太多，又太少。"

凯瑟琳听见这一切，感到大为困窘，再也听不下去了。她奇怪伊莎贝拉怎么能够容忍，并为她哥哥吃起醋来，不由得立起身，说她要去找艾伦太太，建议伊莎贝拉陪她一起走走。怎奈伊莎贝拉不想去。她累极了，在矿泉厅里散步又太无聊。再说，她若是离开座位，就会见不到妹妹，她在等候她们，她们随时都会来，因此她亲爱的凯瑟琳一定得原谅她，一定得乖乖地再坐下。谁想凯瑟琳也会固执。而且恰在这时，艾伦太太走上前来，建议她们这就回家，凯瑟琳同她一道走出矿泉厅，剩下伊莎贝拉还和蒂尔尼上尉坐在一起。凯瑟琳就这样惴惴不安地离开了他们。在她看来，蒂尔尼上尉像是爱上了伊莎贝拉，伊莎贝拉也在无意中怂恿他。这一定是无意识的，因为伊莎贝拉对詹姆斯的钟情就像她的订婚一样，既是确定无疑的，也是众所皆知的。怀疑她的真情实意是办不到的。然而，她们的整个交谈期间，她的态度却很奇怪。她希望伊莎贝拉说起话来能像往常一样，不要张口闭口都是钱，不要一见到蒂尔尼上尉就那么喜形于色。真奇怪，伊莎贝拉居然没有察觉蒂尔尼上尉爱上了她！凯瑟琳真想给她点暗示，让她留神些，免得她那过于活泼的举止给蒂尔尼上尉和她哥哥带来痛苦。

纵使受到约翰·索普的喜爱，也架不住他妹妹这么没心没肺呀。她简直既不相信，也不希望她哥哥是一片真心，因为她没有忘记，约翰可能弄错了。他说他提出了求婚，凯瑟琳给以怂恿，这就使她确信，他的错误有时大得惊人。因此，她的虚荣心没有得到满足，她的主要收获是感到惊讶。约翰居然会设想自己爱上了凯瑟琳，真是令人惊讶至极。伊莎贝拉说到她哥哥献殷勤，可她凯瑟琳却从来没有觉察到。伊莎贝拉说了许多话，凯瑟琳希望她是匆忙中说出的，以后绝不会再说了。她乐意就想到这里，也好暂时轻松愉快一下。

第四章

几天过去了,凯瑟琳虽说不敢怀疑她的朋友,但她不得不密切地注视着她。她观察的结果并不妙。伊莎贝拉似乎变了个人。当她见她仅仅处在埃德加大楼或是普尔蒂尼街那些亲近的朋友中间时,她的仪态变化倒是微乎其微,假如到此为止的话,兴许还不会引起别人的注意。她时不时地有点无精打采,冷冷漠漠的,或者像她自夸的那样有点心不在焉(这是凯瑟琳以前从未听说的)。不过,假若没有出现更糟糕的事情,这点毛病也许只会焕发出一种新的魅力,激起人们更大的兴趣。但是在公共场合,凯瑟琳看见蒂尔尼上尉一献殷勤,她便欣欣然地加以接受,而且对他几乎像对詹姆斯一样注视,一样笑脸相迎,这时她的变化就太明显了,不能不引起别人的注意。这种朝三暮四的举动究竟是什么意思,她的朋友究竟在搞什么名堂,这是凯瑟琳所无法理解的。伊莎贝拉可能认识不到她给别人造成的痛苦,但是对于她的任性轻率,凯瑟琳却不能不感到气愤。詹姆斯是受害者。她见他面色阴沉,心神不定。不管以前倾心于他的那个女人多么不关心他现在的安适，她可随时在关心。她对可怜的蒂尔尼上尉，同样感到十分关切。虽说他长得不讨她喜欢，但是他的姓却赢得了她的好感。她带着真挚的同情，想到蒂尔尼上尉行将面临的失望，因为，她尽管自以为在矿泉厅听到了他们的对话，可是从蒂尔尼上尉的举止来看，他不像是知道伊莎贝拉已经订了婚，因此，凯瑟琳经过前思后想，觉得他不可能知道真情。他也许会跟她哥哥争风吃醋，不过假如这其中还有更多奥妙的话，那恐怕一定是她误解了。她希望通过委婉的规劝，提醒伊莎贝拉认清自己的处境，让她知道这样做对两边都不好。但是，要提出规劝，她总是面临着机会难得和不可理喻的问题。她即使能暗示几句，伊莎贝拉也绝对领会不了。在这烦恼之中，蒂尔尼一家打算离开巴思就成了她的主要慰藉。这一家子几天之内就要动身回格洛斯特郡去了，蒂尔尼上尉一走，至少可以使除他以外的每个人恢复平静。谁想蒂尔尼上尉眼下并不打算离去，不准备和家人一起回诺桑觉寺，而要继续留在巴思。凯瑟琳得知这一情况之后，立即拿定了主意。她跟亨利·蒂尔尼谈了这件事，对他哥哥分明喜爱索普小姐感到遗憾，恳求他告诉他哥哥，索普小姐早已订婚。

"我哥哥已经知道这事了。"亨利答道。

"他知道了？那他为什么还要待在这儿？"

亨利没有作答，却谈起了别的事情，可是凯瑟琳心急地继续说道："你为什么不劝他走开？他待的时间越长，最终会对他越糟糕。请你看在他的分上，也看在大家的分上，劝他马上离开巴思。离开之后，他到时会重新感到愉快的。他在这儿是没有希望的，待下去只会自寻烦恼。"

亨利笑笑说："我哥哥当然也不愿意那样干。"

"那你要劝他离开啦？"

"劝说我是办不到的。如果我连劝都不去劝他，那也要请你原谅。我曾亲口对他说过，索普小姐已经订婚。他知道自己在干什么，这事只能由他自己做主。"

"不，他不知道他在干什么，"凯瑟琳大声嚷道，"他不知道他给我哥哥带来了痛苦。詹姆斯并没跟我这样说过，不过我敢肯定他很不好受。"

"你肯定这是我哥哥的过错？"

"是的，十分肯定。"

"究竟是因为我哥哥献了殷勤，还是因为索普小姐接受了殷勤，才引起这般痛苦的？"

"这难道不是一回事吗？"

"我想莫兰先生会承认这是有区别的。男人谁也不会因为有人爱慕自己心爱的女人而感到恼火，只有女人才能把这视为痛苦。"

凯瑟琳为自己的朋友感到脸红，说道："伊莎贝拉是有错。可我相信她绝不是有意制造痛苦，因为她十分疼爱我哥哥。她自从第一次见到我哥哥，一直在爱着他。当我父亲是否同意还捉摸不定的时候，她简直要急疯了。你知道她一定很爱詹姆斯。"

"我知道她在与詹姆斯恋爱，还在与弗雷德里克调情。"

"哦！不，不是调情。一个女人爱上一个男人，不可能再与别人调情。"

"也许，她无论是恋爱，还是调情，都不会像单打一时来得圆满。两位先生都得做点牺牲。"

稍停了一会儿，凯瑟琳继续说道："这么说，你不相信伊莎贝拉很爱我哥哥啦？"

"这我可不敢说。"

"可你哥哥是什么意思？他要是知道伊莎贝拉已经订了婚，他这般举动能是什么意思呢？"

"你还真能够刨根问底的。"

"是吗？我只是问我想知道的事情。"

"可你问的只是你认为我能回答的问题吗？"

"是的，我想是这样，因为你一定了解你哥哥的心。"

"老实对你说吧，眼下这当儿，我对我哥哥的心（这是你的说法），只能猜测而已。"

"怎么样？"

"怎么样！唔，如果是猜测的话，还是让我们各猜各的吧。受别人猜测的左右是可怜的。这些前提全摆在你的面前。我哥哥是个很活泼的、有时也许很轻率的年轻人，他和你的朋友大约结交了一个星期，知道她订婚的时间几乎同认识她的时间一样长。"

"是呀，"凯瑟琳略思片刻，说道，"你也许能从这一切里推测出你哥哥用心何在，我可办不到。难道你父亲不为此感到不安吗？难道他不想让蒂尔尼上尉离开巴思吗？当然，要是你父亲来劝说他，他是会走的。"

"亲爱的莫兰小姐，"亨利说道，"你如此关切地为你哥哥的安适担忧，是不是也会出点差错呢？你是不是做得太过火了？你认为索普小姐只有在见不到蒂尔尼上尉踪影的情况下，才能保证对你哥哥一片衷情，或者至少保证行为检点，你哥哥是否会为自己或索普小姐感谢你做出这样的设想呢？你哥哥是否只在与世隔绝的情况下才是保险的？或者说，索普小姐是否只在不受别人诱惑的情况下，才对你哥哥忠贞不渝？他不可能这样想——而且你可以相信，他也不会让你这样想。我不想说'请不要担忧'，因为我知道你现在正在担忧，不过请你尽量少担忧。你相信你哥哥与你的朋友是相慕相爱的，因此请你放心，他们之间绝不会当真去争风吃醋。放心吧，他们之间的不和是短暂的。他们的心是息息相通的，对你就不可能。他们完全知道各自有什么要求，能容忍到什么限度。你尽管相信，他们开玩笑绝不会开到不愉快的地步。"

他发现凯瑟琳依然将信将疑地板着脸，便进而说道："弗雷德里克虽然不和我们一道离开巴思，但他可能只待很短一段时间，也许只比我们晚走几天。他的假期马上就要结束，他必须回到部队。那时候，他们的友谊会怎么样呢？食堂里的军官们会为伊莎贝拉·索普干上两个星期的杯，伊莎贝拉会和你哥哥一起，对蒂尔尼这个可怜虫的一片痴情笑上一个月。"

凯瑟琳不再放心不下了。整整一席话，她心里都是忐忑不安的，现在终于放下了心。亨利·蒂尔尼一定知道得最清楚。她责怪自己吓成那个样子，决心不再把这件事看得太严重。

临别一面，伊莎贝拉的举动进一步坚定了凯瑟琳的决心。凯瑟琳临行前一天的晚上，索普家的人是在普尔蒂尼街度过的，两位情人之间没有发生什么事引起凯瑟琳的焦灼不安，或者使她忧心忡忡地离开他们。詹姆斯喜气洋洋的，伊莎贝拉心平气和，极其迷人。看来，她对朋友的依依深情在她心中是占据第一位的，不过值此时刻这是可以容许的。一次，她断然把她的情人抢白了一番。还有一次,她抽回了自己的手。不过凯瑟琳铭记着亨利的教诲,把这一切归之于审慎多情。分手时,两位美貌小姐如何拥抱、流泪、许愿,读者自己也想象得出。

第五章

艾伦夫妇为失去自己的年轻朋友感到惋惜。凯瑟琳脾气好，性情愉快，使她成为一个难能可贵的伙伴。艾伦夫妇在促进她快乐的过程中，也在一定程度上增加了自己的乐趣。不过，她乐意跟蒂尔尼小姐一起去，他们也不好表示反对。再说，他们自己在巴思也只准备再待一周，凯瑟琳现在离开他们，他们也不会寂寞多久。艾伦先生把凯瑟琳送到米尔萨姆街去吃早饭，眼见着她坐到新朋友中间，受到最亲切的欢迎。凯瑟琳发现自己已成为蒂尔尼家的一员，不觉激动万分，提心吊胆地就怕自己举止不当，不能保住他们对她的好感。在最初五分钟的尴尬当儿，她简直想跟着艾伦先生回到普尔蒂尼街。

蒂尔尼小姐礼貌周全，亨利笑容满面，凯瑟琳的尴尬心情很快便给打消了几分，但她仍然很不自在，就是将军本人不停地款待她，也还不能使她完全安下心。尽管这似乎有些不近情理，但她还是怀疑，假如将军能少关心她一点，她是否会感到随便一些。他为她的安适担忧——不断地请她吃这吃那，虽然她从未见过如此丰盛的早餐，他却一再表示恐怕这些菜肴不合口味——反倒使她一刻也忘不了自己是客人。她觉得自己完全不配受到这般尊重，因此不知道如何回答是好。将军不耐烦地等大儿子出来，最后当蒂尔尼上尉终于出现时，气得直说他懒惰，这一来，凯瑟琳心里更难平静了。使她感到十分痛苦的是，做父亲的责骂得太狠，这似乎与儿子的过失很不相称。当她发现这场训斥主要是为了她，蒂尔尼上尉主要是因为对她不敬才挨骂时，她越发感到忧心忡忡。这使她处于一种局促不安的境地。她虽然十分同情蒂尔尼上尉，但是上尉并不会对她存有好感了。

蒂尔尼上尉闷声不响地听着父亲训斥，也不加以辩解，这就证实了她的一个担心：上尉晚起的真正原因，可能是让伊莎贝拉搅得心神不安，夜里久久不能入睡。凯瑟琳这是第一次真正同他相处，她希望现在能看看他是个怎样的人。怎奈他父亲待在屋里时，她几乎就没听他说过话。即使后来，由于他的情绪受到极大的影响，她也辨不清他讲了些什么，只听他小声对埃丽诺说道："你们都走了我该多高兴啊！"

临走的那阵忙乱是不愉快的。时钟敲了十一点箱子才搬下来，而按照将军的安排，这时应该走出了米尔萨姆街。他的大衣给拿下来了，但不是让他当即穿上，而是铺在他同儿子乘坐的双轮轻便马车上。那辆四轮轻便马车虽说要坐三个人，可中间的凳子还没拉出来，他女儿的女仆在车里堆满了大包小包，莫兰小姐连坐的地方都没有。蒂尔尼将军扶她上车时深感不安，莫兰小姐好不容易才保住了自己新买的写字台，没给扔到街上。最后，三位女子坐的车总算关上了门，马匹迈着从容的步伐出发了，一个绅士的四匹膘满肉肥的骏马要走三十英里路的时候，通常用的就是这种步伐。从巴思到诺桑觉寺恰好是三十英里，现在要平分成两段。马车一出门，凯瑟琳的精神又振作起来，因为和蒂尔尼小姐在一起，她感到无拘无束。她对这条完全陌生的路、前面的寺院、后面的双轮马车都充满了兴趣，毫不遗憾地最后望了巴思一眼，不知不觉地看见了一块块里程碑。接着，令人厌倦地在小法兰西等了两个钟头，实在无事可做，只能吃吃逛逛，虽然肚子并不饿，周围也没有什么好看的。本来，她十分羡慕他们的旅行派头，羡慕这辆时髦的四马四轮马车，穿着漂亮号衣的左马驭手在鞍镫上很有规律地起伏着，许多侍从端端正正地坐在马上。可是，由于这种排场带来很多麻烦，她的羡慕也随着减少了几分。假如大家都亲亲热热的，这场耽搁也算不了什么，谁想蒂尔尼将军虽说十分讨人喜欢，可似乎使他两个孩子打不起精神，几乎只听到他一个人在说话。凯瑟琳见他对客店里的一切都不满意，对侍者一不耐烦就发火，因而越来越敬畏他，两个钟头长得好像四个钟头一样。不过，最后终于下达了出发令。剩下的路，将军提议让凯瑟琳跟他换，坐在他儿子的马车里，这叫凯瑟琳大为吃惊。"天气真好，我很想让你尽量多看看乡下的景色。"

蒂尔尼将军一提出这个计划，凯瑟琳便记起了艾伦先生对年轻人乘坐敞篷马车的看法，不觉涨红了脸。她最初想拒绝，可是再转念一想，她十分尊重蒂尔尼将军的见解，他不会给她出坏主意的。因此，不到几分钟工夫，她便坐进了亨利的双轮轻便马车，心里觉得比什么人都快活。坐了一小段路之后，她确实认识到双轮轻便马车是世界上最好的马车，四马四轮马车走起来固然很威武，但终归是个笨重、麻烦的玩意儿，她不会轻易忘记它在小法兰西歇了两个钟头。双轮轻便马车只要歇一半的时间就足够了。它那轻快的小马直想放开步子奔跑，若不是将军执意要让自己的马车打头的话，它们可以在半分钟之内，轻而易举地就超过去。然而，双轮轻便马车的优点还不仅仅在于马好，亨利赶车的技术也实在高超，平平稳稳的——一点不出乱子，既不向小姐自我吹嘘，也不对马破口大骂。他和凯瑟琳唯一能拿来相比的那位绅士驭手，真有天壤之别！还有他那顶帽子，戴在头上十分合适，他大衣上那数不完的披肩，看上去既神气又相称！除了同他跳舞，坐在他的车上无疑是世界上最痛快的事。除了别的快乐之外，她还高高兴兴地听他赞扬自己，至少替他妹妹感谢她肯来做客，认为她能来实在是够朋友，实在令人感激不尽。他说他妹妹处境孤寂——家里没有女伴——加之父亲常常不在家，她有时压根儿没人做伴。

"那怎么可能呢？"凯瑟琳说，"难道你不和她在一起？"

"诺桑觉寺只不过是我的半个家，我在伍德斯顿那儿有自己的家，离我父亲这边将近二十英里，我有一部分时间需要待在那儿。"

"你为此一定感到很难过吧！"

"我离开埃丽诺总是感到很难过。"

"是呀。不过，你除了爱你妹妹之外，一定十分喜爱这所寺院！住惯了诺桑觉寺这样的家，再来到一座普普通通的牧师住宅，一定觉得很别扭。"

亨利笑笑说："你对这座寺院已经有了很好的印象。"

"那当然啦。难道它不是个优雅的古刹,就像人们在书上看到的一样?"

"'书上看到的'这类建筑物里,可发生过许多恐怖事件,难道你准备见识见识?你有勇气吗?你有胆量见到那些滑动嵌板和挂毯吗?"

"啊!有的——我想我不会轻易害怕的,因为房里有的是人——何况,这房子也不是一直空着,不是多年没人住,而且你们也不像一般情形一样,事先没通知就突然回到府上。"

"当然是啦。我们用不着摸着道走进一间被柴火余烬照得半暗不明的大厅——也犯不着在地板上搭铺,房子里没窗没门没家具。不过你应该知道,一位年轻小姐无论被用什么方式引进这样一所住宅,她总得同家里成员分开住。当大家舒舒适适地回到自己所住的一端时,她由老管家多萝西[1]郑重其事地引上另一级楼梯,顺着一道道阴暗的走廊,走进一间屋子,自从有位亲戚大约二十年前死在里面以来,这间屋子一直没人住过。你能受得了这样的招待吗?你发现自己置身于这样一个阴森森的房间,觉得它太高太大,整个屋里只有一盏孤灯发出点朦胧的亮光,墙壁四周的挂毯上画着跟真人一般大小的人像,床上的被褥都是深绿色的呢绒或紫红色的天鹅绒,简直和出殡的情形一样。这时你心里不发毛吗?"

"哦!可我肯定碰不上这种事。"

"你会如何惶恐不安地审视你房里的家具呀?你会发现什么

---

[1] 《尤道尔弗的奥秘》中有一个名叫多萝西的老管家。

呢？没有桌子、梳妆台、衣柜或是橱柜，只在一边也许有一把破琵琶，另一边有一只怎么用力也打不开的大立柜，壁炉上方有一位英俊的武士画像，他的容貌使你莫名其妙地着了迷，你的眼睛无法从画像上移开。这当儿，多萝西同样被你脸上的神色所吸引，惴惴不安地凝视着你，给你几个捉摸不透的暗示。此外，为了使你打起精神，她还说了些话，使你推想在寺院你住的这边肯定是闹鬼的。她还告诉你，在你附近没有一个家仆。说完这些令人毛骨悚然的话以后，她就施礼出去了——你听着她的脚步声越来越远，直至听到最后一个回声。当你怯生生地想去扣门时，越发惊恐地发现门上没锁。"

"哦！蒂尔尼先生，多可怕呀！这真像是一本书！不过我不会真碰上这种事。你们的女管家绝不会是多萝西。好了，后来呢？"

"也许头一天夜里再也没有什么可惊恐的。你克服了对那张床铺压抑不住的恐惧之后，便上床休息，惊扰不安地睡了几个钟头。但是，就在你到达后的第二天夜里，或者最迟是第三天夜里，你很可能会遇上一场暴风雨。一声声响雷在附近山里隆隆轰鸣，仿佛要把整个大厦都给震塌——伴随着雷声，刮来一阵阵可怕的劲风，这时候你的灯还没熄灭，你很可能觉得自己发现挂毯上有一处比别处动得厉害。这是最让你好奇的时候，你当然无法压抑这种好奇心，便立即从床上爬起来，匆匆披上晨衣，开始查找其中的奥秘。稍查了一会儿之后，你会发现挂毯上有一处织得相当巧妙，怎么细心也不容易看得出来。一打开这块地方，马上出现了一扇门——门上只有几根粗条和一把挂锁，你使了几下劲便打开了。你提着灯穿过门，走进一间拱顶的小屋。"

"不，绝不会的。我吓都吓死了，哪会干这种事。"

"什么！当多萝西告诉你，在你的房间与二英里以外的圣安东尼教堂之间有一条秘密通道之后，你也不干——这么简单的冒险，你都畏缩不前？不，不，你会走进这间带拱顶的小屋，通过这间小屋，再走进另外几间这样的小屋，都没发觉任何奇异的东西。也许，在一间屋里会有一把匕首，在另一间屋里会有几滴血，在第三间屋里会有一种刑具的残骸，但是这一切都没有什么异乎寻常的地方。你的灯即将熄灭，你要回到自己的房间。然而，再走过那间拱顶小屋时，你的眼睛会注意到另一只老式的乌木镶金大立柜，你先前虽然仔细地查看过家具，但是这只柜子却被你忽略过去了。你怀着一种不可压抑的预感，急火火地朝柜子走去，打开折门上的锁，搜查着每一个抽屉——但是，搜了半天，没有发现任何有价值的东西——也许只找到一大堆钻石。不过，最后你碰到了暗簧，打开了里面的抽屉——露出了一卷纸，你一把抓了过来——里面有许多张手稿——你如获至宝，急急忙忙地跑回自己房里，谁想你刚刚辨认出这样一句'哦！你呀——不管你是谁，一旦薄命的马蒂尔达的这些记事录落入你的手中'，你的灯突然熄灭了，使你陷入一团漆黑之中。"

"哦！别，别——别这么说。唔，往下讲啊。"

但是亨利被他激起的兴趣逗乐了，无法再讲下去。他从内容到口吻，再也不能装作一本正经的样子了。他不得不恳求她在阅读马蒂尔达的不幸遭遇时，要发挥自己的想象力。凯瑟琳一冷静下来，便为自己的迫不及待感到害羞，诚挚地对他说，她聚精会神地听他讲，丝毫也不害怕真正遇到他说的那些事。"我敢肯定，蒂尔尼小姐绝不会把我安置在像你说的那样一间屋子里！我丝毫也不害怕。"

凯瑟琳想见诺桑觉寺的急切心情，因为亨利谈起别的事情而中止了一阵子，当旅途临近终点时，她又变得急不可待了。每到拐弯处，她都带着肃然起敬的心情，期待看到它那砌着灰色石块的厚墙，屹立在古老的栎树丛中，以及它哥特式的长窗映着太阳的余晖，显得十分壮丽。谁曾想，那座房子是那样低矮，她穿过门房的大门，进入诺桑觉寺的庭园时，发觉自己连个古老的烟囱也没看见。

她知道她不应该感到惊奇，但她如此这般地驶进门，当然有些出乎她的意料。穿过两座具有现代风貌的门房，发现自己如此方便地进入寺院的领域，马车疾驶在光滑平坦的石子路上，没有障碍，没有惊恐，没有任何庄重的气息，委实使她感到奇怪和有失协调。但是，她没有多少闲工夫来想这些事。突然，迎面刮来一阵急雨，使她不能再看这看那了，一心只顾得保护她那顶新草帽。其实，她已经来到寺院的墙根底下，由亨利搀着跳下马车，躲到旧门廊下面，甚至跑进了大厅，她的朋友和将军正在等着欢迎她，而她对自己未来的苦难却没有任何可怕的预感，丝毫也不疑心过去在这幢肃穆的大厦里，出现过什么恐怖情景。微风似乎还没刮来被谋杀者的悲叹，只不过给她送来了一阵蒙蒙细雨。她使劲抖了抖衣服，准备给领进共用客厅，同时也好思量一下她来到了什么地方。

一座寺院！是呀，能亲临其境有多高兴啊！但是，她朝屋里环顾了一下，不禁怀疑她见到的东西是否给她带来这样的感觉。满屋子富丽堂皇的家具，完全是现代格调。再说那个壁炉，她本来期待见到大量刻板的古代雕刻，谁想它完全是朗福德式的[1]，用朴素而美观的云石板砌成，上面摆着十分漂亮的英国瓷器。她带着特别信赖的目光朝那些窗子望去，因为她先前听将军说过，他出自敬重的心情，注意保留了它们的哥特式样，可是仔细一瞧，与她想象的相距甚远。诚然，尖拱是保留了，形式也是哥特式的，甚至也有窗扉，但是每块玻璃都太大，太清晰，太明亮！在凯瑟琳的想象中，她希望见到最小的窗格、最笨重的石框，希望见到彩色玻璃、泥垢和蜘蛛网，对她来说，这种改变是令人痛心的。

将军察觉她的目光在四下张望，便谈起了屋子小，家具简陋，一切都是日常用品，仅仅为了舒适起见，如此等等。不过他又自鸣得意地说，诺桑觉寺也有几间屋子值得她看一看——下面正要特别提一提那间奢华的镀金屋子时，不想他掏出表，突然煞住了话头，惊奇地宣布，再过二十分钟就到五点！这句话好像是解散的命令，凯瑟琳发现蒂尔尼小姐在催她快走，那副样子使她确信，在诺桑觉寺，必须极其严格地遵守家庭作息时间。

大家穿过宽敞高大的大厅，登上宽阔油亮的栎木楼梯，过了许多节楼梯和拐弯处，来到一条又宽又长的走廊上。走廊的一侧是一溜门，另一侧是一排窗户，把走廊照得通亮。凯瑟琳刚看出窗外是个四方院，便被蒂尔尼小姐领进一个房间。蒂尔尼小姐仅仅说了声希望她会觉得舒适，便匆匆地离开了，临走时急切地恳求凯瑟琳尽量少换衣服。

---

[1] 本杰明·汤普森爵士（1753—1814），又称朗福德伯爵，系敞口壁炉的发明者。

第六章

凯瑟琳只扫视了一眼便发现，她的房间与亨利试图吓唬她而描绘的那个房间截然不同。它绝非大得出奇，既没有挂毯，也没有丝绒被褥。墙上糊着纸，地板上铺着地毯，窗户和楼下客厅里的一样完备，一样光亮。家具虽则不是最新的式样，却也美观，舒适，整个房间的气氛一点也不阴森。她在这一点上放心以后，便决定不再耽误时间去细看什么东西，因为她唯恐拖拖拉拉会惹得将军不高兴。于是，她急急忙忙脱掉衣服，准备打开包衣服的包裹，为了随身应用，她把这个包裹放在马车座位上带来了。恰在这时，她突然发现一只又高又大的箱子，立在壁炉旁的一个深凹处。一见到这只箱子，她心里不由得一震。她忘记了别的一切，惊奇得一动不动地凝视着箱子，心里这样想道：

"真奇怪呀！没料想会见到这样一个东西！一只笨重的大箱子！里面可能装着什么呢？怎么会放在这里呢？放在这个偏僻处，像是不想让人看见！我要打开看看——不管付出多大代价，我也要打开看看——而且马上就看——趁着天亮。要是等到晚上，蜡烛会燃光的。"她走过去仔细端详了一阵。这是只杉木箱，上面十分古怪地镶着一些深色木头，放在一只用同样木料做成的雕花架子上，离地约有一英尺。锁是银质的，但是年深月久已经失去了光泽。箱子两端有两个残缺不全的把手，也是银质的，兴许很早就被一种奇怪的暴力破坏了。箱子盖中央有个神秘的银质花押。凯瑟琳低着头仔细查看，但是辨不出到底是什么字。她无论从哪边看，也无法相信最后一个字母是"T"[1]。然而，在他们家里出现别的字母，倒会激起非同一般的惊讶。假如这箱子当初不是他们的，那会因为什么奇怪的缘故，才落到蒂尔尼家的手里呢？

她那惶惶不安的好奇心无时无刻不在增长。她用颤抖的双手抓住锁扣，决心冒着一切风险，至少查清里面装着什么。她似乎遇到了一种抗拒力，好不容易才把箱盖揭起了几英寸。不想恰在这时，一阵突如其来的叩门声把她吓了一跳，她一撒手，箱盖砰的一声关上了，令人胆战心惊。这位不速之客是蒂尔尼小姐的女仆，受主人差遣，前来给莫兰小姐帮忙。凯瑟琳立即把她打发走了，不过这提醒她想起了她应该做的事，迫使她撇开自己想要揭开这个秘密的急切愿望，马上继续穿衣服。她的进展并不迅速，因为她的心思和目光仍然集中在那件想必有趣而又可怕的物体上。她虽说不敢耽误工夫再试一次，但她的脚步又不离开箱子多远。最后，她终于把一只胳膊伸进了袖子，梳妆似乎也快结束，她可以放心大胆地满足一下她那迫不及待的好奇心了。一会儿工夫无疑是抽得出来的，她要拼命使尽浑身的力气，箱盖只要不是用妖

---

[1] T是蒂尔尼这个姓的第一个字母。

术锁上的,她瞬间就能把它打开。她带着这种气概跃向前去,她的信心没有白费。她果断地一使劲,把箱盖揭开了,两眼惊奇地见到一条白布床单,叠得整整齐齐的,放在箱子的一端,除此之外,箱里别无他物!

凯瑟琳呆呆地望着床单,惊奇之中脸上刚绽出点红晕,没想到蒂尔尼小姐急于让朋友做好准备,冷不防走进屋来。凯瑟琳本来正为自己的一阵荒唐期待感到羞愧,现在又被人撞见在如此无聊地翻箱倒柜,越发感到羞愧。"这是一只很古怪的旧箱子,是吧?"当凯瑟琳急忙关上箱子,转身对着镜子时,蒂尔尼小姐说道,"它放在这儿说不上有多少代了。我不知道它起初是怎么给放到这间屋子里来的,不过我一直没让他们把它搬走,因为我觉得它有时兴许有点用处,装装帽子之类的。最糟糕的是,它太沉了不好开。不过放在那个角上,起码不碍事。"

凯瑟琳顾不得说话。她红着个脸,一边系衣服,一边迅疾地痛下决心,以后再不做这种傻事。蒂尔尼小姐委婉地暗示说,她担心要迟到。半分钟工夫,两人便惶惶地跑下楼去。她们的惊恐并非完全没有道理,因为蒂尔尼将军正拿着表在客厅里踱来踱去,一见她们进门,便用力拉了拉铃,命令道:"马上开饭!"

凯瑟琳听到将军加重语气说话,不由得颤抖起来。她怯生生地坐在那里,面色苍白,呼吸急促,一边为他的孩子担心,一边憎恨旧箱子。将军望了望她,重又变得客气起来,余下的时间就用来责骂女儿,说是本来一点用不着匆忙的事情,她却愚蠢地去催促她的漂亮朋友,逼得她上气不接下气。凯瑟琳害得她的朋友挨骂,而她自己又是这么个大傻瓜,她根本无法消除这双重的痛

蒂尔尼将军正拿着表在客厅里踱来踱去

苦。直到大家高高兴兴地围着餐桌坐下，将军露出一副得意的笑脸，她自己又来了胃口，心里才恢复了平静。这间餐厅是个华丽的大房间，从大小来看，要有一间比共用客厅大得多的客厅才相称。而且，它装饰得也十分奢华，可惜凯瑟琳是个外行，对此几乎浑然不觉，她只见到屋子宽敞，侍者众多。她高声赞赏屋子宽敞，将军和颜悦色地承认，这间屋子的确不算小。他还进一步承认，他虽说在这种事情上像多数人一样马马虎虎，但他却把一间比较大的餐厅视为生活上的一项需要。不过他料想，凯瑟琳在艾伦先生府上一定习惯于比这大得多的房间吧？

"不，的确不是这样，"凯瑟琳老老实实地说道，"艾伦先生的餐厅还没有这一半大。"她从未见过这么大的屋子。将军听了越发高兴。噢，既然他有这样的屋子，要是不加以利用可就太傻了。不过说实话，他相信比这小一半的屋子可能更舒适。他敢说，艾伦先生的住宅一定是大小适中，住在里面十分舒适愉快。

当晚没有出现别的风波，蒂尔尼将军偶尔不在时，大家还觉得十分愉快。只有将军在场的时候，凯瑟琳才稍许感到旅途的疲乏。即便这时，即便在疲惫或者拘谨的当儿，她仍然有一种事事如意的感觉。她想到巴思的朋友时，一点也不希望和他们在一起。

夜里，暴风雨大作。整个下午，都在断断续续地起着风，到席终人散时，掀起了狂风暴雨。凯瑟琳一边穿过大厅，一边带着畏惧的感觉倾听着暴风雨。当她听见狂风凶猛地卷过古寺的一角，猛然哐的一声把远处的一扇门刮上时，心里第一次感到她的确来到了寺院。是的，这是寺院里特有的声音，使她想起了这种建筑所目睹的、这种风暴所带来的种类繁多的可怕情景、可怖场面。

使她深感欣喜的是，她来到如此森严的建筑物里，处境总算比较幸运！她可用不着惧怕午夜的刺客或是醉醺醺的色徒。亨利那天早晨对她说的，无疑只是闹着玩的。在如此陈设、如此森严的一幢房子里，她既探索不到什么，也不会遭到什么不测，她可以万无一失地去她的卧房，就像在富勒顿去她自己的房间一样。她一边上楼，一边如此机智地坚定自己的信心，特别当她感到蒂尔尼小姐的卧房离她只有两门之隔时，她相当大胆地走进房里。一看炉火熊熊烧得正旺，觉得情绪更加高涨。"真棒极了，"她说着朝炉围子走去，"回来见到炉子生得现成的，这比要在寒气里哆哆嗦嗦地干等强得多。就像许多可怜的姑娘那样，无可奈何地非要等到全家人都上了床，这时才有位忠实的老仆人抱着一捆柴火走进来，把你吓一跳！诺桑觉寺能这样，真是好极了！假如它像别的地方那样，遇到这样的夜晚，我不知道会吓成什么样子。不过，现在实在没有什么好害怕的。"

她环顾了一下房内。窗帘似乎在动。这没什么，只不过是狂风从百叶窗的缝隙里钻进来了。她勇敢地走上前去，满不在乎地哼着曲子，看看是不是这么回事。她大胆地往每个窗帘后头探视了一眼，在矮矮的窗台上没有发现可怕的东西。接着，一把手贴近百叶窗，便对这风的力量确信无疑了。她探查完之后，转身望了望那只旧箱子，这也是不无裨益的。她蔑视那种凭空臆想的恐惧，泰然自若地准备上床。"我应该从从容容的，不要急急忙忙。即使我最后一个上床，我也不在乎。可是我不能给炉子添柴，那样会显得太胆怯了，好像睡在床上还需要亮光壮胆。"于是，炉子渐渐熄灭了，凯瑟琳打点了大半个钟头，眼下正想上床，不料临了扫视一下房间时,猛然发现一只老式的黑色大立柜。这只柜子虽说处在很显眼的位置,但是以前从未引起她的注意。转瞬间,她立刻想起了亨利的话,说她起初注意不到那只乌木柜。虽说这话不会真有什么意思,但是却有些稀奇古怪,当然是个十分惊人的巧合!她拿起蜡烛,仔细端详了一下木柜。木柜并不真是乌木镶金的,而是上的日本漆,最漂亮的黑黄色的日本漆。她举着蜡烛看去,那黄色很像镀金。钥匙就在柜门上,她有一种奇怪的念头想打开看看,不过丝毫也不指望会发现任何东西,只是听了亨利的话后,觉得太怪诞了。总之,她要打开看看才能睡觉。于是,她小心翼翼地把蜡烛放在椅子上,一只手抖簌簌地抓住了钥匙,用力转动,不想竭尽全力也拧不动。她感到惊恐,但是没有泄气,便换个方向再拧。突然,锁簧腾地一下,她以为成功了,但是多么奇怪,多么不可思议!柜门依然一动不动。她屏着气,愕然歇了片刻。狂风在烟囱里怒吼着,倾盆大雨打在窗户上,似乎一切都说明了她的处境之可怕。但是,不弄清这桩事,上床也是枉然,因为心里惦记着眼前有只柜子神秘地锁着,她是睡不着觉的。因此,她又搬弄钥匙。她怀着最后一线希望,果断利索地朝各个方向拧了一阵之后,柜门猛然打开了。这一胜利使她欣喜若狂,她把两扇折门拉开,那第二扇门只别着几个插销,没有锁来得复杂。不过她看不出那锁有什么异常的地方。两扇折门开了以后,露出两排小抽屉,小抽屉的上下都是些大抽屉,中间有扇小门,也上着锁,插着钥匙,里面很可能是个存放重要物品的秘橱。

凯瑟琳心跳急剧,但她并没失去勇气。心里抱着希望,脸上涨得通红,眼睛好奇地瞪得溜圆,手指抓住了一个抽屉的把手,把它拉开了。里面空空如也。她不像刚才那么惊恐，但是更加急切地拉开第二个、第三个、第四个，个个都是同样空空如也。她把每个抽屉都搜了一遍，可是没有一个里面有东西。她在书上看过很多隐藏珍宝的诀窍，并未忘掉抽屉里可能设有假衬，便急切而敏捷地把每个抽屉周围都摸了摸，结果还是什么也没发现。现在只剩下中间没搜过。虽然她从一开始就丝毫不曾想到会在柜子的任何部位发现什么东西，而且迄今为止对自己的徒劳无益丝毫也不感到灰心，但她不趁便彻底搜查一番，那未免太愚蠢了。不过，她开门就折腾了好半天，因为这把内锁像外锁一样难开。可最后还是打开了，而且搜寻的结果不像先前那样空劳一场，她那迅疾的目光当即落到一卷纸上，这卷纸给推到秘橱里边去了，显然是想把它隐藏起来。此刻，她的心绪真是无法形容。她的心在扑腾，膝盖在颤抖，面颊变得煞白。她用抖索索的手抓住了这卷珍贵的手稿，因为她眼睛稍微一瞥，就能辨明上面有笔迹。她带着敬畏的感觉承认，这事惊人地应验了亨利的预言，便当下打定主意，要在睡觉前逐字逐句地看一遍。

蜡烛发出幽暗的亮光，她转向这微亮时，不觉心里紧张起来。不过，倒没有立即熄灭的危险，还可以再燃几个钟头。要辨认那些字迹，除了年代久远会带来些麻烦之外，恐怕不会再有任何别的困难了，于是她赶紧剪了剪烛花。天哪！她这一剪，竟然把蜡烛剪灭了。一只灯笼灭了也绝不会产生比这更可怕的结果了。半晌，凯瑟琳给吓得一动不动。蜡烛全灭了，烛芯上一丝亮光也没有，把它再吹着的希望也破灭了。房里一团漆黑，一点动静都没有。骤然，一阵狂风呼啸而起，顿时增添了新的恐怖。凯瑟琳浑身上下抖作一团。接着，当风势暂停的时候，那受了惊吓的耳朵听到一个声音，像是渐渐消逝的脚步声和远处的关门声。人的天性再也支撑不住了。她的额头冒出一层冷汗，手稿从手里撒落下来。她摸到床边，急忙跳了上去，拼命钻到被窝里，借以消除几分惊恐。她觉得，这天夜里是不可能合眼睡觉了。好奇心被正当地激发起来，情绪也整个给激励起来，睡觉是绝对不可能的。外面的风暴又是那样可怕！她以前并不怕风，可是现在，似乎每一阵狂风都带来了可怖的信息。她如此奇异地发现了手稿，如此奇异地证实了早晨的预言，这要怎么解释呢？手稿里写着什么？可能与谁相关？用什么办法隐藏了这么久？事情有多奇怪，居然注定要她来发现！不过，她不搞清其中的内容，心里既不会平静，也不会舒坦。她决定借助第一缕晨曦来读手稿。可这中间还要熬过多少沉闷的钟头。她打着哆嗦，在床上辗转反侧，羡慕每一个酣睡的人。风暴仍在逞凶，她那受惊的耳朵不时听到种种声响，甚至觉得比风还要可怕。时而她的床幔似乎在摇晃，时而她的房锁在搅动，仿佛有人企图破门而入。走廊里似乎响起沉沉的咕哝声，好几次，远处的呻吟声简直把她的血都凝住了。时间一个钟头一个钟头地过去了，困乏不堪的凯瑟琳听见房子里各处的钟打了三点，随后风暴平息了，也许是她不知不觉地睡熟了。

第七章

　　第二天早晨八点，女仆进屋折百叶窗发出响声，才把凯瑟琳吵醒。她一边纳闷自己怎么合上眼，一边把眼睁开，见到了敞亮的景象。她的火炉已经生着，一夜风暴过后，早晨一片晴朗。就在她苏醒的瞬间，她想起了那份手稿。女仆一走，她便霍地跳下床，急火火地捡起纸卷掉地时散落的每一张纸片，然后飞也似的奔回床上，趴在枕头上津津有味地读了起来。她现在清清楚楚地发现，这篇手稿并不像她期望的那样，没有她通常战战兢兢地读过的那些书么长，因为这卷纸看来全是些零零散散的小纸片，总共也没有多厚，比她当初想象的薄多了。

　　她以贪婪的目光迅速扫视了一张，其内容使她大吃一惊。这可能吗？莫非是她的眼睛在欺骗她吧？呈现在她面前的似乎是一份衣物清单，潦潦草草的全是现代字体！如果她的眼睛还靠得住的话，她手里拿着一份洗衣账单。她又抓起另一张，见到的还是那些东西，没有什么差别。她又抓起第三张、第四张、第五张，没有见到任何新鲜花样。每一张都是衬衫、长袜、领带和背心。

还有两张,出自同一手笔,上面记载着一笔同样乏味的开销:邮资、发粉、鞋带、肥皂等。包在外面的那张大纸,一看那密密麻麻的第一行字"给栗色骒马敷泥毡剂",似乎是一份兽医的账单!就是这样一堆纸(她这时可以料想,兴许是哪个仆人疏忽大意,放在她找到它们的地方),使她充满了期望和恐惧,害得她半夜没有合眼!她觉得羞愧极了。难道那只箱子的教训还不能使她学乖一些吗?她躺在床上,望见了箱子的一角,这个角仿佛也在起来责备她。她最近这些想象之荒诞,现在可以看得再清楚不过了。居然设想多少年代以前的一份手稿,放在如此现代、如此适于居住的房间里,而一直未被发现!那把钥匙明明谁都能用,她居然设想自己头一个掌握了开柜子的诀窍!

她怎么能如此欺骗自己?这种傻事千万别让亨利·蒂尔尼知道!说起来,这件事多半怪他不好,假使那只柜子与他描绘她的奇遇时所说的模样不相吻合,她绝不会对它感到一丝半点的好奇。这是她唯一感到的一点安慰。她迫不及待地想要清除她干傻事留下的那些可恨的痕迹,清除当时撒了一床的那些可憎的票据,于是她立刻爬起来,把票据一张张叠好,尽量叠成以前的样子,送回到柜中原来的地方,衷心祝愿别发生什么不幸再把它们端出来,让她自己都觉得没有脸面。

然而,那两把锁起先为什么那样难开却依然有点蹊跷,因为她现在开起来易如反掌。这其中定有什么奥秘。她先是自鸣得意地沉思了半分钟,后来突然想到那柜门起初可能根本没锁,而是她自己给锁上的,不禁又臊红了脸。

她想起自己在这房里的举动,觉得十分难堪,于是便趁早离开了这里。头天晚上，蒂尔尼小姐把早餐厅指给她看了，她以最快的速度找到了那里。早餐厅里只有亨利一个人。他一见面便说，希望夜里的风暴没吓着她，并且狡黠地谈起了他们这座房子的特性，这些话使凯瑟琳感到十分不安。她最怕别人怀疑自己懦弱，然而她又撒不出弥天大谎，便只得承认风刮得她有阵子睡不着。"不过，风雨过后，我们不是有个明媚的早晨吗？"她补充说道，一心想避开这个话题，"风暴和失眠都过去了，也就无所谓了。多好看的风信子啊！我最近才懂得喜爱风信子。"

"你是怎么懂得的？是偶然的，还是被人说服的？"

"跟你妹妹学的，我也说不上是怎么学的。艾伦太太曾经一年年地设法让我喜爱风信子，可我就是做不到，直到那天我在米尔萨姆街见到那些花。我天生不喜爱花。"

"不过你现在爱上了风信子，这就更好了。你又增添了一种新的乐趣，人的乐趣多多益善嘛。再说，女人爱花总是好事，可以使你们到户外来，引诱你们经常多活动活动，否则你们是不会这么做的。虽说喜爱风信子还属于一种室内乐趣，但是一旦来了兴头，谁敢说你到时候不会爱上蔷薇花呢？"

"可是我并不需要这样的爱好把我引出门。散散步，透透新鲜空气，这样的乐趣对我来说已经足够了。逢到天晴气朗，我有大半时间待在户外。妈妈说我从不着家。"

"不管怎么样，我很高兴你学会了喜爱风信子。能学会喜爱东西，这个习惯本身就很了不起。年轻的小姐禀性好学，这是难能可贵的。我妹妹的指教方式还令人愉快吧？"

凯瑟琳正不知如何回答是好，这时将军走了进来，免得她再犯难了。将军笑吟吟地向她问候,一看样子就知道他心情很愉快,但他温婉地暗示说他也赞成早起,这并没使凯瑟琳心里进一步平静下来。

大家坐下吃饭时,那套精致的早餐餐具引起了凯瑟琳的注意。幸好,这都是将军亲自选择的。凯瑟琳对他的审美力表示赞赏,将军听了喜不自胜,老实承认这套餐具有些洁雅简朴,认为应该鼓励本国的制造业。他是个五味不辨的人,觉得用斯塔福德郡的茶壶沏出来的茶,和用德累斯顿[1]或塞夫勒[2]的茶壶沏出来的茶没有什么差别。不过,这是一套旧餐具,还是两年前购置的。自打那时以来,工艺水平已有很大改进,他上回进城时,就见到一些别致的样品,他若不是因为一点也不爱慕虚荣的话,也许早就动心要订购一套新的了。不过他相信,他不久会有机会选购一套新的——尽管不是为他自己。在座的人里,大概只有凯瑟琳一个人没听懂他的话。

吃过早饭不久,亨利便辞别众人到伍德斯顿去了,有事要在那里逗留三两天。大伙都来到门厅,看着他跨上马。凯瑟琳一回到早餐厅,便连忙走到窗口,希望再看一眼他的背影。"这回可真够你哥哥受的,"将军对埃丽诺说道,"伍德斯顿今天会显得阴阴沉沉的。"

"那地方好吗?"凯瑟琳问道。

"你说呢?埃丽诺?说说你的看法,因为说到女人对男人和地

---

[1] 德国著名瓷都。
[2] 法国著名瓷都。

方的感受，还是女人最有发言权。我认为，拿最公正的眼光来看，你得承认伍德斯顿有许多可取之处。房子坐落在绿茵茵的草坪上，朝着东南方向，还有一块极好的菜园，也冲着东南。大约十年前，我为儿子着想，亲手垒起了围墙，种上了牧草。莫兰小姐，这是个家传的牧师职位。这一带的大部分田产都是我本人的，你尽可相信，我倒挺留心的，要把它搞成个不坏的职位。假使亨利仅仅依靠这笔牧师俸禄维生，他也不会感到拮据的。这看上去也许有点奇怪，我只有两个年纪较小的孩子，居然还要亨利去做事。当然，我们有时也都希望他能摆脱一切事务上的纠缠。不过，我虽说可能改变了你们年轻小姐的见解，但是我敢断定，莫兰小姐，你父亲会赞成我的看法，认为给每个年轻小伙子找点事干还是大有裨益的。钱倒无关紧要，那不是目的，重要的是有点事干。你瞧，就连我的长子弗雷德里克，他要继承的地产也许不比本郡的任何平民来得少，可他也有自己的职业。"

这最后一个论据就像将军期望的那样，取得了显著的效果。莫兰小姐默默不语，证明这话是无可辩驳的。

头天晚上说过，要领着客人在房里四处转转，现在将军自告奋勇，愿当向导。凯瑟琳本来只希望让蒂尔尼小姐领着她去看看的，可是这项提议实在太让人高兴了，她无论如何也不会不乐于接受的，因为她来到诺桑觉寺已经十八个钟头了，才仅仅看了几个房间。她慢腾腾地刚把针线匣拉出来，现在又兴冲冲地急忙关上了，转眼间便准备好了要跟将军去。等把房子内部看完以后，将军还希望能陪她去矮树林和花园里走走。凯瑟琳行了个屈膝礼，表示默许。不过，她也许乐意先去矮树林和花园溜溜。眼下天气很好，每年这个时候，这样的天气很难持久。她到底愿意先去哪儿？将军听凭她的吩咐。他女儿认为怎么样最适合她这位漂亮朋友的心意？不过，他觉得他能明察出来。是啊，他从莫兰小姐的眼神中可以看出一个明智的愿望：她想趁明媚的天气到外边走走。她的决定什么时候错过呢？寺院内部随时都能看，也不怕下雨。将军欣然同意了，这就去取帽子，马上陪她们去。他走出屋子，凯瑟琳带着失望、焦灼的神气，说起了她不愿让将军勉为其难地带她们到户外去，还误以为这样会让她高兴。不想她的话被打断了，蒂尔尼小姐有点窘迫地说道："上午天气这么好，我想出去走走是再明智不过了。不要为我父亲担忧，他每天总在这个时候出去散步。"

凯瑟琳摸不清这是怎么回事。蒂尔尼小姐为什么发窘呢？莫非将军不愿带她参观寺院？可那建议是他提出来的。他总是这么早就出去散步，这岂不是很奇怪吗？她父亲和艾伦先生从不这么早去散步。这事真惹人烦恼。她急着要看房子，对庭园简直毫无兴趣。要是亨利和他们在一起，那该有多好啊！现在却好，她就是见到景色优美的地方，也欣赏不了。她心里这样想着，嘴里却没有说出来，虽然心里不满，但还是耐着性子戴上了帽子。

不过，出乎她的意料，当她第一次从草坪上观看寺院时，不觉被它的壮观景象迷住了。整座大楼围成一个大四方院，四方院两侧耸立着缀满哥特装饰的楼房，令人为之赞赏。楼房的其余部分被参天的古树和葱郁的林木所遮掩，屋后有陡峭的苍山为屏障，即便在草木凋零的三月，山景也很秀丽。凯瑟琳没有见过这么瑰丽的景色，心里真是喜出望外，也不等待内行人的指点，便贸然赞叹起来。将军带着赞同感激的心情听她说着，仿佛他自己对诺桑觉寺一直没有定见似的。

下一步是去观赏菜园。将军领着她穿过庄园的一小截，来到了菜园那里。

这块园子面积之大，凯瑟琳一听介绍不由得吓了一跳，就是把艾伦先生和她父亲的园子合在一起，加上教堂的坟地和果园，还及不上它一半大。园墙似乎多得不计其数，而且长得无边无际，墙内的暖房多得好像是一个村庄似的，似乎可以容下整个教区的人都在里面工作。将军见她露出惊讶的神气，不觉十分得意。其实她脸上的神气已经很明显了，可是将军还要硬逼着她说，她以前从未见过可以与之伦比的菜园。将军随即谦虚地承认，他自己可没有这种奢望，连想都不曾想过，不过他的确相信这园子在王国是无与伦比的。如果说他有什么癖好的话，那就在这上面。他喜欢果木园。他虽说在吃上一般不大讲究，但他喜欢上等的水果——或者说，如果他不喜欢，他的朋友和孩子还喜欢呢。不过，照料他这样的果园，那是很麻烦的事情。那些最珍贵的果子即使费尽心血，也不见得一准能保证收得到，去年菠萝种植房总共才结了一百个菠萝。他想艾伦先生一定像他一样，对这些事感到很头痛。

"不，他才不呢。艾伦先生并不关心果园，他连进都不进去。"

将军脸上浮出自鸣得意的微笑，但愿他也能做到这一点，因为他每次进园子，总发现有这样那样的问题，达不到他的计划要求，使他为之烦恼。

"艾伦先生的轮作暖房搞得怎么样？"将军一边往里走，一边说起了自己这个轮作暖房的情况。

"艾伦先生只有一个小暖房,到了冬天,艾伦太太用来存放自己的花草,里面不时地生着火。"

"他真有福气!"将军带着欣喜而鄙夷的神情说道。

他领着莫兰小姐一区一区地都去过了,走遍了每一个角落,直至莫兰小姐实在看腻了,惊叹得没劲了,他才允许两位小姐趁机走出一道外门。接着又表示想查看一下凉亭经过新近修缮以后效果如何,建议莫兰小姐若是不累的话,大家不妨多走一段,不会引起不快的。"可你往哪儿走,埃丽诺?你为什么挑选一条又阴又湿的小道?莫兰小姐会打湿衣服的。我们最好从庄园里穿过去。"

"我好喜爱这条小径,"蒂尔尼小姐说,"我总觉得这条路最好,最近。不过,也许有点湿。"

那是一条狭窄的小道,逶迤穿过一片茂密的苏格兰老杉林。凯瑟琳被小径的幽暗景致吸引住了,急切地想要钻进去,即使将军不肯赞成,她也止不住要向前走去。将军看出了她的心思,再次劝她注意身体,可是无济于事,便客客气气地不再阻拦了。不过,他本人要失陪了,因为他受不了那阴暗的光线,他要从另一条道上去迎她们。将军转身走了,凯瑟琳惊奇地发现,他这一走,她精神上反而感到大为释然。幸而这种释然来得真切,惊讶并未引起痛苦。她带着从容欣喜的口吻说起,这样的树林会给人一种愉快的忧郁感。

"我特别喜爱这块地方,"她的伙伴叹了一口气说,"我母亲过去最喜欢在这里散步。"

凯瑟琳先前从未听见这家人提起过蒂尔尼太太,蒂尔尼小姐的深情回忆激起了她的兴趣,使她骤然变了脸色,静悄悄地等着倾听更多的情况。

"以前我常和她来这里散步啊!"埃丽诺接着说道,"虽然我当时并不像后来那样喜欢这个地方。那时候,我实在奇怪她怎么会看中这个地方。可是现在由于对她的怀念,我也就很喜欢这个地方了。"

"难道她丈夫,"凯瑟琳心里在想,"不是也应该很喜欢这个地方吗?然而将军偏偏不愿走进去。"蒂尔尼小姐仍然一声不响,凯瑟琳贸然说道:"她的去世一定引起了巨大的悲痛。"

"巨大的、与日俱增的悲痛,"蒂尔尼小姐用低沉的声调答道,"母亲去世时,我才十三岁,虽然对于一个孩子来说,我也许是够悲痛的了,但我当时并不知道,也不可能知道这是多大的损失。"她顿了顿,然后以很坚决的口气补充道:"你知道,我没有姐妹,虽然亨利——虽然我两个哥哥都很疼爱我,而且让我感到无比欣慰的是,亨利还经常回家,不过我不可能不常常感到很孤独。"

"毫无疑问,你一定很想念他。"

"做母亲的就会始终待在家里,像个朝夕相伴的朋友。母亲的影响比任何人的都大。"

"她是个十分可爱的女人吧?她长得很漂亮吧?寺院里有她的画像吗?她为什么那样喜欢那片树林子?是因为精神沮丧的关系?"凯瑟琳迫不及待地提了这一连串问题。前三个问题当即得到了肯定的回答,另外两个给略过去了。凯瑟琳每提一个问题,无论是否得到回答,对已故的蒂尔尼太太的兴趣便增添一分。她相信她的婚事一定不美满。将军一准是个无情无义的丈夫。他连他妻子散步的地方都不喜欢,那他还会喜欢他的妻子吗?另外,他虽然仪表堂堂,但他脸上有一种异样的表情,说明他亏待过他妻子。

"我想,你母亲的画像,"凯瑟琳觉得自己的问题十分圆滑,不禁涨红了脸,"挂在你父亲房里吧?"

"不。原先打算挂在客厅里,可我父亲觉得画得不好,有一段时间没有地方挂。母亲死后不久,我把它要过来,挂在我的卧房里——我将很高兴地带你去看看,画得很像我母亲。"这又是一条证据。妻子的画像——而且画得很像——做丈夫的却不稀罕。他对妻子一定残酷至极。

将军先前尽管殷勤备至,可还是引起了凯瑟琳的反感,凯瑟琳不想再向自己掩饰这种反感了。以前是惧怕和讨厌,现在变成了极度的憎恨。是的,憎恨!将军居然残酷地对待一个如此可爱的女人,真叫她感到可憎。她经常在书里看到这种人物,艾伦先生说这些人物很不自然,写过了头,可这里却是个确凿的反证。

她刚刚想妥这个问题,不觉来到小径尽头,马上和将军碰上了头。她尽管义愤填膺,但是又不得不和他走在一起,听他说话,甚至也跟着他笑。然而,她再也不能从周围的景色中获得乐趣了,脚步顿时变得懒散起来。将军觉察了这一点,为了关心客人的健康,就催促凯瑟琳和他女儿赶快回屋,他这样关切似乎在责备凯瑟琳不该对他怀有那种看法。将军在一刻钟后也跟着回去。他们又分手了。但是半分钟后,他又把埃丽诺叫回去,严厉地跟她说,在他回来之前,绝不准她带着朋友在寺院里乱转。他再一次迫不及待地拖延了凯瑟琳眼巴巴想干的事情,让她觉得实在奇怪。

第八章

一个钟头过去了,将军还没回来。其间,他的年轻客人左思右想,对他的人格着实没有个好印象。"拖拖拉拉地说到不到,独自一个人逛来逛去,这说明他心神不宁,或者良心不安。"最后他终于出现了。不管他的情绪多么郁闷,他依然能够面带笑容。蒂尔尼小姐多少了解一点她朋友的好奇心理,知道她想看看这座房子,马上重新提起了这件事。出乎凯瑟琳的意料,将军居然找不到还要拖延的任何借口,只是停顿了五分钟,为他们回屋时要好了茶点,然后便准备陪她们去转。

几个人出发了。将军气派堂堂,步伐威严,虽然十分惹眼,却打消不了熟读传奇小说的凯瑟琳对他的疑虑。他领头穿过门厅,经过共用客厅和一间形同虚设的前厅,进入一间庄严宏大、陈设华丽的大屋子——这是正式客厅,只用来接待要人贵客。客厅十分宏伟——十分富丽——十分迷人!凯瑟琳只能说这么几句话,因为她给搞得眼花缭乱,几乎连缎子的颜色都分辨不清。一切细致入微的赞语,一切意味深长的赞语,全都出自将军之口。无论哪个房间，家具的豪华精致对凯瑟琳来说是微不足道的，她不稀罕晚于十五世纪的家具。将军满足了自己的好奇心，仔仔细细地查看了每一件熟悉的装饰。接着，大家来到了书房。这间屋子也同样豪华，里面摆着收集的图书，谦恭的人见了兴许会感到自豪呢。凯瑟琳带着比先前更加真挚的感情，听着，赞美着，惊叹着，尽量从这座知识宝库里多吸取些知识，浏览了半个书架的书名，然后便准备走了。但是她想望的那种套间并没出现。这座楼房虽然很大，但她已经看过了大半。她听说，她看过的六七间屋子，加上厨房，环绕着院子的三面，可她简直无法相信，无法消除心中的怀疑，总觉得还有不少密室。然而，使她感到欣慰的是，他们要回到几间共用的屋子那儿，穿过几间不很显要的房间，这些房间一间间的都对着院子，院里偶尔有几条错综曲折的通道，把几侧连接起来。途中，她更为欣慰地听说，她脚踩着的地方从前是修道院的回廊，主人把一些密室的陈迹指给她看，她还见到几扇门，主人既没打开，也没向她解说。她接连走进弹子房和将军的私室，搞不清它们之间是怎么连通的，离开时还转错了方向。最后穿过一间昏暗的小屋，这是亨利的私室，屋里乱七八糟地堆放着他的书籍、猎枪和大衣。

餐厅已经见过了，而且每到五点钟都要看一次。可是将军为了让莫兰小姐知道得更清楚，还兴致勃勃地用脚步量了量它的长度，殊不知凯瑟琳对此既不怀疑，也不感兴趣。他们抄近道来到了厨房——那是修道院的老厨房，既有昔日的厚墙和熏烟，又有现代化的炉灶和烤箱。将军的修缮技能没有在这里虚晃过去：在这个厨师的广阔天地里，他采用了一切现代化设备，来改善厨师的劳动条件。凡是别人无能为力的地方,他往往凭着自己的天资,把事情解决得尽善尽美。他仅只此处的贡献,就可确保他在这座修道院的恩主之中,永远成为佼佼者。

寺院的全部古迹到这厨房的四壁便终止了。四方院的第四面房子因为濒于坍塌,早被将军的父亲拆除了,盖起了现在这房屋。一切古色古香的东西到此便绝了迹。新房子不仅仅是新,而且还要标榜其新。因为本来只打算用作下房,后面又圈着马厩,也就没考虑建筑形式的一体化。凯瑟琳真要大发雷霆了,有人仅仅为了节省家庭开支,居然毁掉了本该成为全寺最有价值的古迹。假若将军许可的话,她宁肯不到这惨遭破坏的地方来散步,免得为之感到痛心。但是,要说将军有虚荣心的话,那就表现在他对下房的安排上。他相信,在莫兰小姐这种人的心目中,能看看那些足以减轻下人劳动强度的舒适便利设施,总会感到十分高兴的,因此他尽可领着她往前走,用不着向她表示歉意。他们把所有的设施略微看了一下,出乎凯瑟琳的意料,这些设施是那样众多,那样方便,给她留下了深刻的印象。在富勒顿,有几个不成样子的食品柜和一个不舒适的洗涤槽,也就解决问题了,可在这里,这一切却在几间恰当的屋子里进行,既方便又宽敞。仆人川流不息,人数之众,与下房之多同样使她感到惊讶。几个人无论走到哪里,都有穿着木跟套鞋的女仆停下来施礼,穿着便服的男仆则偷偷溜走。然而,这是一座寺院啊!如此安排家务,这同她在书里看到的差异之大,真是无法形容——书里的寺院和城堡虽说无疑比诺桑觉寺来得还大,但是房内的一切杂活至多由两个女佣来做,她们怎么能做得完,这常使艾伦太太感到惊愕。可当凯瑟琳发现这里需要这么多人，她自己又感到惊愕起来。

他们回到门厅，以便登上主楼梯，让客人瞧瞧它那精美的木质和富丽的雕饰。到了楼梯顶，没向凯瑟琳卧房所在的走廊走去，而是转了个相反方向，很快进入另一条走廊。这条走廊的格局跟那一条的一样，只是更长更宽。她在这里接连看了三间大卧房，连同各自的化妆室，一间间陈设得极其完备，极其华丽。但凡金钱和情趣能给住房带来的舒适和雅致，这里是应有尽有。因为都是近五年内装饰起来的，一般人喜欢的东西倒完备无缺，凯瑟琳感兴趣的东西却一无所有。看完最后一个卧房时，将军随便列举了几位不时光临的名人，然后喜笑颜开地转向凯瑟琳，大胆地希望，今后最早来这里做客的人里，能有"富勒顿的朋友"。凯瑟琳不由得受宠若惊，觉得自己瞧不起对她如此亲切、对她全家如此客气的一个人，深感遗憾。

走廊的尽头是一扇折门，蒂尔尼小姐上前一下打开门，走了进去，里边又是一条长长的走廊，她似乎刚想闯进左边的第一扇门，不料将军走上前来，急忙把她叫住（凯瑟琳觉得他好像很恼怒），问她要去哪里？还有什么要看的？凡是值得看的，莫兰小姐不是都看过了吗？前前后后跑了半天，她不觉得她的朋友可能想吃点点心吗？蒂尔尼小姐当即缩了回来，沉甸甸的折门又关上了。但是说时迟那时快，痛心的凯瑟琳赶在关门的前头，趁机向里面瞥了一眼，见到一条狭窄的过道上开着无数的门，影影绰绰地还见到一道螺旋楼梯，相信自己终于来到了值得一看的地方了。她心灰意懒地顺着走廊往回走时，觉得要是许可的话，她宁可看看房子这端，也不愿意参观那富丽堂皇的其余部分。将军分明是不想让她去看，这就越发激起了她的好奇心。这里一定隐藏着什么东西。她的想象最近虽然越了一两次轨，但是这回绝对错不了。这里到底隐藏着什么呢？两人跟着将军下楼时，蒂尔尼小姐见将军离着她们比较远，便趁机说道："我本想带你去我母亲的房里——也就是她临终时待的那间——"这句话虽然简短，凯瑟琳听了却觉得意味深长。难怪将军不敢去看那间屋里的东西。十有八九，自从那可怕的事情解脱了他妻子的痛苦，让他承受良心的责备以来，他就从来没有进过那间屋子。

凯瑟琳抓住下一次和埃丽诺单独在一起的机会，冒昧地表示希望能允许她看看那间屋子，以及房子那边的其余地方。埃丽诺答应方便时带她去。凯瑟琳明白她的意思：要瞅准将军不在家时，才能走进那间屋子。"我想那屋子还保持着原样吧？"她带着伤感的语调说道。

"是的，完全是原样。"

"你母亲去世多久了？"

"九年了。"凯瑟琳知道，一个受折磨的妻子，一般要在死后许多年，她的屋子才能收拾好；与一般情况相比，九年的时间还不算长。

"我想，你守着她直到临终吧？"

"不，"蒂尔尼小姐叹了口气说，"不幸得很，我当时不在家。母亲的病来得突然，短暂。还没等我到家，一切都完了。"

凯瑟琳听了这话，心里自然而然地冒出一些可怕的联想，不禁感到毛骨悚然。这可能吗？亨利的父亲难道会——？然而多少先例证明，即使最坏的猜疑都是有道理的！晚上，凯瑟琳和她的朋友一起做活计，见着将军在客厅里迟缓地踱步，垂着眼，锁着眉，整整沉思了一个钟头。这时凯瑟琳感到，她绝不会冤枉他。这简直是蒙透尼[1]的神态！一个尚未完全丧尽人性的人，一想起过去的罪恶情景不免胆战心惊，还有什么比这更能表明其阴郁的心理的！不幸的人儿！凯瑟琳因为心情焦虑，便一而再再而三地把目光投向将军，以至于引起了蒂尔尼小姐的注意。"我父亲，"她小声说道，"经常这样在屋里走来走去，这没有什么奇怪的。"

"这就更加不妙！"凯瑟琳心想，他这不合时宜的踱步，与他早晨不合时宜的奇怪散步是一致的，绝不是好征兆。

晚上过得很枯燥，似乎也很漫长，这使凯瑟琳特别意识到亨利在他们之中的重要性。后来，当她可以走时，她感到由衷的高兴，尽管她无意中看到是将军使眼色，让他女儿去拉铃的。不过，男管家刚想给主人点蜡烛，将军却拦住了他。原来，他还不准备马上去休息。"我要看完许多小册子，"他对凯瑟琳说道，"然后才能睡觉。也许在你入睡之后，我还要花几个钟头来研究国家大事。我们两人还有比这更恰当的分工吗？我的眼睛为了别人的利益都快累瞎了，可你的眼睛却在休息，休息好了好淘气。"

但是，他说他要办公也好，那绝妙的恭维也罢，都动摇不了凯瑟琳心中的念头，她认为将军长时间地推迟正常的睡眠，一定另有一个大相径庭的动机。家人入睡之后，让一些无聊的小册子搅得几个钟头不能安歇，这是不大可能的。这里面一定有个更加深奥的缘故：他准有什么事情，非要等全家人入睡之后才能去干。

---

[1] 《尤道尔弗的奥秘》中一个非常凶残的匪徒。

凯瑟琳接着必然会得出这样的结论:蒂尔尼太太很可能还活着,不知什么缘故给关了起来,每天晚上从她那无情无义的丈夫手里,接过一点残羹粗饭。这个念头虽则骇人听闻,但至少要比不义加速的死亡来得好些,因为照自然趋势来说,她不久定会得到释放。听说她当时是突然得病,她女儿又不在身边,很可能另外两个孩子也不在——这些情况都有助于说明,她被监禁的推测可能是对的。监禁的起因——或许是拈酸吃醋,或许是无端的残忍——还有待澄清。

凯瑟琳一边脱衣一边寻思这些问题时,突然想到她早上说不定就从囚禁那不幸女人的地方走过——距离她在里面残喘度日的囚室不过几步远,因为这里还保留着修道院建筑的痕迹,诺桑觉寺还有哪里比这儿更适合监禁人呢?再说那条用石头铺砌的拱顶走廊,她已经心惊胆战地在里面走了一遭,对那一扇扇门还记忆犹新,尽管将军没做解释。这一扇扇门,哪儿不能通呢?为了证明她的推测不无道理,她还进而想到:蒂尔尼夫人住房所在的那段走廊被列为禁区,据她记忆断定,这段走廊应该恰好位于那排可疑的密室上方。那些房间旁边的那级楼梯,凯瑟琳曾经倏忽地瞥过一眼,一定有密道与下面的密室沟通,可能为蒂尔尼将军的残暴行径提供了方便。蒂尔尼夫人可能是被蓄意搞昏以后,给抬下楼的!

凯瑟琳有时对自己的大胆推测感到吃惊,有时她希望自己想得太过火,同时又怕太过火。但是从表面来看,这些推测又是那样合乎情理,她又打消不了。

她相信,将军的罪恶活动发生在四方院的那边,恰好与她这边迎面相对,因此她意识到,如果仔细观察,将军去囚室见他妻子时,他的灯光也许会从楼下窗口透出来。上床之前,她曾两次悄悄溜出房间,来到走廊相应的窗口,瞧瞧有没有灯光。可是外面一片黑暗,想必还为时过早。而且从一阵阵上楼梯的声音来看,她相信用人一定还没睡觉。午夜之前,她料想看不到什么名堂,但是到午夜,等时钟敲了十二点,万籁俱寂的时候,如果没让黑暗吓破胆的话,倒还想溜出去再看一次。但是,时钟打十二点的时候,凯瑟琳已经睡着了半个钟头。

第九章

凯瑟琳想要看看那几间神秘的屋子,可是第二天并没有得到机会。这天是星期日,早祷和晚祷之间的时间都让将军占去了,先是出去散步,后来又在家吃冷肉。凯瑟琳尽管好奇心切,但是让她在晚饭后六七点钟之间,借助天空中渐渐隐弱的光线去看那些房间,她还没有那么大的胆量;灯光虽然比较明亮,但是照到的地方有限,而且也不大可靠,因此也不敢借助灯光去看。于是,这天就没出现让她感兴趣的事情,只在教堂的家族席前面,看到一块十分精致的蒂尔尼夫人的纪念碑。她一眼望见了这块碑,注视了许久。读着那篇写得很不自然的碑文,她其至感动得流泪。那个做丈夫的一定以某种方式毁了他的妻子,因为无可安慰,便把一切美德加到了她的身上。

将军立起这样一座纪念碑,而且能够面对着它,这也许并不十分奇怪,然而他居然能够如此镇定自若地坐在它的面前,摆出一副如此道貌岸然的神态,无所畏惧地望来望去,不仅如此,他甚至居然敢走进这座教堂,这在凯瑟琳看来却是异乎寻常的。不过，像这样犯了罪还无所谓的例子也并非少见。她能记起几十个干过这种罪恶勾当的人，他们一次又一次地犯罪，想杀谁就杀谁，没有任何人性或悔恨之感，最后不是死于非命，就是皈依隐遁，如此了结这邪恶的一生。她怀疑蒂尔尼夫人是不是真的死了，立这么块纪念碑也丝毫不能打消她的怀疑。即使让她下到大家认为藏着蒂尔尼夫人遗骸的墓窖里，让她亲眼瞧见据说盛着她的遗体的棺材——但这又有什么用呢？凯瑟琳看过许多书，完全了解在棺材里放一个蜡人，然后办一场假丧事有多容易。

第二天早晨，事情有了几分指望。将军的早间散步虽说从别的角度来看不合时宜，但是在这一点上却很有利。凯瑟琳知道将军离开家时，马上向蒂尔尼小姐提出，要她实践自己的许诺。埃丽诺立刻答应了她的要求。两人动身前往时，凯瑟琳提醒她别忘了还有一项许诺，于是她们决定先去蒂尔尼小姐房里看画像。像上画着一个十分可爱的女人，她面容淑静忧郁，这都证实了这位初来看画像的人原先预料的不错。但是，画像并非在各方面都与她预料的相吻合，因为她一心指望见到这样一个女人，她的容貌、神情、面色如果不与亨利相酷似，也应与埃丽诺一模一样。她心目中经常想到的几幅画像，总是显示了母亲与子女的极度相似。一副面孔一旦画出来，便能显现几代人的特征。可在这里，她不得不仔细打量，认真思索，来寻找一点相似之处。然而，尽管存在这个缺欠，她还是满怀深情地注视着画像，若不是因为还有更感兴趣的事情，她真要有点恋恋不舍了。

两人走进大走廊时，凯瑟琳激动得话都说不出来了，只能默默地望着她的伙伴。埃丽诺面色忧郁而镇静。这种镇静自若的神情表明，她对她们正在接近的那些凄惨景象，已经习以为常了。她再次穿过折门，再次抓住了那把大锁。凯瑟琳紧张得几乎连气都透不过来，她战战兢兢、小心翼翼地转身去关折门。恰在这时，一个身影，将军那可怕的身影，出现在走廊的尽头，立在她的面前！在这同时，将军声嘶力竭地喊了声"埃丽诺"，响彻了整座楼房。他女儿听到喊声才知道父亲来了，凯瑟琳则给吓得心惊胆战。她一看见将军，本能地想躲一躲，然而又明知躲不过他的眼睛。等到她的朋友带着歉然的神情，打她旁边匆匆地跑过去，随着将军走掉不见了，她连忙跑回自己房里，锁上门躲了起来，心想她绝没有勇气再下楼了。她在房里至少待了一个钟头，心里极度不安，深切怜悯她那可怜的朋友，不知她的处境如何，等待着盛怒的将军传唤自己去他房里。然而，并没来人叫她。最后，眼见一辆马车驶到寺院前，她壮起胆子走下楼，仗着客人的遮护去见将军。客人一到，早餐厅里变得热闹起来。将军向客人介绍说，莫兰小姐是他女儿的朋友，一副赞赏的神态，把他那满腹怒火掩饰得分毫不露，凯瑟琳觉得自己的性命至少在眼下是安全的。埃丽诺为了维护父亲的人格，极力保持镇定。她一得到机会，便对凯瑟琳说："我父亲只是叫我回来回复一封短简。"这时，凯瑟琳开始希望，将军或是真没看见她，或是从某种策略考虑，让她自己去这样认为。基于这样的信念，等客人告辞之后，她还依然敢于留在将军面前，而且也没再生什么枝节。

这天上午，经过考虑，凯瑟琳决定下次单独去闯那道禁门。从各方面看，事情最好不叫埃丽诺知道。让她卷入被再次发现的危险，诱使她走进一间让她心酸的屋子，这可不够朋友的情分。

将军对她再怎么恼怒，总不能像对他女儿一样。再说，要是没人陪着，探查起来想必会更称心一些。她不可能向埃丽诺道明她的猜疑，因为对方可能侥幸地直到今天也没有起过这种念头。况且，她也不能当着她的面，去搜寻将军残酷无情的证据，这种证据虽然可能尚未被人发现，但她完全有信心在什么地方找到一本日记，那本断断续续地直写到生命最后一刻的日记。她现在已经熟悉去那间屋子的路了。她知道亨利明天要回来，而她又希望赶在亨利回来之前了结这桩事，因此不能再耽搁了。今天天气晴朗，她也浑身是胆。四点钟的时候，离太阳落山还有两个钟头，她现在就走，别人还会以为她只是比平时早半个钟头去换装。

她说干就干，钟还没敲完便孤身一人来到了走廊。现在不是思索的时候，她匆匆往前走去，穿过折门时尽量不弄出动静。接着，也顾不得停下来望一望，或是喘口气，便朝那扇门冲过去。她手一拧，锁打开了，而且很侥幸，没有发出可以惊动人的可怕声音。她踮起脚尖走了进去，整个屋子呈现在她面前。但是，她有好一会儿工夫一步也迈不动了。她看见的情景把她定住了，整个面孔都为之变容。她见到一间又大又匀称的屋子，一张华丽的床上挂着提花布幔帐，铺着提花布被子，女仆悉心地把床铺得像是没人用过一样。一只亮闪闪的巴思火炉，几个桃花木衣橱，几把油漆得很光洁的椅子，夕阳和煦的光线射进两扇窗子，明快地照在椅子上。凯瑟琳早就料到要引起情绪的激动，现在果然激动起来。她先是感到惊讶与怀疑，接着，照常理一想，又感到几分苦涩与羞愧。她不可能走错屋子，但是其余的一切都大错特错了！既误解了蒂尔尼小姐的意思，又做出了错误的估计！她原以为这间屋子年代那么久远，位置那么可怕，到头来却是将军的父亲所修建的房子的一端。房里还有两道门，大概是通向化妆室的，但是她哪个门也不想打开。既然别的渠道都给堵绝了，蒂尔尼夫人最后散步时所戴的面纱，或者最后阅读的书籍，会不会留下来提供点线索呢？不，无论将军犯下了何等罪行，他老奸巨猾，绝对不会露出破绽。凯瑟琳探索腻了，只想安然地待在自己房里，唯有她自己知道她做的这些蠢事。她刚要像进来时那样轻手轻脚地走出去，不知道从哪里传来一阵脚步声，吓得她抖抖簌簌地停了下来。让人看见她在这儿，即使是让一个用人看见了，那也将是很没趣的事；而若是让将军看见了（他总在最不需要他的时候出现在面前），那就更糟糕！她留神听了听——脚步声停止了。她决定一刻也不耽搁，走出门去，顺手关上。恰在此刻，楼下传来急骤开门的声音，有人似乎正在疾步登上楼梯，而凯瑟琳偏偏还要经过这个楼梯口，才能到达走廊那里。她无力往前走了，带着一种不可名状的恐惧，将目光直溜溜地盯着楼梯，过不多久，亨利出现在她面前。"蒂尔尼先生！"她带着异常惊讶的口气喊道。蒂尔尼先生看样子也很惊讶。"天啊！"凯瑟琳继续说道，没留意对方向她打招呼，"你怎么到这儿来了？你怎么从这道楼梯上来了？"

"我怎么从这道楼梯上来了！"亨利十分惊奇地回道，"因为从马厩去我房里，数这条路最近。我为什么不从这儿上来呢？"

凯瑟琳镇静了一下，不觉羞得满脸通红，再也说不出话了。亨利似乎在瞅着她，想从她脸上找到她嘴里不肯提供的解释。凯瑟琳朝走廊走去。"现在是否轮到我，"亨利说道，顺手推开折

"蒂尔尼先生!"她带着异常惊讶的口气喊道。

门,"问问你怎么到这儿来了?从早餐厅去你房里,这至少是一条异乎寻常的通道,就像从马厩去我房里,这道楼梯也很异乎寻常一样。"

"我是来,"凯瑟琳垂下眼睛说道,"看看你母亲的房间。"

"我母亲的房间!那里有什么异乎寻常的东西好看吗?"

"没有,什么也没有。我原以为你明天才会回来。"

"我离开时,没想到能早点回来。可是三个钟头以前,我高兴地发现没事了,不必逗留了。你脸色苍白。恐怕我上楼跑得太快,让你受惊了。也许你不了解——你不知道这条楼梯是从共用下房那儿通上来的?"

"是的,我不知道。你今天骑马走路,天气很好吧?"

"是很好。埃丽诺是不是不管你,让你自己到各个屋里去看看?"

"哦!不,星期六那天她领着我把大部分屋子都看过了——我们正走到这些屋子这儿——只是,"她压低了声音,"你父亲跟我们在一起。"

"因此妨碍了你,"亨利说道,恳切地打量着她,"你看过这条过道里的所有屋了没有?"

"没有。我只想看看——时候不早了吧?我得去换衣服了。"

"才四点一刻,"他拿出手表给她看,"你现在不是在巴思。不必像去戏院或去舞厅那样打扮。在诺桑觉寺,有半个钟头就足够了。"

凯瑟琳无法反驳,只好硬着头皮不走了。不过,因为害怕亨利再追问,她在他们结交以来,破天荒第一遭想要离开他。他们顺着走廊缓缓走去。"我走了以后,你有没有接到巴思的来信?"

"没有。我感到很奇怪。伊莎贝拉曾忠实地许诺要马上写信。"

"忠实地许诺!忠实地许诺!这就叫我疑惑不解了。我听说过忠实的行为,却没有听说过忠实的诺言——忠实地许诺!不过这是一种不值得知晓的能力,因为它会使你上当,给你带来痛苦。我母亲的房间十分宽敞吧?看上去又大又舒畅,化妆室布置得非常考究!我总觉得,这是全楼最舒适的房间。我很奇怪,埃丽诺为什么不住进去。我想,是她让你来看的吧?"

"不。"

"这都是你自己的所作所为啦?"凯瑟琳没有作声——稍许沉默了一会儿,亨利仔细地审视着她,然后接着说道:"既然屋子里没有什么可以引起好奇的东西,你的举动一定是出自对我母亲的贤德的敬慕之情。埃丽诺向你讲述过她的贤德,真是让人想起来就感到敬佩。我相信,世界上从未有过比她更贤惠的女人了。但是美德不是经常能引起这种兴趣的。一个默默无闻的女人,在家里表现出一些朴实的美德,并非常常激起这种热烈的崇敬之情,以至于促使别人像你这样去看她的屋子。我想,埃丽诺谈过很多关于我母亲的情况吧?"

"是的,谈过很多。那就是说——不,不很多。不过她谈到的事情都很有趣。她死得太突然,"这话说得很缓慢,而且有些吞吞吐吐,"你们——你们一个也不在家——我想,你父亲也许不很喜欢你母亲。"

"从这些情况出发,"亨利答道,一边用敏锐的目光盯住她的眼睛,"你也许推断八成有点什么过失——有点——"凯瑟琳不由自主地摇摇头,"或者——也许是一种更加不可宽恕的罪过。"凯瑟琳朝他抬起眼睛,从来没瞪得这么圆过。"我母亲的病,"亨利继续说道,"置她于死地的那次发作,的确很突然。这病本身倒是她常患的一种病:胆热。因此,病因与体质有关。简单说吧,到了第三天,一经把她说通,就请来个医生护理她。那是个非常体面的人,我母亲一向十分信任他。遵照他对我母亲病情危险的看法,第二天又请来了两个人,几乎昼夜不停地护理了二十四小时,第五天,她去世了。在她患病期间,我和弗雷德里克都在家,不断地去看望她。据我们亲眼所见,可以证明我母亲受到了周围人们充满深情的多方关照,或者说,受到了她那种生活状况所能给予的一切照料。可怜的埃丽诺的确不在家,她离家太远了,赶回来时母亲已经入殓。"

"可你父亲,"凯瑟琳说,"他感到悲痛吗?"

"他一度十分悲痛。你错误地以为他不疼爱我母亲。我相信,他是尽他所能地爱着我母亲——你知道,人的性情并非一样温柔体贴——我不敢冒称我母亲在世时用不着经常忍气吞声。不过,虽然我父亲的脾气惹她伤心,可他从未屈枉过她。他真心实意地器重她。他确实为她的死感到悲伤,虽说不够持久。"

"我听了很高兴,"凯瑟琳说道,"要不然,那就太可怕了!"

"如果我没理解错的话,你臆测到一种不可言状的恐怖——亲爱的莫兰小姐,请想想你疑神疑鬼的多么可怕。你是凭什么来判断的?请记住我们生活的国度和时代。请记住我们是英国人,是基督教徒。请你用脑子分析一下,想想可不可能,看看周围的实际情况——我们受的教养允许我们犯下这种暴行吗?我们的法律能容忍这样的暴行吗？在我们这个社会文化交流如此发达的国家里，每个人周围都有自动监视他的人，加上有公路和报纸传递消息，什么事情都能公布于众，犯下这种暴行怎么能不宣扬出去呢？亲爱的莫兰小姐，你这是动的什么念头啊？"

他们来到了走廊尽头，凯瑟琳含着羞愧的泪水，跑回自己房里。

第 十 章

　　传奇的梦幻破灭了。凯瑟琳完全清醒了。亨利的话语虽然简短，却比几次挫折更有力量，使她彻底认识到自己近来想象之荒诞。她羞愧得无地自容，痛哭得无比伤心。她不仅自己觉得无脸——还让亨利看不起她。她的蠢行现在看来简直是犯罪行为，结果全让他知道了，他一定再也瞧不起她了。她竟敢放肆地把他父亲的人格想象得这么坏，他还会饶恕她吗？她那荒唐的好奇与忧虑，他还会忘记吗？她说不出多么憎恨自己。在这坏事的早晨之前，亨利曾经——她觉得他曾经有一两次对她表现得好像挺亲热。可是现在——总而言之，她尽量把自己折磨了大约半个钟头，到五点钟时才心碎地走下楼去，埃丽诺问她身体可好的时候，她连话都说不清楚了。进屋后不久，可怕的亨利也接踵而至，他态度上的唯一变化，就是对她比平常更加关切。现在凯瑟琳最需要有人安慰，他好像也意识到了这一点。

　　夜晚慢慢过去了，亨利一直保持着这种让人宽慰、温文有礼的态度，凯瑟琳的情绪总算渐渐地平静下来。但她不会因此而忘记过去，也不会为过去进行辩解，她只希望千万别再声张出去，别使她完全失去亨利对她的好感。她仍在聚精会神地思索她怀着无端的恐惧所产生的错觉，所做出来的傻事，所以很快就明白了，这完全是她想入非非、主观臆断的结果。因为决计想要尝尝心惊肉跳的滋味，芝麻大的小事也想象得了不得，心里认准一个目标，所有的事情都硬往这上面牵扯。其实，没来寺院之前，她就一直渴望要历历风险。她回忆起当初准备了解诺桑觉寺时，自己怀着什么心情。她发现，早在她离开巴思之前，她心里就着了迷，扎下了祸根。追本穷源，这一切似乎都是因为受了她在巴思读的那种小说的影响。

虽然拉德克利夫夫人的作品很引人入胜，甚至她的摹仿者的作品也很引人入胜，但是这些书里也许见不到人性，至少见不到英格兰中部几郡的人所具有的人性。这些作品对阿尔卑斯山、比利牛斯山及其松林里发生的种种罪恶活动的描写，可能是忠实的；在意大利、瑞士和法国南部，也可能像书上描绘的那样，充满了恐怖活动。凯瑟琳不敢怀疑本国以外的事情，即使本国的事情，如果问得紧，她也会承认，在极北部和极西部也可能有这种事情。可是在英格兰中部，即使一个不受宠爱的妻子，因为有国家的法律和时代的风尚做保证，定能确保她有一定的安全感。杀人是不能容忍的，仆人不是奴隶，而且毒药和安眠药不像大黄，不是从每个药铺都买得着。在阿尔卑斯山和比利牛斯山，也许没有双重性格的人，凡是不像天使一样洁白无瑕的人，他的性情就会像魔鬼一样。但在英国就不是这样。她相信，英国人的心地和习性一般都是善恶混杂的，虽然善恶的成分不是对等的。基于这一信念，将来即使发现亨利和埃丽诺身上有些微小的缺陷，她也不会感到吃惊。同样基于这一信念，她不必害怕承认他们父亲的性格上有些实在的缺点。她以前对他滋生过的怀疑是对他的莫大侮辱，将使她羞愧终生。现在，怀疑虽然澄清了，但是仔细一想，她觉得将军委实不是个十分和蔼可亲的人。

凯瑟琳把这几点想清楚之后，便下定决心：以后无论判断什么还是做什么，全都要十分理智。随后她便无事可做，只好饶恕自己，设法比以前更加高兴。仁慈的时光帮了她很大的忙，使她第二天不知不觉地渐渐消除了痛苦。亨利为人极其宽怀大度，对过往之事始终只字不提，这给了凯瑟琳极大的帮助。她刚开始苦恼，正觉得无可解脱时，却全然变得愉快起来，而且能和以前一样，越听亨利说话心里就越痛快。但是她相信，还有几样东西的确不能提，比如箱子和立柜，一提她心里就要打战——她还讨厌见到任何形状的漆器，不过连她也承认，偶尔想想过去做的傻事，虽说是痛苦的，但也不无益处。

不久，日常生活的忧虑取代了传奇的恐惧。她一天急似一天地巴望着伊莎贝拉来信。她迫不及待地想知道巴思的动态和舞厅里的情况。她特别想听说她们分别时，她一心想让伊莎贝拉配的细绸子线已经配好了，听说伊莎贝拉与詹姆斯依然十分要好。她现在唯一的消息来源就是伊莎贝拉。詹姆斯明言说过，回到牛津之前，决定不再给她写信。艾伦太太在回到富勒顿之前，也不可能指望她来信。可是伊莎贝拉却一次又一次地答应了；而凡是她答应的事，她总要认真办到的！所以这就更奇怪了！

接连九个上午，凯瑟琳都大失所望，而且失望的程度一次比一次严重。但是第十天早晨,她一走进早餐厅,亨利马上欣然递给她一封信。她由衷地向他表示感谢,仿佛这信就是他写的似的。她看了看姓名地址:"不过这只是詹姆斯的信。"她把信拆开,信是从牛津寄来的,内容如下:

亲爱的凯瑟琳:

天晓得,虽然不想写信,但我觉得有责任告诉你,我和索普小姐之间一切都结束了。昨天我离开了她,离开了巴思,永远不想再见到此人、此地。我不想对你细说,说了只会使你更加痛苦。你很快就会从另一方面听到足够的情况,知道过错在哪儿。我希望你会发现,你的哥哥除了傻里傻气地过于轻信他的一片痴情得到报答之外,在别的方面并没有过错。谢天谢地!我总算及时醒悟了!不过打击是沉重的!父亲已经仁慈地同意了我们的婚事——但是这件事已经化为泡影。她害得我终身不得快活!快点来信,亲爱的凯瑟琳,你是我唯一的朋友,我只有指望你的爱啦。希望你能在蒂尔尼上尉宣布订婚之前,结束你对诺桑觉寺的访问,否则你将处于一个非常难堪的境地。可怜的索普就在城里,我害怕见到他,这个厚道人一定很难过。我已经给他和父亲写过信。她的口是心非最使我痛心。直到最后,我一和她评理,她就当即宣称她还和以前一样爱我,还嘲笑我忧虑重重。我没脸去想我对此姑息了多久。不过,要是有谁确信自己被爱过的话,那就是我。直到现在,我还不明白她在搞什么名堂,即使想把蒂尔尼搞到手，也犯不着耍弄我呀。最后我们两人同意分手了——但愿我们不曾相识！我永远不想再遇见这号女人！最亲爱的凯瑟琳，当心别爱错了人。请相信我……

凯瑟琳还没读上三行，脸色便唰地变了，悲哀地发出一声声短促的惊叹，表明她接到了不愉快的消息。亨利直盯盯地望着她读完了信，明显看出信的结尾并不比开头好些。不过他一点也没露出惊奇的样子，因为他父亲走了进来。他们立刻去进早餐，可是凯瑟琳几乎什么也吃不下去。她两眼里含着泪水，坐着坐着，泪水甚至沿着脸蛋簌簌往下滚落。她把信忽而拿在手里，忽而放在腿上，忽而又塞进口袋，看样子不知道自己在干什么。将军一边看报一边喝可可，幸好没有闲暇注意她。可是那兄妹俩却把她的痛苦看在了眼里。一到可以退席的时候，她就急忙跑到自己房里，但是女仆正在里面忙着收拾，她只好又回到楼下。她拐进客厅想清静清静，不想亨利和埃丽诺也躲在这儿，正在专心商量她的事。她说了声对不起便往后退，却被他俩轻轻地拉了回来。埃丽诺亲切地表示，希望能帮她点忙，安慰安慰她，说罢那兄妹俩便出去了。

凯瑟琳无拘无束地尽情忧伤着，沉思着，过了半个钟头工夫，她觉得自己可以见见她的朋友了；但是要不要把自己的苦恼告诉他们，却还要考虑考虑。他们要是特意问起，她也许可以只说个大概——只隐隐约约地暗示一下——然而不能多说。揭一个朋友的老底，揭一个像伊莎贝拉这样与她要好的朋友的老底——而且这件事与这兄妹俩的哥哥还有如此密切的牵连！她觉得她干脆什么也不说。早餐厅里只有亨利和埃丽诺两个人。她进去的时候，两人都急切地望着她。凯瑟琳在桌旁坐下，沉默了一会儿以后，埃丽诺说道："但愿没收到来自富勒顿的坏消息吧？莫兰先生，莫兰太太——还有你的兄弟妹妹——但愿他们都没生病吧？"

"没有，谢谢你，"凯瑟琳说着叹了口气，"他们全都很好。那信是我哥哥从牛津寄来的。"

大家沉默了几分钟，然后她泪汪汪地接着说道："我想我永远也不希望再收到信了！"

"真对不起，"亨利说道，一边合上刚刚打开的书，"我要是料到信里有什么不愉快的消息的话，就会带着另一种心情把信递给你的。"

"信里的消息谁也想象不出有多可怕！可怜的詹姆斯太不幸了！你们不久就会知道是什么缘故。"

"有这样一个如此宽厚、如此亲切的妹妹，"亨利感慨地回道，"遇到任何苦恼，对他都是个莫大的安慰。"

"我求你们一件事，"过了不久，凯瑟琳局促不安地说，"你们的哥哥若是要到这儿来的话，请告诉我一声，我好走开。"

"我们的哥哥！弗雷德里克！"

"是的。我实在不愿意这么快就离开你们，但是出了一件事，搞得我真怕和蒂尔尼上尉待在同一座房子里。"

埃丽诺越来越惊讶地凝视着，连手里的活计都停住了。但是亨利开始猜出了点名堂，便说了句什么话，话里夹着索普小姐的名字。

"你脑子转得真快！"凯瑟琳嚷道，"真让你猜对了！可是我们在巴思谈论这件事时,你压根儿没有想到会有这个结局。伊莎贝拉——难怪直到现在我也没收到她的信——伊莎贝拉抛弃了我哥哥,要嫁给你们的哥哥了!世界上居然有这种朝三暮四、反复无常,有这种形形色色的坏事,你们能相信吗?"

"我希望,你有关我哥哥的消息是不确切的。我希望莫兰先生的失恋与他没有多大关系。他不可能娶索普小姐。我想你一定搞错了。我真替莫兰先生难过,替你亲爱的人遭遇不幸感到难过。但是这件事最使我惊讶的是,弗雷德里克要娶索普小姐。"

"不过这确是事实。你可以亲自读读詹姆斯的信。等一等——有一段——"想起最后一行话,不觉脸红起来。

"是不是请你把有关我哥哥的那些段落念给我们听听好了?"

"不,你自己看吧。"凯瑟琳嚷道,经过仔细一想,心里变明白了些。"我也不知道自己在想什么,"想起刚才脸红的事,她不觉脸又红了,"詹姆斯只不过想给我个忠告。"

亨利欣然接过信,仔仔细细地看了一遍,然后把信还回去,说:"如果事实如此,我只能说我很抱歉。弗雷德里克选择妻子这么不理智,真出乎家里人的意料,不过这种人也不止他一个。我可不羡慕他的地位,做那样的情人和儿子。"

凯瑟琳又请蒂尔尼小姐把信看了一遍。蒂尔尼小姐也表示忧虑和惊讶,然后便问起索普小姐的家庭关系和财产。

"她母亲是个很好的女人。"凯瑟琳答道。

"她父亲是干什么的?"

"我想是个律师。他们住在普特尼。"

"他们家很有钱吗?"

"不，不是很有钱。伊莎贝拉恐怕一点财产也没有。不过你们家不在乎这个。你父亲多慷慨啊！他那天跟我说，他之所以重视钱，就在于钱能帮他促进他孩子们的幸福。"

兄妹俩你看看我，我瞧瞧你。"可是，"埃丽诺过了一会儿说道，"让他娶这么一个姑娘能促进他的幸福吗？她准是个没节操的东西，不然她不会那样对待你哥哥。真奇怪，弗雷德里克怎么会迷上这种人！他亲眼看到这个姑娘毁掉了她跟另一个男人自觉自愿订下的婚约！亨利，这不是让人难以置信吗？还有弗雷德里克，他一向心比天高，觉得哪个女人也不配他爱！"

"这情况再糟不过了，别人不会对他有好看法的。想起他过去说的话，我就认为他没救了。此外，我觉得索普小姐会谨慎从事的，不至于在没有把握得到另一个男人之前，就急忙甩掉自己的情人。弗雷德里克的确是彻底完了！他完蛋了——一点理智也没有了。埃丽诺，准备迎接你的嫂子吧，你一定喜欢这样一个嫂子的！她为人坦率，耿直，天真，诚实，富有感情，但是单纯，不自负，不作假。"

埃丽诺莞尔一笑，说道："亨利，这样的好嫂子我倒真喜欢。"

"不过，"凯瑟琳说，"她尽管待我们家不好，对你们家也许会好些。她既然找到了自己真正爱的人，也许会忠贞不渝的。"

"的确，恐怕她会的，"亨利答道，"恐怕她会忠贞不渝，除非再碰上一位准男爵。这是弗雷德里克唯一的希望所在。我要找份巴思的报纸，看看最近都来了些什么人。"

"那么你认为这都是为了名利吗？是的，有几件事的确很像。我记得，当她第一次听说我父亲会给他们多少财产时，她似乎大失所望，嫌太少了。有生以来，我还从没像这样被任何人的人格蒙蔽过。"

"你从未被你熟悉和研究过的形形色色的人物蒙蔽过。"

"我对她的失望和怀恋已经够厉害了。可怜的詹姆斯恐怕永远也振作不起来了。"

"目前你哥哥的确很值得同情。但是我们不能光顾得关心他的痛苦，而小看了你的痛苦。我想，你失去伊莎贝拉，就觉得像丢了魂一样。你觉得自己心灵空虚，任凭什么东西也填补不了。跟人来往就觉得厌倦。一想起没有她，就连过去你们俩常在巴思一起分享的那些消遣，也变得讨厌了。比方说，你现在说什么也不想参加舞会了。你觉得连一个可以畅所欲言的朋友都没有了。你觉得自己无依无靠，无人关心。有了困难也无人商量。你有没有这些感觉？"

"没有，"凯瑟琳沉思了一下，说，"我没有——我应该有吗？说实话，我虽然因为不能再爱她，不能再收到她的信，也许永远不会再见她的面而感到伤心、难过，可是我觉得我并不像大家想象的那么痛苦。"

"你的感情总是最合乎人情的。这种感情应该细查一查，看看究竟是怎么回事。"

凯瑟琳也不知怎么搞的，突然发现这番谈话使她心情大为轻松。真是不可思议，她怎么说着说着就把事情讲了出去，不过讲了也不后悔。

第十一章

自此以后,三个年轻人时常谈论这件事。凯瑟琳惊奇地发现,她的两位年轻朋友一致认为:伊莎贝拉既没地位,又没资产,这使她很难嫁给他们的哥哥。他们认为,且不说她的人格,仅凭这一点,将军就要反对这门婚事。凯瑟琳听了之后,不由得替自己惊慌起来。她像伊莎贝拉一样微不足道,也许还像她一样没有财产。如果蒂尔尼家族的财产继承人还嫌自己不够有钱有势,那么他的弟弟要价该有多高啊?这样一想,她觉得十分痛苦。她唯一能够感到宽慰的是,将军对她的偏爱可能会帮她的忙,因为自从认识将军那天起,她就在他的言谈举止中看出,她有幸博得了他的欢心。另外,将军对金钱的态度也使她感到宽慰。她不止一次听他说,他对金钱是慷慨无私的。回想起这些话,她觉得他对这些事情的态度,一定被他的孩子误解了。

不过,他们都深信,他们的哥哥不敢亲自来请求他父亲的同意。他们一再向她担保,他们的哥哥目前最不可能回到诺桑觉寺,这样她才算安下心,不必再想着要突然离去。不过她又想,蒂尔尼上尉将来征求他父亲同意时，总不会把伊莎贝拉的行为如实地说出来，所以最好让亨利把整个事情原原本本地告诉将军，这样他就可以有个冷静公正的看法，准备一个正大光明的理由来拒绝他，别只说门不当户不对。于是她把这话对亨利说了，不想亨利对这个主意并不像她期望的那么热衷。"不，"亨利说，"我父亲那儿用不着火上浇油啦，弗雷德里克干的傻事用不着别人先去说，他应该自己去说。"

"可他只会说一半。"

"四分之一就足够了。"

一两天过去了，蒂尔尼上尉还是没有消息。他弟弟妹妹也不知道这是怎么回事。有时他们觉得，他没有音信是大家怀疑他已经订婚的自然结果，可是有时又觉得与那件事毫不相干。其间，将军虽然每天早晨都为弗雷德里克懒得写信感到生气，可他并不真正为他着急。他迫切关心的，倒是如何使莫兰小姐在诺桑觉寺过得快活。他时常对这方面表示不安，担心家里天天就这么几个人，事情又那么单调，会让她厌倦这个地方，希望弗雷泽斯家的女士们能在乡下。他还不时说起要举办个大型宴会，有一两次甚至统计过附近有多少能跳舞的青年。可惜眼下正是淡季，野禽猎物都没有，弗雷泽斯家的女士也不在乡下。最后，他终于想出了个法子，一天早晨他对亨利说，亨利下次再去伍德斯顿时，他们哪天来个出其不意，到那儿跟他一起吃顿饭。亨利感到非常荣幸，非常快活，凯瑟琳也很喜欢这个主意。"爸爸，你看我几时可以期待你光临？我星期一必须回伍德斯顿参加教区会议，大概得待两三天。"

"好吧，好吧，就趁着这几天吧，时间不必说死。你也不用添麻烦，家里有什么就吃什么。我想我可以担保，姑娘们不会挑剔光棍的饭。让我想想，星期一你很忙，我们就不去了；星期二我没空，上午我的检查员要从布罗克翰带着报告来见我，然后为了面子，我要到俱乐部去一趟。我要是现在走掉，以后就真没脸见朋友了，因为大家都知道我在乡下，走掉会惹人见怪的。莫兰小姐，我有个规矩，只要牺牲点时间、花费点精力能避免的事，我绝不得罪任何邻居。他们都是很体面的人。诺桑觉寺每年有两次要赏给他们半只鹿，我一有空就跟他们吃吃饭。所以说，星期二是去不成的。不过，亨利，我想你可以在星期三那天等我们。我们一早就到你那儿，以便有空四处看看。我想我们有两小时三刻钟就能赶到伍德斯顿。我们十点上车，这样，你星期三那天，大约一点差一刻等我们就行了。"

凯瑟琳非常想看看伍德斯顿，觉得办舞会也不如这趟旅行有意思。约莫一个钟头以后，亨利进来的时候，她的心还高兴得扑扑直跳。亨利穿着靴子、大衣，走进她和埃丽诺坐着的那间屋子，说道："年轻小姐们，我是来进行说教的。我要说，在这个世界上，我们要得到快乐总要付出代价，时常要吃很大的亏，牺牲马上就可以兑现的真正幸福，来换取一张未来的支票，也许是张不能兑现的支票。请看我现在。因为我想星期三在伍德斯顿见到你们，所以必须立刻动身，比原定计划早两天，殊不知要是碰上天气不好，或是其他种种原因，你们就可能来不了。"

"你要走！"凯瑟琳拉长了面孔说，"为什么？"

"为什么！这还用问吗？因为我马上要把我的老管家吓个魂不

附体，因为我当然要去给你们准备饭。"

"哦！不是当真吧！"

"是当真的，而且还很伤心——因为我实在不想走。"

"可是将军有话在先，你怎么还想这么做呢？他特别希望你不要给自己添麻烦，因为吃什么都可以。"

亨利只是笑了笑。"你千万不必为你妹妹和我准备什么，这点你一定知道。将军极力坚持不让特别准备什么。再说，即使他没有这么明说，他在家总是一直吃好的，偶尔一天吃得差些也没关系。"

"但愿我能像你这样想，这对他对我都有好处。再见。明天是星期天，埃丽诺，我不回来了。"

他走了。无论什么时候，要让凯瑟琳怀疑自己的见解，总比让她怀疑亨利的见解容易得多，因此，她尽管不愿意让他走，但她很快便不得不相信，他这样做是对的。不过，她心里老是想着将军这种令人费解的行为。她经过独立观察，早就发现将军吃东西特别讲究。可他为什么总是嘴里说得如此肯定，心里却是另一套呢，真是令人莫名其妙！照这样下去，怎么才能去理解一个人呢？除了亨利，谁还能明白他父亲的用意呢？

无论如何，从星期六到下星期三，她们是见不到亨利了。凯瑟琳不管想什么，最后总要归结到这件令人伤心的事情上。亨利走后，蒂尔尼上尉准会来信。她敢担保，星期三一定要下雨。过去、现在和将来全都笼罩在阴影里。她哥哥如此不幸，她自己又为失掉伊莎贝拉而感到如此沉痛。亨利一走，总要影响埃丽诺的情绪！还有什么可以引起她的兴趣和乐趣呢？她对树林和灌木丛早就看腻味了——总是那么平整，那么干燥；寺院本身现在对她来说，也跟别的房子没有什么区别。想起这座房子曾经助长她、成全她去做傻事，她只能感到痛苦。她思想上起了多大的变化啊！她以前一心渴望要到寺院来！可现在却好，在她的想象里什么东西也比不上一座简朴舒适、居室方便的牧师住宅更令人神往，就像富勒顿的那样，不过要更好一些。富勒顿还有缺陷，伍德斯顿可能就没有。但愿星期三快点到来！

星期三到来了，而且正如合理期待的那样。这天来了——天气晴朗——凯瑟琳高兴得像驾云似的。十点钟光景，那辆驷马马车载着一行三人驶出寺院，经过将近二十英里的愉快旅程之后，进入一个环境优美、人口稠密的大村子，这就是伍德斯顿。可凯瑟琳又不好意思说她觉得这地方很美，因为将军似乎认为要对这里地势的平坦和村子的大小表示歉意。不过她打心眼儿里觉得这儿比她到过的任何地方都好，赞羡不已地看着那些比农舍高一级的整洁住宅和路过的一家家小杂货铺。牧师住宅位于村子尽头，与其他房子有点距离。这是一座新盖的、牢固的石头房子，还有一条半圆形的通路和绿色的大门。当马车驶到门口的时候，亨利带着他独居的伙伴，一条个子很大的纽芬兰狗和两三条猁，正等着欢迎和好好款待他们。

凯瑟琳走进屋时，心里思绪万端，顾不上多注视、多说话，直到将军征求她对这房子的意见时，她还不知道自己坐在其中的房间是什么样子。她向四周环顾了一下之后，便立即发现这里是天下最舒适的一间屋子。不过她很谨慎，没把这个看法说出来，只是冷漠地称赏了两句，使得将军很失望。

"这不算是一座好房子,"将军说道,"它不能与富勒顿和诺桑觉寺相比——我们只是把它当作一座牧师住宅来看——房子小,不宽绰,这点我们承认,但是或许还算体面,还能住人,总的来说不比一般房子差。换句话说,我相信,英格兰没有几座乡下牧师住宅能及得上它一半好。不过,这房子也许还可以改进。我绝没有不要改进的意思,只要改得合理——比如说补个凸肚窗——不过我跟你私下说,我顶讨厌的就是补上去的凸肚窗。"

这席话凯瑟琳并没全听见,所以既没搞懂意思,也没引起不快。亨利故意说起了别的事情,并且一直说下去,同时仆人又端进满满的一盘点心,将军马上又恢复了自鸣得意的样子,凯瑟琳也和平常一样畅快起来。

这间屋子是个相当宽敞、布局匀称、装饰华丽的餐厅。出了餐厅去游览庭院时,凯瑟琳首先被带去参观一间较小的屋子,这是房主人自己的房间,眼下给收拾得特别整洁。随后,大家走进未来的客厅,虽说还没装饰,凯瑟琳却很喜欢它那样子,这叫将军也为之感到满意。这是一间形状别致的屋子,窗户一直落到地上,窗外虽然只有一片绿草地,看上去却很赏心悦目。凯瑟琳很羡慕这间屋子,于是便直言不讳地表示了自己的艳羡之情。"哦!你为什么不把这间屋子装饰一下,蒂尔尼先生?不装饰一下有多可惜啊!我从没见过这么漂亮的屋子,真是世界上最漂亮的屋子!"

"我相信,"将军无比满意地笑笑说,"很快就会装饰起来的,就等着看它的主妇喜欢什么格调了。"

"唔,假如这是我的屋子,我绝不坐到别的地方。哦!树林里的那间小屋有多惬意——而且还有苹果树！这间小屋美极了！"

"你喜欢它——愿意留它作窗景，这就行了。亨利，记住跟鲁宾逊说一声，小屋不拆了。"

将军的这番恭维弄得凯瑟琳非常局促，她顿时又一声不响了。虽然将军特意问她最喜欢什么颜色的墙纸和帷幔，她就是不肯说出自己的意见。但是，新鲜景物和新鲜空气帮了她的大忙，冲散了那些让人难为情的联想。来到屋子四周的装饰场地时，凯瑟琳又恢复了平静。这里有一块环绕着小路的草地，大约半年前亨利开始了天才的修整，虽然草坪上的矮树丛还没有犄角上的绿椅子高，可是凯瑟琳却觉得她从未见过这么漂亮的娱乐场地。

他们又走进其他草地，在村子的一角转了转，来到了马厩，看了看某些修缮，还和一窝非常有趣的、刚会打滚的小狗逗了一阵，不知不觉就晃到了四点，凯瑟琳还以为不到三点呢。他们准备四点钟吃饭，六点钟动身回家。没有哪一天过得这么快过！

凯瑟琳不能不注意到，将军对这顿丰盛的晚餐似乎丝毫也不感到惊讶。不仅如此，他还眼望着旁边桌上找冻肉，结果没有找到。他的儿子和女儿看到的情况就不一样。他们发现，将军除了在自己家以外，很少有吃得这么痛快的时候。他们从没见他对涂满黄油的酥融奶酪这样满不在乎。

六点钟，将军喝完咖啡，马车又来接他们。整个访问过程中，他的举动大体上十分令人愉快，他心里的希望凯瑟琳知道得十分清楚，如果对他儿子的希望也能如此有把握的话，她离别的时候，就不至于忧虑以后如何或是何时才能重返伍德斯顿。

第十二章

第二天早晨,凯瑟琳十分意外地收到伊莎贝拉的一封来信,信文如下:

巴思,四月——
最亲爱的凯瑟琳:

十分欣喜地收到你的两封来信,万分抱歉没有及早回信。我真为自己的懒惰感到惭愧,不过在这个令人厌恶的地方,干什么都没有工夫。自从你离开巴思以后,我几乎每天都要拿起笔来准备给你写信,但总是被种种无聊的琐事搅得不能如愿。请你马上给我来信,寄到我的家中。谢天谢地!我们明天就要离开这个令人讨厌的地方。自你走后,我在这里没有快活过——到处都是尘土,喜爱的人全都走了。我相信,假若能见到你,其余的一切我都可以置之度外,因为谁也想象不到你对我有多亲。我对你亲爱的哥哥感到十分不安,自他去牛津以后,一直没收到他的音信。我担心产生了什么误会。务请你从中斡旋，使得一切误会冰解冻释。你哥哥是我唯一爱过、唯一爱得上的男人，我相信你会让他心服口服的。春季服装已经部分上市，那些帽子真是要多难看有多难看。我希望你过得愉快，但是你恐怕一点都不挂念我。我不想多说和你在一起的那家人的坏话，因为我不愿意显得气量很小，或者让你厌恶你所器重的人。但是，你很难知道究竟哪个人是靠得住的，青年人的思想过两天就要变卦。我十分高兴地告诉你，我最最讨厌的那个青年人已经离开了巴思。你从我的形容可以得知，我指的一定是蒂尔尼上尉。你可能记得，就是他，在你没走之前，总在痴心妄想地追逐我，挑逗我。后来他更变本加厉，简直成了我的影子。许多女孩子都会上他的当，因为你从没见过有这么献殷勤的。不过我太了解男人的三心二意了。他两天前归队了。我相信他也不会再来跟我胡搅了。他是我见过的最典型的花花公子，令人讨厌透顶。最后两天他又缠上了夏洛特·戴维斯，我可怜他的眼力，但是并没理会他。我最后一次遇见他是在巴思街，我当即钻进一家商店，免得跟他搭讪。我连看都不愿看他。后来他走进矿泉厅，我说什么也不愿意跟着进去。他和你哥哥可真是天渊之别！请来信介绍点你哥哥的情况——我为他感到十分难过，他走的时候似乎很不舒服，不是身上着了凉，就是情绪受了点影响。我本想亲自给他写信，可是不知道把他的地址丢到哪里去了。再说，我前面提到过，他恐怕对我的行为产生了误会。请把这一切给他做个满意的解释。如果还有疑问,请他直接给我写信,或者下次进城时到普特尼来一趟,一切都会解释明白。我好久没去舞厅了,也没看过戏,只在昨天晚上陪霍奇斯家去看了一场半票的闹剧。这是他们逗引我去的,我也绝不想让他们说,蒂尔尼一走我连门都不出了。我们凑巧坐在米切尔一家旁边,他们见我出了门,假装十分惊讶。我知道他们不怀好意:他们一度对我很不客气,现在居然友好极了。但我不是傻瓜,绝不会上他们的当。你知道我是很有头脑的。安妮·米切尔见我上星期在音乐厅戴着一块头巾,也找来这么一块戴上了,没想到难看得要命——我相信,那块头巾恰好适合我这张古怪的面庞。至少蒂尔尼当时是这么对我说的,他还说所有的目光都在投向我。不过,我最不相信他的话。我现在只穿紫的了,我知道我穿紫的很难看,但是没有关系——这是你亲爱的哥哥最喜欢的颜色。我最亲爱、最甜蜜的凯瑟琳,请立即给你哥哥和我写信。

永远忠于你的……

这等拙劣的把戏连凯瑟琳都骗不了。她从一开始就觉得这封信前后矛盾,假话连篇。她为伊莎贝拉感到羞耻,为自己曾经爱过她感到羞耻。她那些亲热的表白现在听了真叫人恶心,还有她的托词是那样空洞,要求是那样无耻。"替她给詹姆斯写信!休想,我绝不会再在詹姆斯面前提起伊莎贝拉的名字。"

亨利从伍德斯顿一回来,她就把弗雷德里克安然无恙的消息告诉了他和埃丽诺,真心实意地向他们表示祝贺,并且愤愤然地把信里最紧要的几段话高声念了一遍。念完之后,便接着嚷道:"算了吧,伊莎贝拉,我们的友爱到此结束了!她一定以为我是个白痴,否则就不会给我写这样的信。不过,这封信也许有助于我看透了她的为人,而她却没有认准我是怎样一个人。我明白她用心何在。她是个爱慕虚荣的风骚货,可惜伎俩没有得逞。我相信她从没把詹姆斯和我放在心上,我只怪自己不该认识她。"

"你很快就会像是没认识她似的。"亨利说。

"只有一件事我搞不明白。我知道她想勾搭蒂尔尼上尉没有得逞,可我不晓得蒂尔尼上尉这一向用意何在。他既然那么追求她,让她和我哥哥闹翻了,可为什么又要突然溜走呢?"

"我也说不上弗雷德里克用心何在,只能猜测而已。他和索普小姐一样爱慕虚荣,但是两人的主要区别在于,弗雷德里克头脑比较清醒,因而他还没有深受其害。如果你觉得他这样做的结果已经证明他不对了,我们最好就不必追究其原因了。"

"那么你认为他对索普小姐一直无动于衷吗?"

"我相信是这样。"

"他假装喜欢她仅仅是为了捣乱?"

亨利点头表示同意。

"那么我必须告诉你,我一点也不喜欢他。虽然事情的结局还不坏,我还是一点也不喜欢他。的确,这次没有造成很大的危害,因为我相信伊莎贝拉是不会倾心相爱的。可是,假定弗雷德里克使她真正爱上他呢?"

"不过,我们必须首先假定伊莎贝拉会倾心相爱,因而是一个截然不同的人。那样的话,她也不会遭到这样的待遇。"

"理所当然,你应该站在你哥哥那边。"

"如果你能站在你哥哥那边,你就不会为索普小姐的失望感到痛苦。但是你心里早就形成了一条人人应该诚实的定见,因此你就无法接受自家人应该互相庇护的冷漠道理,也不可能产生报复的欲念。"

凯瑟琳听了这番恭维,也就打消了心中的怨艾。亨利既然如此和蔼可亲,弗雷德里克不可能犯下不可宽恕的罪行。她决定不给伊莎贝拉回信,而且也不再去想这件事。

第十三章

此后不久,将军因为有事不得不去伦敦一个星期。临走的时候,他情恳意切地表示,哪怕需要离开莫兰小姐一个钟头,他也要深感遗憾。他还殷切地嘱托他的孩子们,要他们在他走后,把照料莫兰小姐的舒适和娱乐当作主要任务。他的离别使凯瑟琳第一次体验到这样一个信念:事情有时有失也有得。现在,他们过得十分快活,无论做什么事都是自觉自愿的,每逢想笑就纵情大笑,每次吃饭都很轻松愉快,想到哪儿散步随时都可以去,自己掌握着自己的时间、快乐和疲倦,因此她彻底认识到将军在家时束缚了他们,无比欣慰地感到现在得到了解脱。这些安适和乐趣使她一天比一天喜欢这个地方,喜欢这里的人们。要不是因为发愁不久就要离开埃丽诺,要不是因为担心亨利不像自己爱他那样爱自己,她每天都会时时刻刻感到万分幸福。但是现在已是她来做客的第四周了。不等将军回来,这第四周就要过去了,若是继续待下去,岂不像是赖着不走。每次想到这儿,她就感到很痛苦。因为一心急着想甩掉这个精神负担,她便打定主意马上跟埃丽诺谈谈这件事，先提出来要走，探探她的口气再见机行事。

她知道这种不愉快的事情拖得越久就越难开口，于是抓住第一次突然和埃丽诺单独在一起的机会，趁埃丽诺讲别的事情正讲到一半的时候，启口说她不久就要回去了。埃丽诺脸上和嘴上都表示十分关切。她本来希望凯瑟琳会和她在一起待得长久一些——也许因为心里有这样的愿望，她便误以为凯瑟琳答应要多住些日子——埃丽诺相信，莫兰夫妇要是知道女儿住在这里给她带来多大快乐的话，定会十分慷慨，并不急着催女儿回去。凯瑟琳解释说："哦，这个嘛，爸爸妈妈倒是并不着急。只要我能高兴，他们总会放心的。"

"那我要问了，你自己为什么这样急着走呢？"

"哦！因为我在这儿待得太久了。"

"得了，你要是说出这样的话，我就不能再强留了。你要是觉得已经待得太久——"

"哦！不，我真没有这个意思。要是光顾自己快活，我真可以和你一起再住四个星期。"两人当下商定，凯瑟琳要是不再住满四个星期，走的事连想也不要想。高高兴兴地铲除了不安的根源，另外一件事也就不那么让她担心了。埃丽诺挽留她的时候，态度和善而诚恳，亨利一听说她决定不走了，顿时喜形于色，这都说明他们非常看重她，这使她心里仅仅剩下了一点点忧虑，而缺了这一点点忧虑，人的心里还会感到不舒服呢。她几乎总是相信亨利爱她，而且总是相信他的父亲和妹妹也很爱她，甚至希望她成为他们家的人。既然有这样的信念，再去怀疑和不安就只能是无事生忧。

亨利无法遵从父亲的命令，在他去伦敦期间，始终待在诺桑觉寺，以便照顾两位小姐。原来，伍德斯顿的副牧师找他有事，他不得不离开两天，便于星期六走了。现在缺了他，跟将军在家时缺了他可不一样，两位小姐虽说少了几分乐趣，却仍然感到十分安适。两人爱好一致，越来越亲密，觉得暂时只有她们两个也很好了，亨利走的那天，她们直到十一点才离开晚餐厅，这在诺桑觉寺算是相当晚了。她们刚刚走到楼梯顶上，隔着厚厚的墙壁似乎听见马车驶到门口的声音，转眼间又传来响亮的门铃声，证实她们没有听错。埃丽诺惶恐不安地喊了声："天哪！出了什么事？"随后，立刻断定来人是她大哥。他虽说没有这么晚回来过，但常常十分突然。因此，埃丽诺连忙下楼去接他。

凯瑟琳朝自己的卧房走去，她好不容易下定决心，要进一步结识蒂尔尼上尉。她因为对蒂尔尼上尉的所作所为印象不好，同时觉得像他这样时髦的绅士是瞧不起她的，但是，使她聊以自慰的是，他们相见时那些会使她感到万分痛苦的情况，至少已不复存在。她相信他绝不会提到索普小姐，再说蒂尔尼上尉现在对自己过去扮演的角色一定会感到很惭愧，因此这种危险肯定是不会有的。她觉得只要避而不提巴思的情景，她就能对他客客气气的。时间就在这般思索中过去了。埃丽诺如此高兴地去见她大哥，有这么多话跟他说，一定是很喜欢他，因为他已经来了快半个钟头，还不见埃丽诺上楼。

正在此刻，凯瑟琳觉得自己听见走廊里有埃丽诺的脚步声，她仔细听下去，不想又阒然无声了。她刚想断定那是自己的错觉，忽听得有什么东西向她门口移近，把她吓了一跳。似乎有人在摸她的门——转瞬间，门锁轻轻动了一动，证明有人想把它打开。一想到有人偷偷摸摸地走来，她真有点不寒而栗。但是她决意不再让那些区区小事吓倒，也不再受想入非非的驱使，她悄悄走上前去，一把将门打开。埃丽诺，而且只有埃丽诺，站在那儿。但是凯瑟琳仅仅平静了一刹那，因为埃丽诺双颊苍白，神情局促不安。她分明想进来，但似乎又很为难，进门以后，说起话来似乎更加为难。凯瑟琳以为她是为了蒂尔尼上尉而感到有些不安，所以只能默默地对她表示关注。她逼着她坐下来，用薰衣草香水擦着她的鬓角，带着亲切关注的神情俯身望着她。"亲爱的凯瑟琳，你不必——你的确不必——"埃丽诺这才连着说出几个字来，"我很好。你这样体贴我，真叫我心乱——我受不了啦。我来找你没有好事！"

"有事！找我！"

"我怎么跟你说呀！唉！我怎么跟你说呀！"

凯瑟琳脑子里突然生起一个新的念头，她唰地一下，脸色变得和她朋友的一样苍白，然后喊道："是伍德斯顿有人送信来了！"

"这你可说错了，"埃丽诺答道，一边带着无限同情的目光望着她，"不是伍德斯顿来人了，而是我父亲回来了。"她提到她父亲的名字时，声音颤抖着，眼睛垂视着地面。他的突然回来本身已经够使凯瑟琳颓丧的了，有好半晌，她几乎认为不可能还有比这更糟糕的消息。她没有作声。埃丽诺尽力镇静了一下，以便把话说得坚决一些。不久她又继续说下去，眼睛仍然垂视着。"我知道你是个厚道人，不会因为我迫不得已干这样的事而瞧不起我。我实在不愿意做这样的传声筒。我们最近才商量过，而且已经谈妥——我感到多么高兴，多么庆幸啊！你将像我希望的那样在这儿多住好几个星期，我怎么能跟你说有人不接受你的好意——你和我们在一起给我们带来了那么多快乐，不想得到的报答却是——可我实在说不出口。亲爱的凯瑟琳，我们要分手了。我父亲想起一个约会，星期一我们全家都走。我们要到赫里福德附近的朗敦勋爵家住两个星期。这件事没法向你解释和道歉。我也不能这么做。"

"亲爱的埃丽诺，"凯瑟琳嚷道，竭力抑制住自己的情感，"别这么难过。约会嘛，要论先来后到。当然，我们这样快、这样突然地就要分手，这使我感到非常难过。但是我并不生气，真不生气。你知道我随时都可以离开这儿。我希望你能去我家。你从这位勋爵家回来以后，能到富勒顿来吗？"

"这由不得我，凯瑟琳。"

"那你能来的时候来吧。"

埃丽诺没有作答。凯瑟琳想起自己更加直接感兴趣的事情，便自言自语地说道："星期一——这么快。你们全走！那么，我相信——不过，我还能赶得上告别。你知道，我可以只比你们早走一步。别难过，埃丽诺。我完全可以星期一走。我父母亲事先不知道我要回去也没关系。将军一定会派仆人把我送到半路的，我很快就会到达索尔兹伯里，从那儿到家只有九英里。"

"唉，凯瑟琳！假若真是这么定的，倒还多少说得过去一点，虽然对你照顾不周，使你受到了亏待。可是——我怎么跟你说呢？已经决定让你明天早晨离开我们，就连钟点都不由你选择。马车已经订好了，七点钟就到这儿，而且也不派仆人送你。"

凯瑟琳给惊呆了,默默无语地坐了下来。"刚才听到这项决定,我简直不敢相信自己的耳朵。不管你此刻理所当然地有多么不高兴,多么气愤,你也不可能比我——不过我不该谈论我的想法。哦!但愿我能为你提出点情有可原的饰词!天哪!你父亲会怎么说呢?是我们让你离开真正的朋友的关照,结果落到这步田地,离家几乎比原来远一倍,还要不近人情、不顾礼貌地把你赶出去!亲爱的,亲爱的凯瑟琳,我传达了这个命令,觉得就像是我自己侮辱了你。然而我相信你会原谅我的,因为你在我们家住了不少时候,能看出我只不过是名义上的女主人,压根儿没有实权。"

"我是不是惹将军生气了?"凯瑟琳声音颤抖地说。

"唉!我凭女儿之情可以知道,可以担保,他没有正当的理由生你的气。他当然是极端地心烦意乱,我很少见他有比现在更烦躁的。他脾气不好,现在又出了件事把他气恼到如此少见的地步。他有点失望,有点恼火,他眼下似乎把这事看得很重。但是我怎么也想象不出这与你有什么关系,因为这怎么可能呢?"

凯瑟琳痛苦得很难说话了,只是看在埃丽诺的分上,她才勉强说了几句。"真的,"她说,"假若我冒犯了他,我将感到十分抱歉。我绝不会有意这样做的。不过你别难过,埃丽诺。你知道,既然约好了就应该去的。唯一遗憾的是没早点想起这件事,否则我可以给家里写封信。不过这也没有多大关系。"

"我希望,我诚挚地希望这影响不到你的人身安全。但是在其他各个方面,诸如舒适、面子和礼仪方面,你的家人和世人方面,却有极大关系。假如你的朋友艾伦夫妇仍然待在巴思,你去找他们还比较容易些,几个钟头就能到了。可你要坐着驿车走七十英里啊,这么小的年纪,还孤零零的没人陪着!"

"哦,这点路算不了什么。别为这个费脑筋了。再说我们反正要分手,早几个钟头晚几个钟头不是一样吗?我能在七点以前准备好。按时叫我吧。"埃丽诺看出她想一个人清静一会儿。她相信再谈下去对两人都没好处,便说了声"明天早晨见",走出了房去。

凯瑟琳满肚子的委屈需要发泄。当着埃丽诺的面,友谊和自尊遏制住了她的泪水,但是埃丽诺一走,她的眼泪像泉水似的涌了出来。让人家给赶出来了,而且以这种方式!用这样急促、这样粗暴,甚至这样蛮横的态度对待她,没有任何正当理由,也不表示任何歉意。亨利远在别处——甚至都不能跟他告个别。对他的一切希望,一切期待,至少要暂时搁置起来,谁知道要搁置多久呢?谁知道他们什么时候才能再见面呢?蒂尔尼将军本来是那样彬彬有礼,那样教养有素,一直是那样宠爱她,谁想他会干出这种事!真是让人既羞愧伤心,又莫名其妙。事情究竟是怎么引起来的,结果又会怎么样,这两个问题真让人困惑和害怕。这件事做得实在太不客气,既不考虑她的方便,也不给她面子让她自己选择何时上路、如何走法,就匆匆忙忙地撵她走。本来有两天的时间,偏偏给她定了第一天,而第一天又定了个一大早,好像决意让她在将军起身以前离开,省得再与她见面。这样做是什么意思,不是存心要侮辱她吗?也不知道为什么,她一定是不幸地得罪了他。埃丽诺不愿让她产生如此痛苦的念头,可是凯瑟琳认为,将军不管遇到什么烦恼和不幸,假如事情与她没有关系,或者至少别人认为与她没有关系，那将军也不会如此迁怒于她呀。

这一夜真难熬。睡眠，或者称得上睡眠的休息，是不可能了。刚来的时候，她在这屋里因为胡思乱想而受尽了折磨，现在她又在这屋里忐忑不安地辗转反侧。然而，这次不安的原因与当初是大不相同的——无论在现实上还是在实质上，这次都比上次更令人伤心！她的不安是有事实根据的，她的忧虑也是建立在可能的基础上。她因为满脑子都在想着这些真实而自然的恶劣行径，所以对她那孤单的处境，对那漆黑的屋子和那古老的建筑，也就完全无动于衷了。虽然风很大，刮得楼里常常发出些奇怪而意外的响声，然而她听见这些响声并不感到好奇或害怕，她只是清醒地躺在那儿，一个钟头一个钟头地挨下去。

刚过六点钟，埃丽诺便来到她房里，急切地想表示表示关心，如有必要还可帮帮忙。可惜要做的事情已经不多了。凯瑟琳没有偷闲，她差不多已经穿着好了，东西也快打点完了。埃丽诺进屋的时候，她突然想到将军可能是派她来和解的。人的火气一过，接着就要后悔，还有什么比这更自然的？她只想知道，发生了这些不虞之后，她要怎样接受对方的道歉才能不失尊严。但是她即使有了这种知识，在这里也没有用，而且也不需要。她既不能表示宽怀大度，又不能显示尊严——原来，埃丽诺不是来传话的。两人见面后没说什么话。双方都觉得不开口最保险，因此在楼上只说了几句无关紧要的话。凯瑟琳急急忙忙地穿好衣服，埃丽诺虽然没有经验，但是出于一番好意，正在专心致志地装箱子。一切整顿好之后，两人便走出屋子，凯瑟琳只比她的朋友晚出来半分钟，把自己所熟悉、所喜欢的东西最后又看了一眼，随即便下楼来到早餐厅，早饭已经准备好了。她勉强吃着饭，一方面省得痛苦地听别人劝她，另一方面也好安慰一下她的朋友。无奈她又吃不下，总共没有咽下几口。拿今天和昨天她在这屋里所吃的两顿早饭一对比，不觉又给她带来了新的痛苦，使她越发厌恶眼前的一切。上次在这里吃早饭过了还不到二十四小时，可是情形是多么迥然不同啊！当时她心里多么快活，多么坦然，多么幸福，多么笃定（尽管那是虚假的笃定），眼睛望着四周，真是看见什么喜欢什么，除了亨利要到伍德斯顿去一天以外，她对未来无忧无虑！多么愉快的早餐啊！因为当时亨利也在场，坐在她旁边，还给她布过菜。她久久地沉湎于这些回忆之中，一直没有受到同伴的打扰，因为埃丽诺像她一样，也一言不发坐在那儿沉思。马车来了才把她们惊醒，使她们回到了现实中来。凯瑟琳一看见马车，顿时涨红了脸。她所受的侮辱此刻真使她心如刀绞，一时间她只感到十分气愤。看来，埃丽诺现在实在迫不得已，下定决心要说话了。

"你一定要给我写信，凯瑟琳，"她喊道，"你一定要尽快给我来封信。不接到你平安到家的消息，我一时一刻也放不下心。我求你无论如何也要来一封信，让我高兴地知道，你已经平安回到富勒顿，发现家里人都好。我会要求和你通信的，在获许之前我只期望你来一封信，把信寄到朗敦勋爵家，务请写上艾丽斯收。"

"不，埃丽诺，如果不许你收我的信，我想我还是不写为好。我一定会平安到家的。"

埃丽诺只是答道："你的心情我并不奇怪。我也不便强求你。当我远离着你时，我相信你会发发善心的。"不想就这几句话，以及说话人的那副忧伤神情，使得凯瑟琳的自尊心顿时软了下来，只听她马上说道："唉！埃丽诺，我一定给你写信。"

蒂尔尼小姐还有一件事急于解决，虽然有点不好意思开口。她想凯瑟琳离家这么久了，身上的钱可能不够路上花的，于是便提醒了她一句，并且十分亲切地要借钱给她，结果事情正如她料想的一样。直到此刻，凯瑟琳始终没有想过这个问题，现在一查钱包，发现若不是朋友好意关照，她被赶出去以后连回家的钱都没有了。临别前，她们几乎没再多说一句话，两人心里只在想着假若路上没钱可能遇到什么麻烦。不过，这段时间好在很短。仆人马上报告说，马车备好了。凯瑟琳当即立起身，两人用长时间的热烈拥抱，代替了告别的话语。她们走进门厅的时候，凯瑟琳觉得她们两人还一直没有说起一个人的名字，她不能一声不提就走掉，于是便停下脚步，嘴里哆哆嗦嗦地、让人勉强能听得懂地说道，请她"代向不在家的朋友问好"。不想还没提及他的名字，她便再也压抑不住自己的情感了。她使劲用手绢蒙住脸，一溜烟地穿过门厅，跳上马车，马车转眼驶出了大门。

第十四章

凯瑟琳因为过于伤心，也顾不得害怕了。旅行本身倒没有什么可怕的，她起程的时候，既不畏惧路程的遥远，也不感到旅途的孤寂。她靠在马车的一个角角上，泪如泉涌，直到马车驶出寺院好几英里，才抬起头来；直到寺院里的最高点差不多被遮住了，才能回过脸朝它望去。不幸的是，她现在所走的这条路，恰好是她十天前兴高采烈地往返伍德斯顿时所走的那条。沿途十四英里，上次带着迥然不同的心情目睹过的那些景物，这次再看上去，使她心里感到越发难受。她每走近伍德斯顿一英里，心里的痛苦就加重一分。当她经过离伍德斯顿只有五英里的那个岔路口时，一想亨利就在附近，可他又给蒙在鼓里，真是焦灼万分，悲伤至极。

她在伍德斯顿度过的那天，是她一生中最快活的一天。就在那里，就在那天，将军说及亨利和她的时候，用了那样的字眼，连话带神气都使她百分之百地确信，将军确实希望他们能结成姻缘。是的，仅仅十天前，他那显而易见的好感还使她为之欢欣鼓舞呢——他还用那句意味深长的暗示搞得她心慌意乱！而现在——她究竟做了什么事，或者漏做了什么事，才惹得他改变了态度呢？

她觉得自己只冒犯了将军一次，但是这事不大可能传进他的耳朵。她对他的那些骇人听闻的疑神疑鬼，只有亨利和她自己知道，她相信亨利会像她自己一样严守秘密。至少，亨利不会有意出卖她。假若出现奇怪的不幸，将军当真得知她那些斗胆的想象和搜索，得知她那些无稽的幻想和有伤体面的调查，任凭他再怎么发怒，凯瑟琳也不会感到惊奇。假若将军得知她曾把他看成杀人凶手，他即使把她驱逐出门，她也不会感到诧异。但是她相信，这件使她十分痛苦的事情，将军是不会知道的。

她虽然心急火燎地在这上面猜来猜去，但是她考虑得最多的，还不是这件事。她还有个更密切的思法，一个更急迫、更强烈的念头。亨利明天回到诺桑觉寺听说她走了之后，他会怎么想，有何感受，露出什么神态，这是个强有力而又颇有趣的问题，比其他一切问题都重要，一直萦绕在她的脑际，使她时而感到烦恼，时而为之宽慰。有时她害怕他会不声不响地表示默认，有时又美滋滋地相信他一定会感到悔恨和气恼。当然，他不敢责备将军，但是对埃丽诺——有关她凯瑟琳的事情有什么不能跟埃丽诺说的呢？

她心里疑疑惑惑的，反复不停地询问自己，可是哪个问题也不能给她带来片刻的安宁。时间就这么过去了，她没想到一路上会走得这么快。马车驶过伍德斯顿附近以后，满脑子的焦虑悬念使她顾不得去观看眼前的景物，同时也省得她去关注旅途的进程。

路旁的景物虽说引不起她片刻的注意，但她始终也不觉得厌倦。她之所以无此感觉，还有另外一个原因：她并不急于到达目的地。因为她虽说离家已有十一个星期之久，但是这样回到富勒顿，根本不可能感到与亲人团聚的欢乐。她说什么话能不使自己丢脸，不让家人痛苦呀。她只要照实一说，便会感到更加悲伤，无谓地扩大怨恨，也许还会不分青红皂白地把有过无过的人纠缠在一起。她永远道不尽亨利和埃丽诺对她的好处：她对此感受之深，简直无法用言语加以形容。假若有人因为他们父亲的缘故而讨厌他们，憎恶他们，那可要叫她伤透了心。

由于有这样的心情，她并不期望看见那个表示她离家只有二十英里的塔尖，相反，她生怕见到它。她原先只知道，自己出了诺桑觉寺以后，下面便是索尔兹伯里，但是第一段旅程走完后，多亏驿站长告诉了她一个个地名，她才知道怎么通向索尔兹伯里。不过她没有遇到什么麻烦和恐惧。她年纪轻轻，待人客气，出手大方，因而赢得了像她这样一个旅客一路上必不可少的种种照顾。车子除了换马以外，一直没有停下来，接连走了十一个钟头，也没发生意外或惊险。傍晚六七点钟左右，便驶进了富勒顿。

写书人总喜欢这样详细描述故事的结局：女主角快结束自己的生涯时，胜利地挽回了声誉，满载着伯爵夫人的体面尊严回到了乡里，后面跟着一长串的贵族亲戚，分坐在好几辆四轮敞篷马车里，还有一辆四马拉的旅行马车，里面坐着三位侍女。的确，这种写法给故事的结局增添了光彩，写书人如此慷慨落笔，自己也一定沾光不少。但是我的故事却大不相同。我让我的女主角孤孤单单、面目无光地回到家乡，因此我也提不起精神来详细叙述了。让女主角坐在出租驿车上，实在有煞风景，再怎么描写壮观或是悲怆场面，也是挽回不了的。因此，车夫要把车子赶得飞快，在星期日众目睽睽之下，一溜烟似的驶进村庄，女主角也飞快地跳下马车。

凯瑟琳就这样向牧师住宅前进时，不管她心里有多么痛苦，不管她的做传人叙述起来有多惭愧，她却在给家里人准备着非同寻常的喜悦：先是出现马车——继而出现她本人。旅行马车在富勒顿是不常见的，全家人立刻跑到窗口张望。看见马车停在大门口，个个都喜形于色，脑子里也在不停猜测——除了两个小家伙以外，谁也没料到会有这等喜事，而那两个小家伙呢，一个男孩六岁，一个女孩四岁，每次看见马车都盼望是哥哥姐姐回来了。头一个发现凯瑟琳的有多高兴啊！报告这一发现的声音有多兴奋啊！但是这个快活究竟属于乔治还是属于哈里特，却是无从得知了。

凯瑟琳的父亲、母亲、萨拉、乔治和哈里特，统统聚在门口，亲切而热烈地欢迎她，凯瑟琳见此情景心里感到由衷的高兴。她跨下马车，把每个人都拥抱了一遍，没想到自己会觉得这么轻松。大家围着她，抚慰她，甚至使她感到幸福！顷刻间，因为沉浸在亲人团聚的喜悦之中，一切悲伤都被暂时压抑下去。大家一见凯瑟琳都很高兴，也顾不得平心静气地加以询问，便围着茶桌坐下来。莫兰太太急急忙忙地沏好茶，以便让那远道而归的可怜人儿解解渴。谁想没过多久，还没等有人直截了当地向凯瑟琳提出任何需要明确作答的问题，做母亲的便注意到，女儿脸色苍白，神情疲惫。

报告这一发现的声音有多兴奋啊!

凯瑟琳勉勉强强、吞吞吐吐地开口了,她的听众听了半个钟头以后,出于客气,也许可能管这些话称作解释。可是在这期间,他们压根儿听不明白她究竟为何原因突然回来,也搞不清事情的详情细节。他们这家子绝不是爱动肝火的人,即使受人侮辱,反应也很迟钝,更不会恨之入骨。但是,凯瑟琳把整个事情说明以后,他们觉得这样的侮辱不容忽视,而且在头半个钟头还觉得不能轻易宽恕。莫兰夫妇想到女儿这趟漫长孤单的旅行时,虽然没有因为胡思乱想而担惊受怕,但是也不由得感到这会给女儿带来很多不快,他们自己绝不会情愿去受这种罪。蒂尔尼将军把女儿逼到这步田地,实在太不光彩,太没心肠——既不像个有教养的人,也不像个有儿有女的人。他为什么要这样做,什么事情惹得他如此怠慢客人,他原来十分宠爱他们的女儿,为什么对她突然变得这么反感,这些问题他们至少像凯瑟琳一样莫名其妙。不过他们并没为此而苦恼多久,胡乱猜测了一阵之后,便这样说道:"真是件怪事,他一定是个怪人。"这句话也足以表达出他们全部的气愤和惊讶。不过萨拉仍然沉浸在甜蜜的莫名其妙之中,只管带着年轻人的热情,大声地惊叫着,猜测着。"乖孩子,你不必去自寻那么多烦恼,"她母亲最后说道,"放心吧,这件事压根儿不值得伤脑筋。"

"他想起了那个约会就想让凯瑟琳走,这点是可以谅解的,"萨拉说,"但他为什么不做得客气一些呢?"

"我替那两个青年人感到难过,"莫兰太太应道,"他们一定很伤心。至于别的事情,现在不必管了。凯瑟琳已经平安到家,我们的安适又不靠蒂尔尼将军来决定。"凯瑟琳叹了口气。"唔,"她那位豁达的母亲说道,"幸亏我当时不知道你走在路上。不过事情都过去了,也许没有什么多大的坏处。让青年人自己去闯闯总是有好处的。你知道,我的好凯瑟琳,你一向是个浮浮躁躁的小可怜虫,可是这回在路上换了那么多次车呀什么的,你就不得不变得机灵一些。我希望你千万别把什么东西落在车上的口袋里。"

凯瑟琳也希望如此,并且试图对自己的长进感点兴趣,不想她已经完全精疲力竭了。不久,她心里唯一的希望是想独自清静一下,当母亲劝她早些休息的时候,她立刻答应了。她父母认为,她的面容憔悴和心情不安只不过是心里感到屈辱的必然结果,也是旅途过分劳顿的必然结果,因此临别的时候,相信她睡一觉马上就会好的。第二天早晨大家见面时,虽说她没有恢复到他们希望的程度,可是他们仍然丝毫也不疑心这里面会有什么更深的祸根。一个十七岁的大姑娘,第一次出远门归来,做父母的居然一次也没有想到她的心思,真是咄咄怪事!

刚吃完早饭,凯瑟琳便坐下来履行她对蒂尔尼小姐的诺言。蒂尔尼小姐相信,时间和距离会改变这位朋友的心情,现在她这信念还真得到了应验,因为凯瑟琳已经在责怪自己离别埃丽诺时表现得太冷淡。同时,她还责怪自己对埃丽诺的优点和情意一向重视不够,昨天她剩下一个人时那么痛苦,却没引起自己足够的同情。然而,感情的力量并没帮助她下笔成文,她以前动笔从没像给埃丽诺·蒂尔尼写信来得这么困难。这封信既要恰如其分地写出她的感情,又要恰如其分地写出她的处境,要能表达感激而不谦卑懊悔,要谨慎而不冷淡,诚挚而不怨恨——这封信,埃丽诺看了要不让她感到痛苦——而尤其重要的是,假如让亨利碰巧看到，她自己也不至于感到脸红；这一切吓得她实在不敢动笔。茫然不知所措地思忖了半天，她最后终于决定，只有写得十分简短才能确保不出差失。于是，她把埃丽诺垫的钱装进信封以后，只写了几句表示感谢和衷心祝愿的话。

"这段交情真奇怪，"等凯瑟琳写完信，莫兰太太说道，"结交得快，了结得也快。出这样的事真叫人遗憾，因为艾伦太太认为他们都是很好的青年。真不幸，你跟你的伊莎贝拉也不走运。唉！可怜的詹姆斯！也罢，人要经一事长一智，希望你以后交朋友可要交些更值得器重的。"

凯瑟琳急红了脸，激动地答道："埃丽诺就是一个最值得器重的朋友。"

"要是这样，好孩子，我相信你们迟早会再见面的，你不要担心。十有八九，你们在几年内还会碰到一起的。那时候该有多么高兴啊！"

莫兰太太安慰得并不得法。她希望他们几年内再见面，这只能使凯瑟琳联想到，这几年内发生的变化也许会使她害怕再见他们。她永远也忘不了亨利·蒂尔尼，她将永远像现在这样温柔多情地想念他，但是他会忘掉她的，在这种情况下再去见面！凯瑟琳想象到要如此重新见面，眼眶里不觉又充满了泪水。做母亲的意识到自己的婉言劝慰没产生好效果，便又想出了一个恢复精神的权宜之计，提议她们一起去拜访艾伦太太。

两家相距只有四分之一英里。路上，莫兰太太心急口快地说出了她对詹姆斯失恋的全部看法。"我们真替他难过，"她说，"不过，除此而外，这门亲事吹了也没什么不好的。一个素不相识的姑娘，一点嫁妆也没有，和她订婚不会是什么称心如意的事。再说她又做出这种事，我们压根儿就看不上她。眼下可怜的詹姆斯是很难过，但是这不会长久。我敢说，他头一次傻乎乎地选错了人，一辈子都会做个谨慎人。"

凯瑟琳勉强听完了母亲对这件事的扼要看法，再多说一句话就可能惹她失去克制，做出不理智的回答，因为她的整个思想马上又回忆起，自从上次打这条熟悉的路上走过以来，自己在心情和精神上起了哪些变化。不到三个月以前，她还欣喜若狂地满怀着希望，每天在这条路上来来去去地跑上十几趟，心里轻松愉快，无纠无羁。她一心期待着那些从未尝试过的纯真无瑕的乐趣，一点也不害怕噩运，也不知道什么叫噩运。她三个月前还是这个样子，而现今呢，回来以后简直判若两人！

艾伦夫妇一向疼爱她，眼下突然见她不期而来，自然要亲切备至地接待她。他们听了凯瑟琳的遭遇，不禁大吃一惊，气愤至极，虽然莫兰太太讲述时并没有添枝加叶，也没故意引他们生怒。"昨天晚上，凯瑟琳把我们吓了一大跳，"莫兰太太说道，"她一路上一个人坐着驿车回来的，而且直到星期六晚上才知道要走。蒂尔尼将军不知道什么思想作怪，突然厌烦她待在那里，险些把她赶出去，真不够朋友。他一定是个怪人。不过，我们很高兴她又回到我们中间！见她很有办法，不是个窝窝囊囊的可怜虫，真是个莫大的安慰。"

这当儿，艾伦先生作为一个富有理智的朋友，很有分寸地表示了自己的愤慨。艾伦太太觉得丈夫的措辞十分得当，立即跟着重复了一遍。接着，她又把他的惊奇、推测和解释都一一照说了一遍。每逢说话偶尔接不上茬时，她只是加上自己这么一句话："我实在忍受不了这位将军。"艾伦先生走出屋去以后，她把这话又说了两遍，当时气还没消，话也没大离题。等说第三遍，她的话题就扯得比较远了。等说第四遍，便立即接着说道："好孩子，你只要想一想，我离开巴思以前，居然补好了我最喜欢的梅赫伦花边[1]上那一大块开线的地方，补得好极了，简直看不出补在什么地方。哪天我一定拿给你瞧瞧。凯瑟琳，巴思毕竟是个好地方。说实话，我真不想回来。索普太太在那儿给了我们很大的方便，是吧？要知道，我们两个最初孤苦伶仃的，十分可怜。"

"是啊，不过那没持续多久。"凯瑟琳说道，一想到她在巴思的生活最初是如何焕发出生气的，眼睛就又亮闪起来。

"的确，我们不久就遇见了索普太太，然后就什么也不缺了。好孩子，你看我这副丝手套有多结实？我们头一次去下舞厅时我是新戴上的，以后又戴了好多次。你记得那天晚上吗？"

"我记得吗！噢！一清二楚。"

"真令人愉快，是吧？蒂尔尼先生跟我们一块喝茶，我始终认为有他参加真有意思，他是那样讨人喜欢。我好像记得你跟他跳舞了，不过不太肯定。我记得我穿着我最喜爱的长裙。"

凯瑟琳无法回答。艾伦太太略转了几个话题以后，又回过头来说道："我实在忍受不了那位将军！看样子，他倒像是个讨人喜欢、值得器重的人哪！莫兰太太，我想你一辈子都没见过像他那样有教养的人。凯瑟琳，他走了以后，那座房子就给人租去了。

---

[1] 比利时梅赫伦（又称马林）生产的一种花边。

不过这也难怪。你知道吧,米尔萨姆街。"

回家的路上,莫兰太太极力想让女儿认识到,她能交上艾伦夫妇这样好心可靠的朋友真是幸运,既然她还能得到这些老朋友的器重和疼爱,像蒂尔尼家那种交情很浅的人怠慢无礼,她就不该把它放在心上。这些话说得很有见识,但是人的思想在某些情况下是不受理智支配的。莫兰太太几乎每提出一个见解,凯瑟琳都要产生几分抵触情绪。目前,她的全部幸福就取决于这些交情很浅的朋友对她采取什么态度。就在莫兰太太用公正的陈述成功地印证自己的见解时,凯瑟琳却在默默地思索着:亨利现在一定回到了诺桑觉寺;他现在一定听说她走了;也许他们现在已经动身去赫里福德了。

第十五章

凯瑟琳不是个生性好坐的人，可她生性也不十分勤快。但是，她以往在这方面不管有些什么缺点，她母亲现在都能察觉这些缺点大大加重了。无论静坐着也好，干什么活也好，她连十分钟都坚持不了，总是在花园果园里转悠，好像除了走动以外，什么也不想做。看样子，她宁愿绕着房子到处徘徊，也不肯在客厅里老老实实地待上一会儿。然而她意气的消沉则是更大的变化。她的闲逛和懒散只是过去老毛病的进一步发展，但是她的沉默和忧郁却和以前的性情截然相反。

头两天，莫兰太太听之任之，连一句话也不说。但是经过第三个晚上的休息之后，凯瑟琳还没恢复兴致，仍旧不肯干点正经事，也不想做点针线活，这时莫兰太太再也忍不住了，于是便温和地责备了女儿几句："我的好凯瑟琳，恐怕你要变成娇小姐了。要是可怜的理查德只有你一个亲友的话，我真不知道他的围巾什么时候才能织好。你的脑子里尽想着巴思，但是干什么事都得有个时候——有时候可以跳跳舞，看看戏，有时候也该做点活。你逍遥的时间够长的了，现在应该做点正经事啦。"

凯瑟琳立刻拿起针线，用颓丧的语气说道："我脑子里并没尽想着巴思呀。"

"那你是在为蒂尔尼将军烦恼。你真是太傻了，因为你十有八九不会再见到他了。你绝不应该为这种小事自寻烦恼。"稍许沉默了一会儿之后又说道："凯瑟琳，我希望你不要因为家里不如诺桑觉寺气派，就嫌家里不好。要是这样，那岂不意味你这趟门出坏了。你无论在什么地方，都应该随时感到知足，特别是在自己家里，因为你必须在家里度过你的大部分时间。吃早饭的时候，你大讲特讲诺桑觉寺的法式面包，我就不大愿意听。"

"说真的，我对那种面包并不感兴趣。我吃什么都一样。"

"楼上有本书，书里有篇很好的文章，说到一些年轻姑娘因为交了阔朋友，便嫌弃自己的家。我想是本《明镜》杂志[1]。我哪天给你找出来，对你准有好处。"

凯瑟琳没再说什么。她想表现得乖巧一些，于是便埋头做起活计。但是过了几分钟，不知不觉地又变得无精打采了，因为疲惫烦躁，身子不停地在椅子上转动，转得比动针的次数还多。莫兰太太眼看着女儿又犯老毛病了。她发现，凯瑟琳那恍惚不满的神色完全证实了自己的看法，认为她之所以郁郁不乐正是因为不能安贫乐道，于是她赶忙离开房间去取那本书，迫不及待地要把这个可怕的病症马上治好。她费了半天工夫才把书找到，接着又

---

[1] 《明镜》，系1779年1月23日至1780年5月27日间出版的一种期刊，由亨利·麦肯齐（1745—1831）编辑。

让家务事给绊住了，直过了一刻钟才带着她寄以厚望的那本书走下楼来。她在楼上忙活时搞得声音很响，楼下有什么动静全没听见，因而也不知道在最后几分钟里来了一位客人。她刚走进屋，一眼便看见一个以前没见过面的青年男子。这男子立刻恭恭敬敬地立起身，女儿忸忸怩怩地介绍说："这是亨利·蒂尔尼先生。"接着，蒂尔尼先生带着十分敏感和窘迫不安的神气，开始解释自己的来意。他承认，由于发生了那样的事情，他无权期待自己会在富勒顿受到欢迎，他之所以冒昧地赶来，是因为他急于想知道莫兰小姐是否已经平安到家。幸而听他讲话的不是个偏颇结怨的人。莫兰太太没有把亨利和他妹妹同他们父亲的恶劣行径混为一谈，始终对这兄妹俩怀着好感。她很喜欢亨利的仪表，立刻带着纯朴而真挚的感情，好心好意地接待他。感谢他如此关心自己的女儿，让他放心，只要是她孩子的朋友，来她家没有不受欢迎的。她还请求客人，过去的事就只字不提了。

亨利毫不勉强地依从了这一请求，因为，莫兰太太的意外宽大虽说使他心里大为释然，但是在这当儿，过去的事情他又的确说不出口。因此，他一声不响地回到座位上，很有礼貌地回答着莫兰太太关于天气和道路的家常话语。这时候，凯瑟琳只顾得焦灼、激动、快活、兴奋，一句话也没说。但是，一见到她那绯红的面颊和晶亮的眼睛，做母亲的便不由得相信，这次善意的来访至少可以使女儿心里恢复平静。因此，她高高兴兴地放下了那本《明镜》杂志，留待以后再说。

莫兰太太看到客人因为他父亲的关系而感到窘迫，真打心眼里过意不去。她希望莫兰先生能来帮帮忙，一方面跟客人说说话，另一方面也好鼓励鼓励他，因此她老早就打发一个孩子去找丈夫。不巧莫兰先生没在家——莫兰太太孤立无援的，过了一刻钟就无话可说了。连续沉默了几分钟之后，亨利把脸转向凯瑟琳（这是莫兰太太进屋后他第一次转向她），突然爽快地问她艾伦夫妇眼下在不在富勒顿。本来只需要一个字就能回答的问题，凯瑟琳却含含糊糊地说了好几句，亨利揣摩出这番话的意思，当即表示想去拜访一下艾伦夫妇，然后红着脸问凯瑟琳，是不是请她引引路。"先生，你从这个窗口就能看见他们的房子。"萨拉指点说。那位先生只是点了点头表示感谢，不想那位做母亲的也向萨拉点了点头，让她住口。原来，莫兰太太转念一想，客人之所以想去拜访她的高邻，也许是要解释一下他父亲的行为，觉得单独跟凯瑟琳谈谈比较方便，因此她无论如何也得让凯瑟琳陪他去。他们两个出发了，莫兰太太没有完全误会亨利的意图。他是要解释一下他父亲的行为，但是他的首要目的还是剖白自己。还没走到艾伦先生的庭园，他已经剖白得很圆满了，凯瑟琳觉得这样的话真叫人百听不厌。亨利向她表白了自己的爱，而且也向她求了爱，其实他们两个全都明白，那颗心早已属于他的了。不过，虽然亨利现在对凯瑟琳一片衷情，虽然他认识到并且喜爱她性格上的许多优点，真心实意地喜欢和她在一起，但是我必须坦白地说，他的爱只是出自一片感激之情。换句话说，他只是因为知道对方喜爱自己，才对她认真加以考虑的。我承认，这种情形在传奇小说里是见不到的，而且也实在有损女主角的尊严。但是，如果这种情形在日常生活中也是绝无仅有的话，我至少可以落得个想入非非的美名。

他们在艾伦太太家稍坐了一会儿，亨利胡乱说了些既无意义又不连贯的话，凯瑟琳只顾得思量自己心里说不出的快活，几乎就没开口。告别出来以后，他们又心醉神迷地亲密交谈起来。没等谈话结束，凯瑟琳便可看出蒂尔尼将军对儿子这次前来求婚所抱的态度。两天前，亨利由伍德斯顿回来，在寺院附近遇见了他那焦躁不安的父亲。父亲急忙气冲冲地把莫兰小姐离去的消息告诉了他，并且责令他不准再去想她。

现在，亨利就是带着这样的禁令前来向她求婚的。凯瑟琳战战兢兢地听着这些话，吓坏了。然而使她感到高兴的是，多亏亨利想得周到，他是在求完婚以后才提起这件事，否则凯瑟琳还得审慎地加以拒绝。当亨利进而说到详细情况，解释他父亲这样做的动机时，她顿时硬起了心肠，甚至感到一种胜利的喜悦。原来，将军没有什么好责备她的，也没有什么好指控她的，只是说她不由自主、不知不觉地做了别人诓骗的工具。将军受到那样的诓骗，这是他的自尊心所无法饶恕的，假若自尊心再强一些，他还会耻于承认自己受了骗。凯瑟琳唯一的过错，就是没有将军原先想象的那样有钱。在巴思的时候，将军误听别人谎报了她的财产，便竭力巴结同她来往，请她到诺桑觉寺做客，还打算娶她做儿媳妇。他发现自己的错误之后，为了表示他对凯瑟琳的愤懑，对她家人的鄙视，他觉得最好的办法就是把她赶走，虽然他心里感到这样做还不够解恨。

最先是约翰·索普骗了他。一天晚上，将军在戏院里发现他儿子在向莫兰小姐献殷勤，偶尔问起索普是否了解她的身世。索普一向最喜欢和蒂尔尼将军这样的显赫人物攀谈，于是便高高兴兴、得意扬扬地吹嘘了起来。当时，莫兰每天都有可能同伊莎贝拉订婚，而他自己又打定主意要娶凯瑟琳为妻，因此他的虚荣心就诱使他把莫兰家形容得极为有钱，真比他的虚荣心和贪婪心所想象的还要有钱。他无论和谁沾亲带故，或者可能和谁沾亲带故，为了抬高自己的身价，总要夸大对方的身份。他和哪个人交往得越深，那个人的财产也会不断地增长。因此他对他的朋友莫兰将要继承的财产，虽说一开始就估价过高，然而自从莫兰认识伊莎贝拉以后，他的财产一直在逐步增加。当时，为了说着好听，他仅仅把这家人的资产抬高了两倍，把他所承想的莫兰先生的进项增加了一倍，把他的私产增加了两倍，又赐给一个有钱的姑母，还把孩子的数目削掉了一半，这样一描绘，这家人在将军看来就极为体面了。索普知道，凯瑟琳是将军询问的目标，也是他自己追逐的对象，因此特别替她多说了一点：除了要继承艾伦先生的家产以外，她父亲还会给她一万镑或一万五千镑，这也算是一笔可观的额外收入。他是见凯瑟琳与艾伦家关系密切，便一口断定她要从那里继承一大笔财产，接着当然就把她说成富勒顿呼声最高的继承人。将军就根据这个消息行动起来，因为他从不怀疑这消息是否可信。索普对这家人的兴趣所在，一是他妹妹马上就要和它的一个成员成亲，二是他自己又看中了它的另一个成员（他同样公开地夸耀这件事），这似乎可以充分保证他说的都是实话。除此之外，艾伦夫妇有钱而无子女，莫兰小姐又归他们照管——等他跟他们一相识以后——他就觉得他们待她亲如父母，这些都是铁一般的事实。于是他很快下定了决心。他早已从儿子的脸上看出他喜欢莫兰小姐。也算感谢索普先生通报消息吧，他几乎当即打定主意，要不遗余力地杀杀他的夸耀兴头，打消他的痴心妄想。这一切发生的时候，凯瑟琳和将军的两个孩子一样，全都给蒙在鼓里。亨利和埃丽诺看不出凯瑟琳的境况有什么值得他们父亲特别青睐的地方，随后见父亲对她突然关心起来，而且一直都是那样的无微不至，不禁感到十分惊讶。后来，将军曾经向儿子暗示，同时有些近乎断然命令式的，要他尽力去亲近凯瑟琳，亨利由此相信，他父亲一定认为这门亲事有利可图。直到最近在诺桑觉寺把事情解释清楚以前，他们丝毫也没有想到，父亲是受了错误算计的驱使，才这么急于求成的。将军进城的时候，碰巧又遇见了当初向他通报情况的索普，索普亲口告诉他那些情况都是假的。当时，索普的心情和上次恰恰相反，他遭到凯瑟琳的拒绝感到十分恼火，特别是最近试图让莫兰与伊莎贝拉言归于好的努力又告失败，看来他们是永远分手了，于是他摒弃了那种无利可图的友谊，连忙把以前吹捧莫兰家的话全盘推翻。他承认，他对他们的家境和人品的看法完全是错误的，他误信了他那位朋友的自吹自擂，以为他父亲是个有钱有势、德高望重的人，但是近两三个星期与他打交道的结果证明，他并非如此。第一次给两家提亲的时候，莫兰先生急忙表示应承，还提出不少无比慷慨的建议，但当说话人机警地逼迫他谈到实际问题时，他不得不承认，他甚至无法向这对年轻人提供一点过得去的生活费。实际上，他们是个穷人家，子女众多，多得出奇。最近，索普从一个个异乎寻常的机会中发现，这家人一点也不受邻居的敬重。他们大讲生活排场，尽管经济力量并不允许。他们还准备高攀几门阔亲，来改善自己的状况。这家人真不要脸，好说大话，爱要诡计。

将军一听给吓坏了，他带着诧异的神情提出了艾伦的名字。索普说，他在这件事上也搞错了。他相信艾伦夫妇和他们做了那么多年邻居，早就知道他们的底细了。再说，他还认识那个将来要继承富勒顿产业的青年。将军不必再听了。除了自己以外，他几乎对每个人都感到恼怒，第二天便动身回到诺桑觉寺，而他在那里的所作所为，诸位已经见识过了。

当时，亨利可能将这些事实经过叙说多少，这些事实中，亨利有多少是听他父亲说的，哪些问题是他自己推测的，哪一部分还需要等詹姆斯来信才能说明，我把这些问题统统留给聪明的读者去做裁夺。为了使读者看起来方便，我把这些材料串到了一起，请读者也给我个方便，自己再去把它们拆开吧。无论如何，凯瑟琳听到的情况够多了，觉得自己先前猜疑将军谋杀或是监禁他的妻子，实在并没有侮辱他的人格，也没有夸大他的残暴。

亨利在讲述他父亲的这些事情时，几乎就像当初他听到这些事时一样令人可怜。当他迫不得已暴露了他父亲的那句器量狭窄的劝告时，他不由得羞红了脸。他们父子俩在诺桑觉寺的谈话不客气极了。亨利听说凯瑟琳受到了亏待，领会了他父亲的意图，还被逼着表示认从，这时他公然大胆地表示了自己的愤慨。本来，家里的一切平常事情，向来是将军一个人说了算的。他只以为他的话别人顶多心里不同意，从没想到有人敢把违抗的意愿说出口。他儿子的反抗由于受到理智和良心的驱使，变得十分坚决，真让他无法容忍。在这件事上，将军的发怒虽说定会使亨利感到震惊，却吓不倒他，而他之所以能这样坚定不移，那是因为他相信自己是正义的。他觉得无论在道义上还是在情感上，他都对莫兰小姐负有义务。他还相信，他父亲指示他赢取的那颗心现在已经属于他了，用拙劣的手段取消默许过的事，因为无理的恼怒而撤回命令，这些都动摇不了他对凯瑟琳的忠诚，也不会影响他由于忠诚而立定的决心。

　　亨利毅然拒绝陪他父亲去赫里福德郡，因为这个约会是为了赶走凯瑟琳而临时订下的。亨利还毅然宣布，他要向凯瑟琳求婚。将军气得大发雷霆，两人在骇人听闻的争执中分了手。亨利内心十分激动，本要几个钟头才能镇定下来，但他马上回到伍德斯顿，第二天下午便动身往富勒顿来了。

第十六章

当蒂尔尼先生请求莫兰夫妇同意他和凯瑟琳结婚时,夫妇俩起初感到万分惊讶。他们从没想到这两个人会相爱,然而凯瑟琳被人爱上毕竟是再自然不过的事情,因此他们很快便产生了一种得意的自豪感,只觉得心里十分高兴,十分激动。就他们自己来说,他们丝毫也不反对这门亲事。亨利举止可爱,富有见识,这是明摆着的优点。他们从没听见有人说过他的坏话,也不认为有人会说他的坏话。他们与他从没相处过,但是不需要什么证明,只凭好感便相信了他的人格。"凯瑟琳是个小马虎,可不会理家呀。"做母亲的事先警告说。可是马上又安慰道,实践出真知啊。

简而言之,只有一个障碍要提出来,这个障碍不除掉,莫兰夫妇是不会答应订婚的。他们在脾气上是温和的,但在原则上却是坚定不移的。亨利的父亲既然明确发话反对两家结亲,他们也就不能鼓励这门亲事。他们没有那么高雅,不会装模作样地规定,将军非得亲自出来求亲,或者诚心诚意地表示赞成。但是,对方必须给个像样的同意,一旦取得他的同意——他们相信将军不会长期拒绝下去——他们马上就会答应这门婚事。他们只要求将军表示个同意。他们不希求，也没有权利要他的钱。根据结婚分授财产的规定，他儿子终究会得到一笔十分可观的财产。他目前的收入也足以自养，而且还能过得很舒适。无论从什么经济观点来看，这都是他们的女儿难得高攀的一门婚事。

两个青年人对这样一个决定并不感到惊奇。他们只是伤心，遗憾——但是并不怨恨。他们分手了，一心希望将军能早日回心转意，以使他们重结恩爱，但是两人都认为这简直是不可能的。亨利回到他现在唯一的家，经营那片新创的种植园，为凯瑟琳做着种种改修，殷切地期望与她一同享用。而凯瑟琳呢，她还待在富勒顿垂泪。秘密通信是否减轻了这种离别的痛苦，咱们就不必追问了。莫兰夫妇就从不追问——他们心肠太软，不会逼着女儿做出任何许诺。当时，他们明知凯瑟琳常常有信，但是每次来信的时候，他们总要把脸转到一边。

在如此恩爱弥笃的情况下，亨利和凯瑟琳对他们的最终喜事一定心急如火，凡是爱他们的人也一定十分着急。但是，这种焦虑恐怕不会传到读者们的心里，诸位一看故事给压缩得只剩这么几页了，就明白我们正在一起向着皆大欢喜的目标迈进。唯一的疑问就是：他们如何才能早日结婚？将军那样的脾气，什么情况才能让他回心转意？原来，促成两个青年人结合的，主要是这样一件事：那年夏天，将军的女儿嫁给了一个有钱有势的男人——将军遇上这光耀门庭的喜事，顿时变得兴高采烈起来，埃丽诺不等他恢复常态，便趁机求他宽恕了亨利，批准他"爱做傻瓜就尽管去做吧"！

每次来信的时候,他们总要把脸转到一边

自从亨利被赶出去以后，诺桑觉寺这个家变得越发不幸，埃丽诺·蒂尔尼结了婚，离开了这个不幸的家庭，去到自己心爱的家和心爱的人儿那里，我想这件事一定会使所有认识她的人都感到满意。我自己也感到由衷的高兴。埃丽诺朴实贤惠，理应得到幸福；而她长期忍受痛苦，一旦获得幸福，自然会无比快乐。她对这位先生的钟爱不是最近才开始的，那位先生仅仅因为身世卑微，所以一直没敢向她求婚。后来他意想不到地承袭了爵位和财产，一切困难便迎刃而解。将军第一次尊称女儿"子爵夫人"时，心里对她真是宠爱极了。埃丽诺长年陪伴父亲，替他做这做那，耐心地忍受着，还从来没有叫他如此喜爱过。她丈夫的确值得她钟爱，且不说他的爵位、财产和一片钟情，他本人还是个天下最最可爱的青年。他的优点长处就不必一一叙说了，一说他是个天下最最可爱的青年，我们大家就能立即想象到他是个怎样的人。关于这位先生，我只准备再说一件事（我知道，作文规则不准许我把一个与本书无关的人物牵扯进来），这位先生在诺桑觉寺住过很久，那一卷洗衣单子就是他那个马虎的仆人丢下的，结果害得我的女主角卷入了一场最可怕的冒险行动。

子爵和子爵夫人替亨利斡旋的时候，将军对莫兰先生家境的正确了解的确帮了很大的忙。原来，一俟将军能听得进话，他们立刻把莫兰家的境况告诉了他。他这才明白自己两次都受了索普的骗，那家伙先是夸大了索普家的财产，后来又恶毒地把自己的话一齐推翻。其实，莫兰家一点也不贫困，凯瑟琳还有三千镑的嫁妆。这件事大大改善了他近来的看法，使得他那受到伤害的自尊心得到莫大的宽慰。他私下好不容易才打听到，富勒顿的产业全归目前的业主自由支配,因而很容易勾起某些人的觊觎之心;这个消息对他也绝非没有影响。

因此,就在埃丽诺结婚后不久,将军把儿子叫到诺桑觉寺,让他送给莫兰先生一封许婚信,这封信措辞十分谦恭,但内容却是些空空洞洞的表白。信中批准的那件事马上就操办了,亨利和凯瑟琳结了婚,教堂里响起了钟声,每个人都喜笑颜开。这两个人从初次相会到现在结婚,整整经历了十二个月,将军的残忍虽然引起了可怕的拖延,但他们似乎并没因此而受到多大损害。男方二十六,女方十八,在这样的年龄结成美满家庭,真是幸福无比。另外,我还相信,将军的无理阻挠绝没有真正损害他们的幸福,或许还大大促成了他们的幸福,增进了他们的相互了解,增加了他们的恩爱。至于本书的意图究竟是赞成父母专制,还是鼓励子女忤逆,这个问题就留给那些感兴趣的人去解决吧。